Die Bärenflüsterin

MIX
Papier aus verantwortungsvollen Quellen
FSC® C083411

1. Auflage 2022

ISBN 978-3-7641-7132-2

Dieser Vertrag entstand durch die Vermittlung
der Verlagsagentur Lianne Kolf.

Lektorat: Kathleen Neumann
Umschlaggestaltung: Vivien Heinz, Henry's Lodge
unter der Verwendung von Fotos von Adobe Stock
© by paul; © Andreshkova Nastya; © HungWaiAddy

Druck und Bindung: CPI books GmbH
Gedruckt auf Papier aus geprüfter nachhaltiger Forstwirtschaft.
www.ueberreuter.de

Christopher Ross

Die Bärenflüsterin

ueberreuter

1

Paula erhielt den Anruf am späten Vormittag. Es war der Tag nach ihrer Abschlussfeier und sie hatte gerade erst geduscht und war nun auf dem Weg in die Küche, um sich einen starken Kaffee zu machen, als sich ihr Handy mit dem Fauchen eines wütenden Grizzlys meldete. Sie war nach der langen Nacht noch so benommen, dass sie vor ihrem eigenen Klingelton erschrak.

»Miss Paula Jackson?«, vergewisserte sich die Stimme am anderen Ende. Und nachdem Paula zugestimmt hatte, fuhr sie fort: »Hier ist Lori Bowles von *Redwood Publishers*. Sie hatten sich mit einem Manuskript bei unserem Wettbewerb für den besten Aufsatz über Bären beworben. ›Das Geheimnis der Bären‹ stammt doch von Ihnen?«

Paula hatte den Wettbewerb schon fast vergessen. Obwohl sie gerade erst ihr Bachelorstudium in Biologie beendet hatte, war sie so mutig gewesen, an einem Artikel über die Körpersprache der Bären zu arbeiten. Dann hatte sie das Manuskript »aus Jux und Dollerei«, wie sie mehrmals betont hatte, an den Verlag geschickt. Seitdem waren zwei Monate vergangen, und sie hatte vermutet, dass es längst im Papierkorb gelandet war. »›Das Geheimnis der Bären‹ … ja, das stimmt.«

»Nun«, machte Lori es spannend, »ich kann Ihnen die freudige Nachricht überbringen, dass Sie den ersten

Preis gewonnen haben, eine Veröffentlichung in unserem neuen Bärenbuch und die versprochene Bear Safari in den *Katmai National Park* nach Alaska. Herzlichen Glückwunsch, Paula! Alle Unterlagen für die Reise sowie den Vertrag habe ich bereits gestern in die Post gegeben.«

Paula war so überrascht, dass sie gerade noch ein »Vielen Dank!« herausbrachte, bevor das Gespräch beendet war. Sie ging in die Küche, machte sich einen Kaffee und setzte sich. »Wow!«, stieß sie hervor. Mit dem Gewinn gingen gleich zwei ihrer Träume in Erfüllung: eine Veröffentlichung in einem angesehenen Verlag und eine Reise zu den Braunbären an der Pazifikküste von Alaska. Nirgendwo sonst gab es so viele Grizzlys in freier Wildbahn zu sehen. Das war etwas anderes als die Bären im *Bear Center*, wo Paula während der Semesterferien gearbeitet hatte.

Sie gönnte sich einen zweiten Kaffee und rief Mary-Beth an, ihre beste Freundin. Mary-Beth stammte aus Houston und war für das Studium nach Berkeley, Kalifornien, gezogen. Im Anschluss wollte sie sofort wieder in ihre Heimat zurückkehren. Mit ihren konservativen Ansichten und ihrem Südstaaten-Dialekt war die Texanerin mehrmals angeeckt, auch bei den Professoren, und ihr ständiger Hunger und ihr starkes Übergewicht hatte ein Übriges dazu getan, sie ins Abseits zu stellen. Zudem nahm Mary-Beth kein Blatt vor den Mund, was auch nicht allen schmeckte. Paula gehörte zu den wenigen Frauen, die sie in Schutz genommen hatten.

»Paula?«, meldete Mary-Beth sich verschlafen. »Weißt du, wie spät es ist?«

»Halb elf«, antwortete Paula.

»Morgens oder abends?«

»Morgens ... ich bin auch gerade erst aufgestanden.«

Paula hörte durchs Telefon, wie Mary-Beth sich aufsetzte und einmal kräftig gähnte. »Halb elf? Ich hab wohl doch zu viel von diesen Drinks erwischt.«

»Caipirinhas ... das waren Caipirinhas.«

»Ich weiß nur, dass sie stark waren. Hast du?«, fragte die Texanerin neugierig.

»Hast du was?«

»Mit diesem Football-Typen geschlafen?«

»Nee ... nicht mein Typ. Viel zu anstrengend.«

Mary-Beth klang verwundert. »Wie kannst du so einen laufen lassen? Hast du nicht gemerkt, wie er dich angehimmelt hat? Der steht auf dich.«

In Paulas Leben gab es keinen Mann. Alex Swanson, mit dem sie zur Abschlussparty gegangen war, zählte nicht. Ein netter Kerl, das mochte sein, eine große Nummer im Footballteam der Uni und eine Rakete im Bett, wenn man den Erzählungen einiger Cheerleader glauben konnte. Aber er war auch so arrogant, dass er aus allen Wolken gefallen war, als sie ihn nach der Feier nicht zu sich nach Hause eingeladen hatte. Paula war so leichtsinnig gewesen, sich von ihm küssen zu lassen, hatte ihren Fehler aber sofort bereut und war in ihr Apartment geflohen.

Eine Beziehung, noch dazu mit einem Mann, der seine Freundin nur als attraktives Schmuckstück betrachtete, hätte sie im Augenblick nur behindert. Sie hatte nichts gegen Männer, ganz im Gegenteil, solange sie sie nicht von ihrer Karriere abhielten. Den Bachelor hatte sie geschafft, aber sie wollte mehr, ihren Master machen und »irgendetwas mit Bären«, an einer Universität, in der Forschung, als Autorin, was auch immer.

»Ich hab gewonnen, Mary-Beth«, sagte Paula.

»Gewonnen? Den New-York-Marathon?«

Paula erzählte ihr vom Anruf des Verlags. »Stell dir vor, mein Artikel erscheint in einem Buch, und ich darf zu den Bären im *Katmai National Park*! Weißt du, was das bedeutet? Ich komme bis auf wenige Schritte an sie ran.«

»Wow! Das ist noch besser als eine Nacht mit dem Football-Typ.«

»Und wenn sich das mit der Veröffentlichung herumspricht, finde ich sicher einen Job, mit dem ich mein Masterstudium finanzieren kann. Das hab ich mir nicht mal in meinen Träumen erhofft. Mein Aufsatz in einem Buch!«

»Und wann soll es losgehen?«

»Steht alles in den Unterlagen, die sie mir geschickt haben. Sobald wie möglich, nehme ich an. Die Touren finden nur im Sommer statt.« Paula machte eine Pause und trank einen Schluck. »Und du? Schon gepackt für Texas?«

»Ich fliege am Freitag. Wie wär's mit einer Abschiedspizza?«

»Heute Abend bei Luigi's?«

»Abgemacht!«

Luigi's war ein italienisches Lokal in der Innenstadt von Berkeley, eher unscheinbar und einfach eingerichtet, aber wegen seiner guten Pizzas und seiner freundlichen Bedienung sehr beliebt. Sie bekamen einen der kleinen Tische am Fenster.

»Warum grinst du denn so?«, fragte Mary-Beth, als sie sich setzten.

»Die Unterlagen sind da. Es geht schon übermorgen los.«

»So schnell?«

»Ich hab mit den Veranstaltern in Anchorage in Alaska telefoniert. Bei den Touren zu den Grizzlys sind maximal fünf Personen zugelassen, und sie hatten zufällig noch einen Platz frei. Sonst hätte ich bis Mitte August warten müssen.«

»*Katmai National Park* … liegt der nicht auf einer Insel?«

»Halbinsel«, verbesserte Paula, »ungefähr dreihundert Meilen südwestlich von Anchorage. Hab mich heute Nachmittag noch mal schlaugemacht. Wir fliegen mit einem Wasserflugzeug zur Hallo Bay an der Pazifikküste. Da treiben sich um diese Zeit die meisten Bären rum. Ich schicke dir ein Foto.«

»Wie du gefressen wirst?«

Paula lachte. »Du solltest meinen Aufsatz lesen. Da steht drin, wie man erkennt, was in Bären vor sich geht. Ich habe etliche Monate im *Bear Center* gearbeitet, da lernt man, wie Bären gestrickt sind. Wenn man sich an die Regeln hält, kann nichts passieren. Es sei denn, man verhält sich so dumm wie Timothy Treadwell.«

»Der Typ, der von einem Grizzly gefressen wurde?«

Ihr Professor hatte die Geschichte erzählt. Der »Grizzly Man«, wie er genannt wurde, hatte jeden Sommer im *Katmai National Park* verbracht, um unter seinen geliebten Grizzlys zu leben. Er gab ihnen Namen wie in einem Disney-Film und fütterte die Jungen – ein absolutes No-Go unter Experten und Tierfilmern. Als er sich auf ein Kräftemessen mit einem aggressiven Grizzly einließ, tötete ihn der Bär. Seine Freundin, die verzweifelt versucht hatte, ihn zu retten, wurde ebenfalls zerfleischt. Kurz zuvor hatte sie noch die Kamera eingeschaltet, allerdings in der Aufregung vergessen, den Deckel vom Objektiv zu nehmen. Doch allein die Tonaufnahmen klangen grausam genug.

»Treadwell war nicht ganz richtig im Kopf. Drogen, Alkohol ... außerdem hielt er sich für den größten Grizzly-Kenner aller Zeiten. Am liebsten wäre er wohl mit ihnen auf die Jagd gegangen. Aber so bescheuert bin ich nicht.«

Mary-Beth grinste. »Das will ich doch hoffen.«

»Und du? Hast du schon einen Job in Houston?«

»Vielleicht fange ich an der Uni an, als wissenschaftliche Assistentin. Aber Scooter will, dass ich erst mal eine Pause einlege und ihm ein paar Monate auf der Ranch helfe, bevor ich einen Job in Houston annehme. Er braucht jemanden, der ihm die Buchhaltung macht. Mit Zahlen hat es Scooter nicht so.«

»Ein halbes Jahr, länger würde ich das nicht machen«, warnte Paula. Sie kannte Scooter nicht, hatte aber genug über Mary-Beth' Freund gehört, um ihn für einen typisch texanischen Macho zu halten, der seine Frau an den heimischen Herd bindet und die Oberhand behalten will. »Nicht, dass du umsonst studiert hast.«

»Ich kriege das schon hin.«

»Sicher«, erwiderte Paula, ohne recht daran zu glauben. Mary-Beth war zu verliebt in Scooter, um sich gegen ihn durchzusetzen, gehorchte ihm beinahe bedingungslos. »Gibt es was Schöneres, als mit seinem Mann und den Kindern in einem eigenen Heim zu wohnen?«, hatte sie einmal gefragt, und Paula hatte geantwortet: »Hm ... aber nur mit einem Mann, der mir auf Augenhöhe begegnet und nicht den Macho heraushängen lässt.«

Es wurde schon dunkel, als sie sich vor dem Lokal umarmten und gegenseitig Glück wünschten. In ihrem Apartment ließ Paula sich auf die Couch fallen und las in einem Buch, wieder mal ein Krimi von William Kent Krueger, der seine Romane meist in der Wildnis spielen ließ und stets einen greisen Indianer zu Wort kommen ließ, was Paula sehr mochte. Diesmal ging es um einen neunzigjährigen Schamanen, der Grizzly-Bären zu Krafttieren zählte, die eine magische Wirkung auf Menschen haben und ihr Leben verändern konnten. So wie Wölfe und Adler.

Den nächsten Tag verbrachte Paula damit, die Liste abzuarbeiten, die sie von den Veranstaltern der Bear Safari bekommen hatte. Wetterfeste Kleidung, darunter eine wasserdichte Jacke mit Kapuze, Kopfbedeckung mit Insektennetz, Handschuhe, Wanderschuhe, Wasserflasche, Kamera, Fernglas und vor allem hoch wirksames Insektenspray wegen der oftmals lästigen Moskitos. Was sie nicht sofort abhaken konnte, weil sie es schon besaß, kaufte sie in einem nahen Einkaufszentrum.

Ihre Eltern, die einen Drugstore im San Fernando Valley bei Los Angeles besaßen, freuten sich über den Gewinn ihrer Reise und wünschten ihr Glück, wenn ihre Mutter auch mal wieder zu besorgt war und sie mehrmals ermahnte, doch »um Himmels willen« vorsichtig zu sein. »Meine Helikopter-Mama« nannte Paula ihre Mutter insgeheim. Natürlich meldete sie sich auch am nächsten Morgen noch mal, als sie bereits am Flughafen stand und auf den Abflug wartete.

Der Flug von San Francisco nach Anchorage dauerte ungefähr viereinhalb Stunden. Paula vertrieb sich die Zeit mit ihrem Krimi, blickte alle paar Minuten aus dem Fenster, konnte aber vor lauter Nebel und regnerischem Dunst kaum etwas sehen. Erst während des Landeanflugs bekam sie einen ersten flüchtigen Eindruck von der unermesslichen Natur Alaskas und Anchorage, das auf einer Halbinsel bis in das Cook Inlet reichte und ringsum von Wildnis und den schroffen Chugach Mountains umgeben war.

Nach ihrer Ankunft checkte sie in dem Hotel ein, das die Veranstalter für sie gebucht und bezahlt hatten, und nutzte den Nachmittag für eine Stadtrundfahrt, die sie auch zum Portage-Gletscher führte. Etliche Teilnehmer, die schon vor einigen Jahren dort gewesen waren, zeigten sich enttäuscht, weil sich der Gletscher während der letzten Jahre so weit zurückgezogen hatte, dass nur noch wenig Eis zu sehen war.

»Von wegen, es gibt keinen Klimawandel«, sagte ein junger Mann, der mit einigen Freunden an der Tour teilnahm, zu einem anderen Jugendlichen, »das sollten sich deine Eltern mal ansehen, dann würden sie vielleicht anders denken. Aber in Alabama ticken die Uhren anders. Da glauben die meisten Leute auch noch, dass die Erde eine Scheibe ist.«

Direkt neben Paula sagte ein übergewichtiger Mann, ungefähr sechzig, mit angegrauten Haaren und künstlich gebräunter Haut, zu seiner Frau: »Nun hör dir diesen Schnösel an! Noch feucht hinter den Ohren und glaubt schon, die Weisheit für sich gepachtet zu haben. Dabei hat es schon vor vielen Tausend Jahren solche Klimawechsel gegeben. Oder warum sind die Dinosaurier ausgestorben? Auch als ich klein war, stand schon was über Waldbrände und Hochwasser in der Zeitung, oder etwa nicht? Ist doch alles nur Panikmache!«

Er scherte sich nicht darum, ob man ihn hören konnte, und lachte nur, als einige ihn vorwurfsvoll anblickten. Seine Frau zupfte ihn am Ärmel, was wohl bedeuten sollte, dass ihr seine Kommentare peinlich waren und er doch lieber den Mund halten sollte. »Wir waren doch auch mal jung«, sagte sie.

Paula war nahe daran, sich einzumischen, wusste aber, dass eine Diskussion mit dem Mann nichts bringen würde. Selbst mit wissenschaftlichen Argumenten ließen sich manche Menschen nicht überzeugen, das hatte sie auf Veranstaltungen ihrer Universität mehrmals erfahren, vor allem bei Diskussionen über Tier- und Naturschutz.

Noch am selben Abend traf Paula das Ehepaar wieder. Beim Abendessen im Hotelrestaurant saß es am Nebentisch, und sie erfuhr, dass die beiden ebenfalls auf die Bear Safari gingen. Sie gab sich ebenfalls als Teilnehmerin zu erkennen, und der Mann und seine Frau stellten sich als Roger und Mary Campbell aus Montgomery in Alabama vor. »In meiner Fabrik produzieren wir Antriebsteile für Kraftfahrzeuge, vor allem für Hyundai. Die Reise hab ich meiner Frau zum Hochzeitstag geschenkt. Zum Glück kann ich mir solche Geschenke leisten, nicht wahr, mein Schatz?«

Paula kam es eher so vor, als habe er sich die Reise selbst geschenkt. Sie verriet ihm, dass sie die Bear Safari gewonnen hatte und Bären einer ihrer Schwerpunkte während des Studiums gewesen seien. Vor allem Braunbären.

»Was? Bären kann man studieren?«, wunderte sich Roger Campbell. »Also, ich träume eher davon, mal so einen Koloss vor die Flinte zu bekommen. Ich bin leidenschaftlicher Jäger, wissen Sie? Hab letztes Jahr sogar einen Löwen in Afrika geschossen.« Seine Brust schien anzuschwellen. »Aber man ist ja kein Unmensch und will auch seiner Gattin etwas gönnen. Vor allem, wenn sie es schon vierzig Jahre mit einem ausgehalten hat. Das schafft nicht jede Frau.«

»Einundvierzig Jahre. Wir sind einundvierzig Jahre verheiratet.«

Campbell überging den Einwand. »Nächstes Jahr werde ich wieder allein losziehen, vielleicht gehe ich dann sogar auf Bärenjagd. Ein Foto mit einem erlegten Grizzly fehlt mir noch in meiner Sammlung und würde sich gut neben den Fotos mit dem Löwen und der Giraffe machen. Mann, das war eine Safari! Der alte Hemingway hätte seine Freude an uns gehabt. Stimmt doch?«

»Keine Ahnung«, sagte Mary.

»Sie mögen Hemingway?«, fragte Paula.

»In der Schule haben wir mal was von ihm gelesen, aber ist eine halbe Ewigkeit her«, sagte Roger Campbell lachend. »Ich weiß nur, dass er Großwildjäger war, Unmengen von Rum trank und sich jedes Jahr mit einem anderen Weib vergnügte. Habe ich in einem Film über ihn gesehen. Der hatte es echt drauf.«

»Roger!«, wies ihn Mary zurecht. »Die Leute sehen schon her.«

»Dann gehen wir am besten an die Bar. Kommen Sie, Paula.«

Paula konnte die beiden schlecht vor den Kopf stoßen. Sie würde den ganzen morgigen Tag mit ihnen verbringen müssen und wollte keine schlechte Stimmung aufkommen lassen, auch wenn ihr der Mann immer unsympathischer wurde. Was seine Frau anging, hatte Paula den Eindruck, dass sie sich vor allem darauf beschränkte, leise auf ihren Mann einzureden, wenn er zu laut wurde.

Campbell bestellte ein Bier, seine Frau ein Glas Rotwein und Paula eine Diet Coke. Sie würden am nächsten Morgen früh aufstehen müssen, wenn sie rechtzeitig am Lake Hood sein wollten. Auf dem riesigen See außerhalb der Stadt startete das Wasserflugzeug, das sie in die Happy Bay bringen würde. Paula erhob ihr Glas. »Auf eine interessante und aufregende Bear Safari!«

Während der halben Stunde, die Paula an der Bar blieb, sprach Campbell ausschließlich über sich. Er zeigte Fotos auf seinem Handy, die ihn mit erlegten Löwen, Giraffen und einem Elefanten zeigten. Immer in der gleichen Stellung, in seiner Safari-Kleidung kniend neben den erlegten Tieren, ein schweres Jagdgewehr in beiden Händen. Und er prahlte mit seinem beruflichen Erfolg, den schwarzen Zahlen und dem Super-Deal mit Hyundai. Dass er die Firma von seinen Schwiegereltern geerbt hatte, erwähnte er nur am Rande.

»Und Sie schießen die Tiere nur wegen der Fotos?«, fragte Paula.

»Früher sind die Männer in den Krieg gezogen, um ihren Mut und ihre Männlichkeit zu beweisen«, antwortete er. »Ich gehe auf die Jagd und messe mich mit wilden Tieren, die eigentlich stärker sind als ich und eine faire Chance gegen mich haben. Ein Kräftemessen zwischen zwei gleichwerten Gegnern.«

Paula wusste, dass die Wahrheit anders aussah: Die angeblich wilden Tiere wurden teilweise mit Beruhigungsmitteln geimpft und hatten oft gar nicht mehr die Kraft, sich gegen die zweibeinigen Jäger zu wehren. Sie war Mitglied einer Studentengruppe gewesen, die solche Praktiken angeprangert hatte, verzichtete aber darauf, ihm weiter Kontra zu geben. Nachdem sie ihre Cola ausgetrunken hatte, verabschiedete sie sich so freundlich wie möglich und ging zu den Aufzügen.

Ein junges Pärchen fuhr mit ihr in den vierten Stock. »Ich werde meinem Großvater ewig dankbar sein für das schöne Geschenk«, sagte die junge Frau, »die Bear Safari wird sicher ein einmaliges Erlebnis.«

Er lächelte nur und antwortete: »Du und deine Bären! Die hätten wir uns doch auch im Zoo ansehen können.«

»Das ist doch gar kein Vergleich, David.«

»Na, mir soll's recht sein. Solange wir nicht zahlen müssen.«

Paula verzichtete dieses Mal darauf, sich als Safari-Teilnehmerin vorzustellen, und war froh, als sie endlich im vierten Stock angelangt waren und sie in ihr Zimmer verschwinden konnte. *Das kann ja heiter werden,* dachte sie, bevor sie sich auszog und ins Bad ging.

2

Als Paula am nächsten Morgen aus dem Aufzug trat, warteten die anderen Teilnehmer der Bear Safari bereits in der Hotellobby. Roger Campbell berichtete von seiner letzten Großwildjagd, was weder seine Frau noch das junge Paar zu interessieren schien, das Paula am vergangenen Abend im Aufzug getroffen hatte. Letztere stellten sich als David und Ellen Morgan vor. Sie kamen aus der Gegend von San Bernardino und arbeiteten auf der Obstplantage von Ellens Großvater, er im Vertrieb, sie in der Buchhaltung.

Wie alle anderen hatte auch Paula ihren Rucksack dabei. Sie würden eine Nacht in einem Zeltlager in der Hallo Bay verbringen, um am frühen Morgen, wenn die Bären am aktivsten waren, gleich zur Stelle zu sein. Für Verpflegung war gesorgt, auch Schlafsäcke hielten die Veranstalter bereit. Im Rucksack befanden sich Kleidung, Verbandszeug, Taschenlampe und alles andere, was man ihr empfohlen hatte. Bären- und Pfefferspray waren ausdrücklich verboten, vor allem in Flugzeugen auch nicht erlaubt. Ihre kleine Kamera trug Paula in der Hosentasche, das Fernglas um den Hals und die Wasserflache am Gürtel, wie sie es auch von Wanderungen in Kalifornien gewohnt war.

Der altersschwache Kleinbus, der sie zum Lake Hood bringen würde, war pünktlich. Der Fahrer, anscheinend indianischer Abstammung, hatte einen Rocksender eingeschaltet und schlug den hektischen Takt auf dem Lenkrad mit. Den Weg zur Anlegestelle für Wasserflugzeuge schien er im Schlaf zu kennen. Nachdem sie ihr Ziel erreicht hatten, öffnete er die Schiebetür und nickte dankbar, als reichlich Trinkgeld in seiner ausgestreckten Hand landete.

Der Pilot, ein bärtiger Bursche, der mehrmals betonte, einen Hubschrauber in Afghanistan geflogen zu haben, wartete schon auf sie. Er begrüßte sie im Namen des Veranstalters und führte sie zu der Cessna. Während er den Motor startete, wies er auf die Sicherheitsbestimmungen hin. Paula flog zum ersten Mal mit einem Wasserflugzeug und blickte wie gebannt nach draußen, als sie mit röhrendem Motor über den See rasten, gegen den Wind abhoben und in einer weiten Kurve nach Südwesten flogen.

»Unter uns sehen Sie Cook Inlet«, informierte der Pilot über Kopfhörer, »eine Bucht, benannt nach dem britischen Seefahrer. James Cook ankerte schon 1778 als erster Europäer in der Bucht vor der Kenai-Halbinsel.«

Paula saß neben Ellen, die ebenso begeistert wie sie beim Anblick des weiten Landes schien, das sich unter ihnen ausbreitete. Das helle Sonnenlicht ließ das Wasser der Bucht silbrig glänzen und brachte die teilweise schneebedeckten Berge und tiefgrünen Wälder zum Leuchten. Wie mochte sich dieser James Cook gefühlt haben, als er sein Segelschiff in die damals noch verlassene Bucht steuerte? Allein, verloren und tief beeindruckt von der übermächtigen Natur? Hungrig darauf, die Geheimnisse dieses Landes zu erforschen?

»Zum ersten Mal in Alaska?«, fragte Paula ihre Nachbarin.

»Ich bin nie aus Kalifornien rausgekommen«, antwortete sie bereitwillig. Sie war ein paar Jahre älter als Paula, hatte rötliche Haare und Sommersprossen. »Ich hab mein ganzes Leben unter Orangenbäumen verbracht. Wussten Sie, dass es verschiedene Orangenarten gibt? Auf der Plantage meines Großvaters wachsen vor allem Navel- und Valencia-Orangen, die größten und besten.«

»Und was ist mit Ihren Eltern? Arbeiten die auch auf der Plantage?«

Ellen lachte. »Mein Vater hat es mit Computern. Er arbeitet für eine IT-Firma und hat dort auch meine Mutter kennengelernt. Ich habe jeden Sommer bei meinen Großeltern verbracht und kann mir nichts Schöneres als die Arbeit für seine Firma vorstellen. Meinem Mann geht es genauso. Ich habe ihn auf einer County Fair kennengelernt, einem Jahrmarkt in San Bernardino. Er war Leiter einer Großmarkthalle, und mein Großvater hat ihn sofort eingestellt.«

»Und jetzt wollen Sie endlich mal in ein Land, in dem keine Orangen wachsen?«, fragte Paula. »Ihr Mann scheint weniger begeistert zu sein.«

»David mag Tiere nicht besonders. Nicht mal Hunde und Katzen.«

»Und trotzdem kommt er mit?«

»Er wollte meinen Großvater nicht brüskieren«, antwortete Ellen. Sie warf einen Blick auf ihren Mann und senkte die Stimme. »Grandpa ist erleichtert, dass wir seine Firma fortführen wollen und er in Ruhe seinen Lebensabend genießen kann. Seit seinem Schlaganfall wohnen meine Großeltern in Clearwater, einer kleinen Stadt in Kalifornien südlich vom Lake Tahoe. Es gefällt ihm dort, er kann nach Herzenslust angeln und spazieren gehen, auch wenn er alle paar Tage anruft und sich erkundigt, wie es in der Firma läuft.« Sie lachte leise. »Manchmal hört es sich fast so an, als wollte er es sich noch mal überlegen.«

»Und mit der Reise will Ihr Großvater sich bei Ihnen bedanken?«

»Oder uns weglocken, um für ein paar Tage noch mal selbst das Zepter schwingen zu können.« Sie lachte wieder. »Egal, ich bin ihm sehr dankbar.«

»Und wie kommt er ausgerechnet auf eine Bear Safari?«

Ellen brauchte nicht zu überlegen. »Er wusste, dass ich mich, solange ich denken kann, für Bären interessiere. Und dass ich einen riesigen Plüschteddy besitze, den ich nach ihm benannt habe: Grandpa Jacob. Die Idee für die Alaska-Reise hatte er, als er eine Doku über Bärensafaris im Fernsehen sah. Zum Glück! Ohne Grandpa hätten wir uns einen so teuren Urlaub niemals leisten können.«

Die Landschaft unter ihnen veränderte sich nicht. Die Bucht Cook Inlet war größer, als Paula gedacht hatte, und jenseits der Ufer erstreckte sich scheinbar unberührte Wildnis bis zum Horizont. Nachdem sie die Kenai-Halbinsel passiert hatten, kam für ein paar Minuten das offene Meer in Sichtweite, bevor Kodiak Island auftauchte und im Westen der *Katmai National Park* mit seinen Bergen, Wäldern, Seen und Stränden sichtbar wurde. Der Pilot drosselte den Motor und drückte die Cessna nach unten. Er hatte mit einigen Windböen zu kämpfen, die Campbell, der auch während des Fluges nur über sich geredet hatte, sichtbar blass werden ließen und seine Frau zu einem heimlichen Grinsen verleiteten. Paula sah, wie er verstohlen nach ihrer rechten Hand griff.

Sie landeten in einer Gischt von schäumendem Meerwasser und hielten auf den Strand zu, bis der Sand sie ausbremste. Über eine Planke, die der Pilot von einem der Schwimmer über das Wasser legte, stiegen sie an Land. Sie winkten dem Piloten zu, als er die Cessna vom Ufer wegsteuerte und abhob.

Auf ihren Guide brauchten sie nicht lange zu warten. Ein sportlicher Mann um die vierzig mit einem kantigen Gesicht, dem man ansah, dass er sich meist im Freien aufhielt. Sein angegrauter Bart war ein paar Tage alt.

»Ich freue mich, Sie hier im *Katmai National Park* zu begrüßen!«, hieß er sie willkommen. »Mein Name ist Mark Bellingham, und ich bin Ihr Guide. Ich würde sagen, wir gehen erst mal ins Camp und lernen uns beim Lunch näher kennen. Und heute Nachmittag starten wir unseren ersten Ausflug zu den Bären. Einverstanden?«

Im Gänsemarsch stapften sie durch das hohe Gras zum Camp. Vereinzelt leuchteten bunte Wildblumen, vor allem das leuchtend rote *Fireweed*, die Schmalblättrigen Weidenröschen, im dichten Grün. Der ausgetretene Pfad führte zu einigen kuppelförmigen Zelten, die aus der Ferne wie Bunker wirkten und ihr Zuhause für die nächsten beiden Tage sein würden. Aus der Nähe betrachtet sah man, dass sie aus stabilen Gerüsten und wasserdichten Zeltplanen bestanden und sogar Fenster hatten.

»Im Camp sind Sie absolut sicher«, versprach Mark. »Die Zelte sind durch einen elektrischen Zaun gegen die Bären geschützt, was aber nicht heißen soll, dass wir hier auf Vorsichtsmaßnahmen verzichten können. Auf keinen Fall sollten Sie Essensreste oder Abfall offen herumliegen lassen. Dafür haben wir verschließbare Container. Und verlassen Sie bitte nicht auf eigene Faust das Camp, vor allem nicht allein. Im »Bear Country«-Wildpark wandern nur Narren allein. Die Bären im Nationalpark gewöhnen sich zwar langsam an neugierige Zweibeiner, lassen sich aber ungern überraschen. Einen Folder mit allem, was Sie über Bären wissen müssen, finden Sie übrigens auch in Ihrem Zelt.«

Paula bekam ein eigenes Zelt zugeteilt, das aus einem Wohnabteil mit einem Tisch und zwei Klappstühlen und einem durch eine Plane abgeteilten Schlafabteil bestand. Zum Essen trafen sie sich an einem langen Tisch im Küchenzelt, wo der Guide, der auch als Koch herhalten musste, gebratenes Huhn mit Kartoffeln und Gemüse servierte. Alle waren ungeduldig, wollten so schnell wie möglich zu den Bären, hörten aber aufmerksam zu, als Mark von den Bären im Nationalpark berichtete.

»Über zweitausend Braunbären leben innerhalb der Parkgrenzen«, erklärte der Guide. »Die meisten Touristen beobachten die Tiere beim Fischen in den Brooks

Falls. Da gibt es sogar Holzbrücken, von denen man sie fotografieren kann. Aber relativ ungestört kann man sie nur hier in der Hallo Bay beobachten. Haben Sie keine Angst – wenn Sie sich an die Regeln des Nationalpark-Service halten, kann nichts passieren. Grundregel Nr. 1: Weniger als fünfzig Schritte solltest du dich keinem Bären nähern. Grundregel Nr. 2: Trage nichts Essbares bei dir, das sie wittern könnten. Grundregel Nr. 3: Geh niemals allein! Geh in Gruppen und unterhalte dich laut. Grundregel Nr. 4: Wenn dir ein Bär zu nahe kommt, lauf niemals weg! Niemals! Bären sind schneller als du, die würden sogar Rennpferde abhängen. Mach dich so groß wie möglich und breite die Arme aus, rede möglichst sanft auf den Bären ein. Wenn nichts mehr hilft, leg dich mit abgewinkelten Beinen auf den Boden, dann verliert er meist das Interesse.«

»Und wenn er mich fressen will?«, fragte Roger Campbell nervös.

Mark zog einen orangefarbenen Gegenstand aus der Tasche, der auf den ersten Blick wie ein Textmarker aussah. »Für wirkliche Notfälle, wenn der Bär so nahe ist, dass nichts anderes mehr hilft, habe ich einen ›Flare‹ dabei: eine Leuchtpistole im Mini-Format, mit der man auch ausgewachsene Braunbären auf Abstand halten kann. Entweder mit einer Leuchtpatrone oder einem sogenannten ›Bear Bang‹, der einen lauten Knall verursacht und den Bär ablenkt.«

»Mit dem kleinen Ding?«, fragte Campbell ungläubig.

»Kleines Ding, große Wirkung«, antwortete Mark.

»Zum Glück musste ich es noch nie anwenden. Wenn man sich so verhält, wie es die Ranger vom Nationalpark-Service empfehlen, braucht man es nicht.« Nachdem alle ihre Teller abgewaschen hatten, schulterte er seinen Rucksack. »Es kann losgehen, Leute!«

Paula trug ihre Baseballmütze mit dem herunterziehbaren Moskitonetz, eine Vorsichtsmaßnahme, die sie auf zahlreichen Wanderungen vor lästigen Insekten bewahrt hatte. Sie gehörte zu den Menschen, auf die sich Moskitos besonders gern stürzten. Ihr Handy hatte sie in ihrem Zelt gelassen. Von der Hallo Bay konnte man nur mit einem Satellitentelefon anrufen.

Außerhalb des Camps spürte Paula eine gewisse Unruhe, eine Mischung aus freudiger Erwartung und Nervosität, wie sie wohl jeder empfand, der im Begriff stand, wilden Raubtieren ohne einen schützenden Zaun gegenüberzutreten. David Morgan und Mary Campbell schien es genauso zu gehen. Doch selbst Roger spähte ängstlich in die Runde, kaum dass sie das Camp verlassen hatten. Von einem erfahrenen Großwildjäger hätte Paula etwas anderes erwartet.

Nur Ellen zeigte keinerlei Anzeichen von Nervosität. Sie marschierte fröhlich plappernd hinter dem Guide her und konnte es kaum erwarten, ihre geliebten Bären zu treffen. Als wären die Bären genauso harmlos und kuschelig wie ihr Plüschteddy. »Wusstet ihr, dass hier gar keine Grizzlys leben?« Sie freute sich über den fragenden Blick ihres Mannes und fuhr fort: »Hier an der Küste spricht man von Braunbären. Natürlich sind sie mit Grizzlys verwandt, aber Braunbären ernähren sich von reichhaltigerem Futter und sind deshalb größer. ›Braunbär‹ klingt irgendwie freundlicher, stimmt's? Aber wartet, bis ihr die Kolosse seht. Einige von ihnen wiegen über tausend Pfund.« Sie blickte den Guide an. »Stimmt's?«

»Stimmt«, gab Mark ihr recht. »Wenn wir Glück haben, bekommen wir Bär Nr. 420 zu sehen. Wir haben ihn Jabba getauft, nach dem fetten Schurken aus Star Wars. So viele Lachse wie er schnappt sich kein anderer Bär.«

Ihre ersten Bären sahen sie, als sie die Bucht erreichten. Eine Bärin, die in einer Flussmündung im Norden der Bucht stand und nach Lachsen fischte, während ihre beiden Jungen in der Nähe spielten. Die Bärin verlor ihre Jungen nicht aus den Augen und ermahnte sie mit einem lauten Grunzlaut, wenn sie sich zu weit von ihr entfernten. Sie war eine geübte Jägerin, schaffte es innerhalb kürzester Zeit, zwei riesige Lachse aus dem Wasser zu fischen und sich mit ihren Jungen darüber herzumachen. Obwohl sie hungrig war und genüsslich fette Stücke aus den Fischen riss, behielt sie ihre Umgebung genau im Auge.

Mark bedeutete ihnen mit einer Handbewegung, stehen zu bleiben, um die Bärin und ihren Anhang nicht zu stören. »Sie haben ja sicher schon gehört, wie aggressiv Bärenmütter werden können, wenn man ihrem Nachwuchs zu sehr auf die Pelle rückt«, sagte er. »Das ist Bär Nr. 473, wir nennen sie Marie. Sie ist besonders empfindlich, was die Jungen angeht. Sie hat ihren ersten Wurf im Frühjahr verloren. Ein Bär, der Marie selbst erobern und eigenen Nachwuchs mit ihr haben wollte, hat sie totgebissen. Danach wurde sie erneut brünstig und ließ sich von dem Mörder ihrer Jungen schwängern. Jetzt wacht sie noch panischer über ihren Nachwuchs.« Der Guide bemerkte Ellens entsetztes Gesicht. »Die Natur kann sehr grausam sein. Nur die Starken überleben hier.«

Paula wusste natürlich, dass sich Bären nicht auf einen Partner festlegten, und die Natur nicht nur bei ihnen auf das Auswahlprinzip setzte. Die Natur kannte kein Mitleid mit Geschöpfen, die ihren Launen nicht gewachsen waren. Marie und ihre Jungen waren jetzt auf sich allein gestellt und konnten froh sein, dass so viele Lachse in diesem Sommer zu den Flüssen schwammen. Doch ungefährlich war ihr Leben nicht. Nur wenige Minuten nachdem Paula ihr Fernglas auf sie und die Kleinen gerichtet hatte, tauchte ein männlicher Bär auf und vertrieb sie missgelaunt von ihrem Platz. Paula schoss einige Fotos, verbrachte aber noch mehr Zeit damit, die Bären durch ihr Fernglas zu studieren. Nirgendwo war man der Wildnis so nahe wie hier, auch wenn sie während ihrer dreistündigen Wanderung zwei anderen Gruppen begegneten. Aber die Bucht bot so viel Platz, dass sich Menschen und Tiere in der Abgeschiedenheit verloren.

Sie wanderten in respektvoller Entfernung an den Bären vorbei. Am Ufer bildeten zahlreiche Mulden ein Labyrinth von stehenden Gewässern, dazwischen lagen Gestrüpp und ausgebleichtes Treibholz. Vor ihnen glänzte das Wasser der Bucht. Als sie das Ufer erreicht hatten und zwei Bären weit hinter ihnen durch das Gras stapften, blieben sie stehen und genossen einen Anblick, so perfekt, wie man ihn sonst nur in Filmen zu sehen bekam. Die Bären vor dem Mount Kukak und Mount Steller mit ihren schneebedeckten Gipfeln, die verführerisch in der Nachmittagssonne strahlten. Die Berge gehörten zu einer Kette von Vulkanen, die sich über die Aleuten-Halbinsel zog.

Paula war glücklich. Sie sonderte sich ein paar Schritte von den anderen ab und erfreute sich am Anblick der Bären und dem selten schönen Sommerwetter. Einen besseren Tag hätte sie nicht erwischen können. Die Sonne strahlte vom beinahe wolkenlosen Himmel, der Wind war stark genug, um die meisten Moskitos zu vertreiben, und die Nähe der Tiere gab ihr die Illusion, zum Beginn der Schöpfung zurückgereist zu sein. Ein Erlebnis, besonders für eine Biologin, die für ihr Masterstudium eine Abschlussarbeit über Braunbären plante.

»Ist das alles nicht einmalig?«, fragte Ellen. Ihre Stimme klang gedämpft, schon aus Ehrfurcht von den großen Tieren, aber ihre strahlende Miene verriet, wie sehr sie diesen Ausflug genoss. Sie schoss ein Foto nach dem anderen und blickte durch ihr Fernglas, um die Bären so noch besser im Blick zu haben. »Was meinst du, David? Sag doch was! Ist das nicht ein tolles Erlebnis? Sieh dir diese riesigen Tiere an!«

Falls David sich in seiner Haut nicht wohl fühlte, versuchte er zumindest, sich nichts anmerken zu lassen. »Sicher, mein Schatz, sicher! Sehr beeindruckend! Wirklich einmalig!«

Paula hatte eher den Eindruck, dass er es gar nicht erwarten konnte, wieder zu seinen Orangen nach Kalifornien zurückzufliegen – ähnlich wie Campbell, der sich sichtlich unwohl in Gesellschaft der Bären fühlte. Ob er seine Elefanten und Löwen in Gesellschaft gejagt hatte, mit eingeborenen Jägern, die ihm die Arbeit weitgehend abgenommen hatten? Sie konnte sich einfach nicht vorstellen, dass er einem der afrikanischen »Big Five« furchtlos gegenübergetreten war. Seine Frau schien nicht überrascht, lächelte nur still in sich hinein.

Die beiden Bären, die sie auf der Wiese beobachtet hatten, liefen mit dem Wind zum Strand hinab. Auch deshalb wurden sie erst spät auf die Zweibeiner aufmerksam, machten sich aber nichts aus ihrer Anwesenheit und hielten unbeirrt auf das Wasser zu. Sie kamen näher als die fünfzig Yards oder Meter, die in den Broschüren als Mindestabstand empfohlen wurden, schienen sie aber kaum zu beachten und stapften, ohne zu knurren, an ihnen vorbei.

»Bleiben Sie ruhig stehen!«, warnte Mark leise. »Keine plötzliche Bewegung! Das sind Nr. 460 und Nr. 461, die tun uns nichts. Die gehören zu den Bären, die sich an die zweibeinigen Besucher gewöhnt haben und wissen, dass sie von ihnen nichts zu befürchten haben. Ich kenne sie schon lange.«

»Und Sie haben alle Nummern und Namen im Kopf?«, fragte Ellen.

Mark grinste schwach. »Die meisten. Mit den Bären ist es wie mit den Asiaten, die für viele Amerikaner alle gleich aussehen. Aber wenn man sie näher kennt, merkt man sehr schnell, dass jeder anders aussieht. Bären unterscheiden sich nicht nur in ihrer Fellfarbe. Auch durch die Art, wie sie sich bewegen, ihre Mimik, ihre Augen und wie sie in bestimmten Situationen reagieren. Wenn man so lange hier lebt wie ich, hat man den Bogen bald raus.«

Ellen strahlte. »Einen traumhaften Job haben Sie!«

Die ungewohnte Nähe der Bären schien sie nicht zu beunruhigen. Am liebsten hätte sie wohl eine Hand ausgestreckt und sie gestreichelt. Vor lauter Freude vergaß sie sogar zu fotografieren. Ihre Blicke folgten jeder Bewegung der mächtigen Tiere. Sie beobachtete, wie sie im Sand nach Muscheln suchten und langsam weiterzogen, zur Flussmündung, um fette Lachse zu fangen.

»Fehlt nur noch Jabba«, sagte Ellen.

»Den heben wir uns für morgen auf«, erwiderte Mark. »Meistens ist er mir ganz früh am Morgen über den Weg gelaufen. Jabba ist ein Frühaufsteher.«

»Kein Problem«, sagte Ellen, »wir auch.«

3

An diesem Abend lag Paula lange wach. Zu vielfältig waren die Eindrücke des Nachmittags. Sie war bereits im *Yosemite National Park* gewandert, und während eines Praktikums mit einem Ranger am Yellowstone unterwegs gewesen, doch selbst dort war sie den Tieren nicht so nahe gewesen wie hier. Für sie – mit ihrem starken Forschungsinteresse für Bären – war Katmai ein Paradies, als würde ihr gestattet, die Erde für ein paar Tage im Urzustand zu erleben.

Paulas Begeisterung für Bären war während des Studiums gewachsen. Sie hatte vor allem Biologie studiert, weil sie sich für das Leben von Tieren und Pflanzen in der Wildnis interessierte, und war auf Bären gekommen, als sie während der Semesterferien in einem *Bear Center* am Lake Tahoe gearbeitet hatte. Dort wurden verletzte Bären in weitläufigen Gehegen gepflegt, um sie im besten Falle nach einigen Monaten wieder in die Wildnis zu entlassen. Bären, die sich zu sehr an die Zivilisation gewöhnt hatten und zu abhängig von Menschen waren, blieben dort und bekamen ihr Gnadenbrot, sehr zur Freude zahlreicher Besucher, die sie beobachten und viel über ihre Lebensweise erfahren konnten. Nach dem Abschluss ihres Masterstudiums wollte Paula »irgendwas mit Bären« machen, in der Forschung, einem Nationalpark oder einem *Bear Center*.

Die Aufregung hielt sie wach und trieb sie aus ihrer Koje. In Trainingsanzug und Anorak trat sie in die Nacht hinaus. Obwohl es bereits nach 22 Uhr war, lag noch helles und für Alaska typisches Zwielicht über dem Camp und den Bäumen am Waldrand. Im Hochsommer ging die Sonne erst gegen Mitternacht unter und tauchte schon wenige Stunden später wieder auf. Der Gedanke, dass es im Winter umgekehrt sein würde, erschreckte sie ein wenig.

Für Alaska war es erstaunlich warm. Die nahen Bäume hielten den kühlen Wind ab, der von den schneebedeckten Bergen herunterwehte, und auch gegen das offene Meer war das Camp geschützt. Paula ging ein paar Schritte und blieb vor dem Elektrozaun stehen, der sie vor den Bären schützte. Obwohl Mark und seine Kollegen im Küchenzelt und auch die Bewohner genau darauf achteten, keine Nahrung und keinen Abfall offen herumliegen zu lassen, verirrte sich während der Mahlzeiten sicher der ein oder andere verlockende Duft zu den feinen Nasen der Bären. Die Vierbeiner konnten genauso gut sehen und hören wie Menschen, doch ihr Geruchssinn war um ein Vielfaches ausgeprägter. Vor allem Nahrung witterten sie über mehrere Meilen hinweg.

Hinter Paula raschelte eine Plane. Sie drehte sich um und sah Ellen aus ihrer Unterkunft kommen. Auch sie trug einen Jogginganzug und hatte sich ihren Anorak übergeworfen. »Ellen«, rief sie leise, »kannst du auch nicht schlafen?«

»Mir geht zu viel durch den Kopf«, antwortete Ellen. »Du glaubst nicht, wie sehr ich diesen Tag genossen habe.

Allein dieser wundervolle Flug war das Geld wert. Wir waren zuvor schon im *Yosemite National Park* und am Lake Tahoe, aber hier ist alles so viel größer und weiter. Von den Bären ganz zu schweigen. Ich hätte nie gedacht, dass ich Braunbären mal aus nächster Nähe zu sehen bekomme. Fantastisch! Schade, dass wir nicht länger bleiben können.«

»Das würde, glaube ich, ein Vermögen kosten.«

»Und David würde durchdrehen.«

»Er mag keine Tiere, sagen Sie?«

Ellen schüttelte den Kopf. »Er hat nur schlechte Erfahrungen mit Tieren gemacht, schon als Kind. In einem Streichelzoo hat ihm eine Ziege beinahe die Hand abgebissen, ein paar Jahre später hat ihn ein Hund angefallen, und als ihm eine Freundin das Reiten beibringen wollte, stürzte er vom Pferd und brach sich ein Bein. Ich kann froh sein, dass er überhaupt mitgekommen ist.«

»Hier kann ihm doch gar nichts passieren.«

»Er traut der Sache nicht«, sagte Ellen. »Er wäre wohl lieber in der Wüste und würde mit einem Four-Wheeler oder einem Bike durch die Gegend sausen. Das ist sein Ding.« Sie lächelte. »Wenn er nicht gerade arbeitet, benimmt er sich wie ein großer Junge. Fun, Fun, Fun. Im *Yosemite National Park* wollte er klettern, auf dem Lake Tahoe paddeln, und auf der Plantage macht er sich einen Spaß daraus, sich in einen großen Truck zu setzen und die Orangen selbst zum Verteilerlager zu fahren. Nur Landschaft, so großartig sie sein mag, und Bären beim Wandern und Fischen zuzusehen, reicht ihm nicht.«

Paula lachte verhalten. »Die paar Tage hält er sicher durch, und beim nächsten Mal lassen Sie ihn wieder mit seinen Kumpeln spielen. Sehen Sie sich Roger Campbell an, gegen den ist David doch harmlos. Oder wollen Sie einen Mann, der Elefanten und Löwen abknallt und mit ihnen im Internet posiert?«

»Ein Angeber«, sagte Ellen. »Seine Frau muss einiges ertragen. Ihr Zelt liegt nicht weit von unserem entfernt, und ich musste mir eine Stunde lang anhören, was für ein toller Kerl er doch ist. Er hätte alle Big Five in Afrika geschossen – Löwe, Nashorn, Büffel, Elefant und Leopard –, unter Einsatz seines Lebens, versteht sich, und nächstes Jahr würde er nach Alaska zurückkehren und sich einen Grizzly schnappen. Ich nehme an, seine Frau war längst eingeschlafen, als er damit anfing. Als er selbst einschlief, schnarchte er leider so laut, dass ich nicht zur Ruhe kam.«

»Das klappt schon noch. Die frische Luft macht müde.«

»Und Sie haben die Bear Safari gewonnen?«

Paula erzählte ihr vom ersten Preis im Aufsatzwettbewerb. »Das erste Mal in meinem Leben, dass ich so richtig Glück habe. Ich war selbst beim Cookies-Backwettbewerb der Girl Scouts immer auf dem letzten oder vorletzten Platz. In einer Backstube wäre ich fehl am Platze.« Sie lachte. »Aber hier draußen fühle ich mich wohl. Ich werde wohl mal einen Job annehmen, bei dem ich nicht nur im Büro oder in der Uni sitze, sondern auch zu den Tieren an die frische Luft komme. Etwas mit Bären natürlich. ›Das Geheimnis der Bären‹ heißt mein Aufsatz, weil die Bären selbst heute noch einige Geheimnisse hüten. Über die Körpersprache zum Beispiel gibt es noch einiges herauszufinden.« Sie blickte zum Himmel empor, der sich langsam verdunkelte. »Aber ich glaube, wir gehen jetzt besser schlafen. Morgen wartet ein langer Tag auf uns.«

Auch nachdem Paula zurück in ihren Schlafsack gekrochen war, dachte sie noch eine Weile über Ellen nach. Auf den ersten Blick eine glückliche Frau, zufrieden mit ihrem Beruf und dank ihres Großvaters ohne finanzielle Probleme – jedoch lange nicht so glücklich, wie man vermuten würde. Sicher liebte sie ihren Mann, und er liebte sie. Aber er schien zu der Sorte Männer zu gehören, die in der Ehe bestimmen wollten und wahrscheinlich nur schwer ertragen konnten, dass eine Frau eigene Interessen und Vorlieben hatte und im Beruf ebenso erfolgreich wie ein Mann sein konnte.

Paula hatte keine Ahnung, warum sie sich solche Gedanken über ein Ehepaar machte, das sie nach ihrer Rückkehr nie mehr wiedersehen würde. Weil sie selbst manchmal darüber nachdachte, wie das Zusammenleben mit einem Mann aussehen könnte? Bisher war sie noch keinem Mann begegnet, dem sie den Schlüssel zu ihrer Wohnung geben wollte. Sie würde nur mit einem Mann zusammenziehen, den sie wirklich liebte. So richtig liebte. Einen Mann, bei dem ihr die Knie weich wurden, wenn sie ihm nur gegenüberstand. Der intelligent und humorvoll war und sich auch ein wenig für ihren Job interessierte. Der kein Macho war und akzeptierte, dass sie nicht den ganzen Tag in der Küche verbringen wollte. *Ziemlich an-*

spruchsvoll, dachte sie sich noch während des Einschlafens, *so einen Mann gibt es auf der ganzen Welt nicht.*

Es schienen nur Minuten vergangen zu sein, als sie von ihrem Smartphone geweckt wurde. Noch vor dem Abflug hatte sie den Klingelton gewechselt, das Fauchen eines Grizzlys hätte sie vielleicht in Schwierigkeiten bringen können. Jetzt erklang nur eine kurze Melodie, die allerdings so nervig war, dass sie sofort aus dem Schlaf schreckte. Eine halbe Stunde später traf sie sich mit den anderen im Küchenzelt zu einem kräftigen Frühstück, das aus Würstchen, Rührei und Toast bestand. Der Kaffee war stärker als der Cappuccino, den sie zu Hause trank, erfüllte aber seinen Zweck und rüttelte sie endgültig wach. Ganz gegen ihre sonstige Gewohnheit hatte sie schon am frühen Morgen großen Hunger, den anderen Gästen erging es nicht anders.

»Um diese Zeit sind die meisten Bären unterwegs«, erzählte Mark, der anscheinend schon gefrühstückt hatte. »Also denken Sie bitte an die Vorsichtsmaßnahmen, die Sie ja inzwischen sicher auswendig kennen. Halten Sie bitte Abstand zu den Bären! Und laufen Sie auf keinen Fall davon, wenn Ihnen ein Bär zu nahe kommt. Er könnte sie sonst für eine Beute halten. Bleiben Sie ruhig stehen, blicken Sie ihm nicht in die Augen und reden Sie sanft auf ihn ein! Ich weiß, das kostet Nerven. Aber keine Angst, wenn wir zusammenbleiben, sind die Chancen, Ärger mit einem Bären zu bekommen, sehr gering.«

Mit den ersten hellen Streifen am östlichen Horizont verließen sie das Camp. Ellen schien am begierigsten darauf, die Bären zu sehen, und versuchte vergeblich, ihren Mann zu begeistern. Paula glaubte sogar, einen Anflug von Furcht in seinen Augen zu erkennen. Mary Campbell hatte mehr damit zu tun, den Redeschwall ihres Mannes zu bremsen, der es nicht lassen konnte, von seinen Jagderfolgen in Afrika zu berichten. Ein Mann, der Publikum brauchte, weil seine Frau ihn schon lange nicht mehr ernst nahm. Paula musste lachen, als sie selbst etwas sagte und dabei durch die einsame Umgebung verleitet wurde, ihre Stimme zu dämpfen. Dabei waren sie doch eigentlich angehalten, sich möglichst laut zu unterhalten, um den Bären ihre Anwesenheit zu zeigen.

Kurz darauf entdeckten sie am Ufer eine Bärenmutter und ihren Nachwuchs, die dabei waren, nach Muscheln zu graben. Die Bärin wusste, wann die Ebbe einsetzte und die leckeren Zwischenmahlzeiten im feuchten Sand stecken blieben, denn mehr waren die Muscheln nicht. Wesentlich nahrhafter waren Lachse. Über vierzig fette Fische verschlang ein ausgewachsener Braunbär an einem einzigen Tag. Die Bärin und ihre Jungen wirkten jedoch gut genährt und hatten sich vielleicht schon an den Brooks Falls satt gefressen, wo ihnen die Lachse ins Maul sprangen. Jetzt zeigte die Bärin ihren Kleinen, was das Meer sonst noch zu bieten hatte.

»Ist sie nicht eine gute Mutter?«, fragte Ellen, ohne beim Sprechen den Blick von der Bärin zu nehmen. »Der Vater war längst über alle Berge, als ihre Jungen zu laufen begannen, und die ganze Verantwortung lastet auf ihr.«

Paula war nahe daran, einen Vergleich mit Menschen

zu ziehen, sparte sich die Bemerkung aber. Bei einem Mann wie Campbell und vielleicht auch bei David wäre so etwas bestimmt nicht gut angekommen, und sie waren nicht hier, um über die Rolle des Mannes zu diskutieren. Sie blickte lieber durch ihr Fernglas und holte die Bärin und ihren Nachwuchs so weit wie möglich heran, um ihr Verhalten besser beobachten zu können. Bärenmütter taten alles für ihre Kleinen, halfen ihnen bei der Futtersuche, wiesen sie auf die Gefahren der Wildnis hin und opferten sogar ihr Leben für sie, wenn sie in Bedrängnis waren. Wehe, man geriet zwischen eine Bärin und ihre Jungen, dann nützten selbst Bärenspray und Leuchtgeschosse nichts mehr.

Ihr Guide wusste aus Erfahrung, welchen Weg sie einschlagen mussten, um den Bären nicht in die Quere zu kommen. Eine Stunde nachdem sie das Camp verlassen hatten, waren sie bereits neun dieser stattlichen Tiere begegnet, meist am Strand, wo es jede Menge Muscheln gab, aber auch an der Flussmündung am Nordende der Hallo Bay, wo ein scheinbar endloser Strom von Lachsen flussaufwärts schwamm, um dort zu laichen. Die Leiber der Lachse blitzten silbern in der hellen Sonne. Das Wetter zeigte sich von seiner besten Seite, verwöhnte sie mit klarer Luft und frischem Wind, der den Geruch des Meeres mitbrachte. Es war ein angenehmer Duft, der von Freiheit und Abenteuer erzählte, wie Paula fand. Nur über den Tümpeln mit stehendem Wasser und am Flussufer summten Insekten und zwangen Paula, ihr Moskitonetz von der Mütze zu ziehen.

Als sie die Bären erblickten, die im flachen Wasser standen und die prallen Lachse mit geschickten Prankenhieben aus dem Fluss holten, zogen alle ihre Kameras hervor. Ellen und David nahmen sogar Videos mit ihren Smartphones auf, als würden sie um den besten Film wetteifern. Auch Paula schoss einige Fotos – denn der Anblick der fischenden Bären war wirklich spektakulär –, dann griff sie nach ihrem Fernglas und studierte die Bären eingehend.

Einer war besonders geschickt, erwischte mit fast jedem Hieb einen Fisch und bewegte sich so elegant, dass die anderen Bären wie ungelernte Statisten wirkten. Es war eine Freude, ihm zuzusehen. Wie er sich drehte, in einer flüssigen Bewegung seine Pranke durch das schäumende Wasser zog und einen fetten Lachs zwischen die Zähne bekam, ein wildes Ballett, wenn man sich rhythmische Musik dazu dachte. In dem Tempo brauchte er keine Stunde, um seine tägliche Ration an Lachsen zu fangen und zu verschlingen.

»Der hat den Bogen raus«, sagte Paula.

»Bär Nr. 494«, erwiderte Mark. »Salmon Catcher.«

»Lachsfänger? Das passt.«

»Ich dachte schon, das wäre Jabba.«

Mark schüttelte den Kopf. »Jabba ist früher unterwegs. Wenn er im Wasser steht, traut sich kaum ein anderer Bär an ihn heran. Jabba kann sehr ungemütlich werden, wenn sich ein Widersacher in seiner Nähe aufhält. Und seit er zwei Junge einer Bärin getötet hat, um selbst bei ihr zu landen, traut ihm kaum noch einer über den Weg. Ich kenne keine Bärin, die noch etwas mit ihm zu tun haben will. Die meisten machen einen großen Bogen um ihn.«

»Aber das tun doch einige Bären. Junge töten, damit sich eine Bärin wieder bereit zeigt. Für uns Menschen ist das natürlich nur sehr schwer zu verstehen.«

»Mit dem Unterschied, dass die Bärin bei Jabba auch dann nicht wollte.«

Gegen Mittag stapften sie über das Grasland westlich vom Meer. Das Gras, bei Bären ebenfalls als Nahrung beliebt, reichte ihnen bis zu den Knien und manchmal sogar noch höher. Ausgebleichte Treibhölzer, von der Flut an Land gespült, lagen wie abgenagte Knochen eines riesigen Tieres herum.

Mary Campbell entdeckte den mächtigen Bären zuerst. Sie blieb stehen und schaltete die Kamera ihres Smartphones ein, mehr ein Reflex als Absicht, und sagte: »Jabba! Das ist Jabba, nicht wahr?« Es klang nicht mal ängstlich.

»Wow!«, staunte Ellen. »Was für ein stolzer Bursche.

Paula blieb ebenfalls stehen und hob ihr Fernglas an die Augen. Jabba war tatsächlich ein riesiger Bursche, wog sicher seine 1500 Pfund und sah so grimmig aus, als hätte er die ganze Welt gegen sich. Er stapfte ungefähr hundert Schritte von ihnen entfernt durch das Gras, ein Kraftpaket mit ausgeprägten Muskeln und scharfkantigen Reißzähnen, die hell in der Sonne blitzten.

Campbell war blass geworden. Seine Frau wirkte nun ebenfalls verunsichert, hielt aber mit ihrem Smartphone weiter auf den Bären. Ellen fotografierte und jauchzte beinahe vor Vergnügen. Mark griff in seine rechte Anoraktasche und umfasste wahrscheinlich die Leuchtpistole, falls es wirklich gefährlich wurde.

Als der riesige Bär sie witterte und Anstalten machte, auf sie zuzulaufen, verlor David die Nerven. Bevor ihn jemand daran hindern konnte, rannte er in blinder Panik davon, schrie verzweifelt und fuchtelte wild mit den Armen.

Paula reagierte instinktiv. Während Mark alle Hände damit zu tun hatte, Ellen von einer Verfolgung abzuhalten und die Campbells zu beruhigen, rannte sie hinter David her. Sie holte ihn ein, riss ihn zu Boden und zwang ihn, hinter einem Treibholzstamm mit abgebrochenen Ästen in Deckung zu gehen. Sie verpasste ihm eine Ohrfeige und fuhr ihn an: »Halten Sie die Klappe! Bleiben Sie so ruhig wie möglich liegen und sagen Sie kein Wort!«

David fing an zu schluchzen. »Wir müssen sterben! Er wird …«

»Er wird gar nichts! Klappe halten, okay?«

Paula richtete sich auf und sah, den Bären auf sich zukommen. Je näher er kam, desto weicher wurden ihre Knie. Später würde sie sich fragen, warum sie nicht selbst die Nerven verloren und Reißaus genommen hatte, so gefährlich klang das Fauchen und Knurren des angreifenden Bären. Ein Koloss, der sie mit einem Prankenhieb von den Beinen holen und töten konnte.

Doch sie behielt die Ruhe. Paula erinnerte sich an alles, was sie während ihres Studiums und ihrer Arbeit im *Bear Center* über Bären gelernt hatte. Bleib ruhig, dreh auf keinen Fall durch, tue nichts, was dem Bären sagen könnte, dass du eine Beute bist. Und lauf um Himmels willen nicht weg, auf keinen Fall!

Schon von Weitem sah sie, dass die Ohren des Bären angelegt waren, dass er sich in seinem Revier bedroht sah und sie wahrscheinlich nur vertreiben wollte. Ein schwacher Trost, wenn ein riesiger Bär angriff. Doch Paula handelte instinktiv: Sie machte sich so groß wie möglich, schwenkte langsam die ausgestreckten Arme und begann auf den Bären einzureden.

»Jabba!«, rief sie so sanft wie möglich. »Jabba, das meinst du doch nicht im Ernst! Ich weiß, du bist ein wilder Bursche und musst ab und zu mal Dampf ablassen, aber wir wollen dir nichts Böses. David hat keine guten Erfahrungen mit Tieren gemacht, weißt du, und als er dich gesehen hat, sind die Nerven mit ihm durchgegangen. Das darfst du ihm nicht übel nehmen.«

Jabba bremste vor ihr ab, war ihr inzwischen so nahe, dass er sie fast mit seiner Schnauze berührte. Paula roch seinen stinkenden Atem und sah den Speichel, der aus seinem Maul tropfte. Sein aufgebrachtes Fauchen klang aus der Nähe noch bedrohlicher. Es kostete sie beinahe unmenschliche Kraft, sich nicht umzudrehen und zu fliehen.

»So ist es besser«, sagte sie, als der Bär ruhiger wurde. »Wir wollen dir dein Revier nicht wegnehmen, das glaubst du mir doch? Tut mir leid wegen David, aber er hatte noch nie mit Bären zu tun, und wie gesagt, es gibt da einige Tiere, die ihn böse angegangen sind. Nicht so brave Burschen wie du.«

Schließlich war Paula erfolgreich. Nachdem Jabba seine Überlegenheit noch einmal durch lautes Fauchen kundgetan hatte, drehte er endlich ab und trottete hastig davon.

4

Paula sank erschöpft auf die Knie. Erst jetzt spürte sie, wie viel Kraft sie ihr Eingreifen gekostet hatte. Sie hatte keine Ahnung, wie sie den Mut aufgebracht hatte, es mit dem riesigen Bären aufzunehmen. Selbst mit ihrem Wissen war es ein lebensgefährliches Wagnis gewesen. Ein ergrauter Bär, der bei den Weibchen nicht mehr zum Zug kam, war gefährlicher als eine Bärenmutter, die ihre Jungen in Gefahr sah. Vor allem, wenn er gerade eine schmerzhafte Abfuhr erhalten hatte.

Nach ein paar heftigen Atemzügen ließ ihre Anspannung nach. Sie legte David eine Hand auf die Schulter und sagte: »Es ist vorbei … er ist weg, David. Der Bär ist weg! Kommen Sie … Ihre Frau macht sich sicher Sorgen.«

Sie half David auf die Beine und stützte ihn, bis er sich einigermaßen von seinem Schrecken erholt hatte. Er sah mitgenommen aus. In seinem Gesicht klebte die feuchte Erde, in die er sich gekrallt hatte, als der Bär über ihm gefaucht und geknurrt hatte, und in seinen Augen war noch die Panik zu erkennen, die ihn in die Flucht getrieben hatte.

Während seine Angst langsam schwand, schien er sich seines Fehlverhaltens und dessen Konsequenzen bewusst zu werden. Mit seiner Panik hatte er die anderen in Gefahr gebracht und sich selbst lächerlich gemacht. Vor einem

Geschäftsmann, der sicher genauso viel Angst vor dem Bären gehabt hatte, vor einer älteren Dame, einer jungen Studentin und – was für ihn sicher noch schlimmer war – vor seiner eigenen Frau. Am liebsten hätte er sich wohl in Luft aufgelöst, um dem Hohn und dem Spott zu entgehen, den er von den anderen erwartete.

Doch niemand machte ihm Vorwürfe, nicht einmal der Guide und schon gar nicht seine Frau. Ellen kam herbeigeeilt, in Tränen aufgelöst und kaum noch bei Sinnen, umarmte ihn so fest, dass ihm kaum noch Luft blieb, und flüsterte: »Gott sei Dank! Das ging gerade noch mal gut.« Mit ihrem linken Arm zog sie Paula zu sich heran und umarmte sie ebenfalls. »Ich bin Ihnen ja so dankbar! Sie haben David das Leben gerettet! Dass Sie es gewagt haben, sich dem riesigen Bären entgegenzustellen … einfach wundervoll! Das werde ich Ihnen nie vergessen, Paula!«

Inzwischen waren auch die anderen gekommen. Campbell war so blass, als wäre alles Blut aus seinen Adern gewichen. Seine Frau schien gar nicht zu kapieren, was passiert war, und hielt immer noch ihr Handy in der Hand. Auch Mark Bellingham war blass, wusste natürlich, dass Paula ihm den Kopf gerettet hatte. Als Guide war er verantwortlich für die Sicherheit der Gäste.

»Sie waren großartig, Paula!«, lobte Mark. Er hielt seine Leuchtpistole in der Hand. »Ich wollte schon schießen, aber eine harmlose Fackel hätte bei Jabba wohl nicht viel genützt. Für den brauchen Sie ein anderes Kaliber.«

»Ich hab nur das getan, was man in einer solchen Situation tun muss.«

»Das wäre schon bei einem normalen Braunbären eine mutige Tat. Um einen Riesenbären wie Jabba in Schach zu halten, gehört schon mehr dazu.«

»Ich konnte nicht anders, Mark.«

»Weil Sie sich mit Bären auskennen. Lauf niemals vor einem Bären davon ... das ist kein leerer Spruch«, sagte er, ohne sich an David direkt zu wenden. »Selbst ein Koloss wie Jabba würde noch jeden Olympiasieger einholen. Nicht mal mit einer Büffelflinte könnten Sie den aufhalten, weil Sie dann sein Hirn treffen müssten, und das ist kleiner als ein Tennisball. Da hilft nur Diplomatie. Sie haben ein gutes Gespür für Bären, Paula.«

David sagte gar nichts, bedankte sich lediglich mit einem Blick bei ihr. Er war voller Scham wegen seiner panischen Flucht, hielt den Kopf gesenkt und wagte keinem in die Augen zu blicken. Als Einziger die Fassung verloren zu haben und noch dazu von einer jungen Frau gerettet worden zu sein, machte ihm schwer zu schaffen. Nur ganz allmählich kehrten seine Lebensgeister am Nachmittag zurück, aber er sprach jetzt noch weniger als vorher und schien sich selbst in Gegenwart seiner Frau unwohl zu fühlen.

Beim Abendessen war die Stimmung entspannter. Roger Campbell prahlte zur Abwechslung mal nicht mit seinen Jagderlebnissen, vielleicht saß ihm die Bärenattacke doch noch etwas in den Knochen. Seine Frau war gewohnt schweigsam – einige Male beugte sie sich zu Paula hinüber und erweckte den Eindruck, als wollte sie etwas sagen, ohne es jedoch zu tun. Ellen strahlte ihren

Mann an, der jedoch ständig nach unten blickte und kaum reagierte. Und Mark berichtete von einigen Erlebnissen mit anderen Gästen, die ihn ebenfalls einige Nerven gekostet haben mussten. So wie der junge Mann, der beinahe zwischen eine Bärenmutter und ihre Jungen geraten wäre. Mark hatte ihn gerade noch davon abbringen können.

»Einige Gäste lassen sich durch die jungen Bären täuschen. Sie würden die kuscheligen Teddys am liebsten in die Arme schließen, ohne sich darüber im Klaren zu sein, wie gefährlich das wäre.«

Auch an diesem Abend trat Paula vor ihre Unterkunft und genoss die frische Abendluft. Der Abschluss eines aufregenden Tages, der einen dramatischen Zwischenfall, aber auch viele schöne Momente für sie bereitgehalten hatte. Die Bear Safari war eine noch größere Erfahrung gewesen, als sie gehofft hatte, und würde sich auch auf ihre weitere Arbeit vorteilhaft auswirken. Es war wie in der Schule oder an der Uni, keine Theorie ersetzte die praktischen Erfahrungen, die man während eines »Field Trips« sammeln konnte.

Nachdem sie einige Minuten gelaufen war und einem weißköpfigen Seeadler, dem Wappentier der USA, bei seinem Gleitflug zugesehen hatte, drangen laute Stimmen aus dem Zelt der Morgans. Wenig später stürmte Ellen aus dem Zelt, ging wütend ein paar Schritte und blieb neben Paula stehen. Ihre Haare waren zerzaust, ihre Augen gerötet, und sie trug Badeschlappen. Den Anorak hatte sie übergeworfen, ohne in die Ärmel zu schlüpfen.

»Jetzt soll ich plötzlich schuld sein!«, beklagte sie sich wütend bei Paula. »Ich soll schuld an dem ganzen Schlamassel sein, weil ich ihn nicht am Weglaufen gehindert hätte!«

»Wenn Sie es getan hätten, wäre es noch schlimmer gekommen.«

»Das hab ich ihm auch gesagt. Dabei bin ich ihm nur nicht nach, weil Mark mich zurückgehalten hat. Ich hab eine Heidenangst um David gehabt.«

»Das weiß ich doch … und er auch.«

»Warum redet er dann solchen Blödsinn?«

Paula kam sich plötzlich wie Ellens ältere Schwester vor. »Das meint er doch gar nicht so. Er fühlt sich in seinem Stolz verletzt. Das kenn ich von der Uni. Da waren manche Männer auch eingeschnappt, wenn eine Frau besser war.«

»Männer!« Ellen beruhigte sich schon wieder.

»Wer möchte schon gern von einer Frau gerettet werden.«

»Auch wieder wahr. Sie verstehen was von Männern.«

Sehr witzig, dachte Paula. *Die wenigen Beziehungen, die ich hatte, dauerten alle nur ein paar Tage, und was wirklich Ernstes war nie dabei.* »Das sieht nur so aus«, sagte sie. »Von Bären verstehe ich mehr. Die sind auch kompliziert.«

»Sie haben meinem Mann das Leben gerettet, Paula!«

»Ich bin froh, dass nichts passiert ist.«

Ellen lächelte bereits wieder. »David wird auch schon noch darüber hinwegkommen. Ich hab da ein paar Tricks auf Lager, gegen die kann selbst er nichts ausrichten. Sie werden sehen, morgen früh ist er wieder der Alte. Noch mal vielen Dank, Paula!«

Ganz der Alte war David am nächsten Morgen noch nicht. Die Blamage hatte einen Knacks bei ihm hinterlassen, das war deutlich zu erkennen, und es würde sicher noch einige Tage dauern, bis er sich davon erholt hatte. Aber er tat zumindest so, als hätte er seinen Schock überwunden, und machte gute Miene zum bösen Spiel, als der Angriff des Bären zur Sprache kam.

Ellen verteidigte ihn: »Wenn Mark uns nicht zurückgehalten hätte, wären wir doch selbst alle davongerannt. Oder will mir jemand weismachen, dass er gewartet hätte, bis der Bär vor ihm stand? Paula kann das, sie hat Bären studiert. Sie wusste, was sie tun musste, als sie sah, dass Mark mit uns beschäftigt war.«

In der Cessna, die sie nach Anchorage zurückbrachte, kam der Vorfall nicht mehr zur Sprache. David schlief oder stellte sich schlafend. Ellen saß neben ihm und blätterte in einer Zeitschrift. Roger Campbell hatte das Thema gewechselt und sprach nur noch über seine Fabrik, obwohl seine Frau längst abgeschaltet hatte und sich auffallend lange mit ihrem Handy beschäftigte.

Paula saß allein am Fenster und blickte wehmütig auf die Berge, die unter ihr vorbeizogen. Nicht nur wegen ihres Abenteuers mit Jabba hatte der Aufenthalt in Alaska tiefe Spuren bei ihr hinterlassen. Sie hatte sich in das Land verliebt und konnte sich sogar vorstellen, nach dem Master hierher zurückzukehren und in einem der Nationalparks zu arbeiten. Auf jeden Fall wollte sie auch den Rest dieses riesigen Landes kennenlernen. Mit der Halbinsel, auf der Katmai lag, hatte sie nur einen winzigen Teil von Alaska gesehen. Und neben Bären gab es zahlreiche Möglichkeiten, sich mit weiteren spannenden Tieren zu beschäftigen: Wölfe, Karibus und andere. Alaska war ein wahres Naturparadies.

In Anchorage verabschiedete Paula sich von den Campbells und den Morgans und nahm den nächsten Flug nach San Francisco. Die Maschine war bis auf den letzten Platz besetzt. Sie schloss ein paarmal die Augen, stand aber noch zu sehr unter dem Eindruck ihrer aufregenden Reise, um schlafen zu können. Der Blick aus dem Fenster lohnte sich kaum. Alles, was sie sah, war Wasser. Der Pazifik, aufgewühlt durch böigen Wind, erstreckte sich bis zum Horizont.

Nach einiger Zeit merkte sie, dass sich ein junger Mann in der Reihe schräg vor ihr auffallend oft nach ihr umdrehte. Sie bezweifelte, dass er sie anzumachen versuchte, dazu machte sie nach ihrem Ausflug in die Wildnis zu wenig Eindruck. Ihr dunkelblondes Haar mit dem rötlichen Schimmer, den manche Männer so anziehend fanden, reichte ihr nicht wie sonst auf die Schultern, sondern wurde im Nacken von einem schnöden Gummiband zusammengehalten. Und ihre grünblauen Augen kamen in dem trüben Licht, das in dem Flugzeug herrschte, sowieso nicht zur Geltung. Auch die silbernen Ohrringe und das Sweatshirt mit dem Logo ihrer Uni machten das nicht wett.

Als ihr seine Neugier zu aufdringlich wurde, ging sie

erst auf die Toilette und blieb auf dem Rückweg neben ihm stehen. »Wollen Sie was von mir, oder warum starren Sie mich die ganze Zeit an?«

Er zeigte sich reuevoll. »Tut mir leid, wenn ich einen falschen Eindruck erweckt habe. Sind Sie die Bärenflüsterin, die in Alaska einen jungen Mann vor dem Tod gerettet hat?« Er blickte auf sein eingeschaltetes iPad. »Im Internet läuft ein Film, der schon über hunderttausend Mal angeklickt wurde.«

»Wie bitte? Darf ich mal sehen?«

Er reichte ihr das iPad, und sie las den Facebook-Beitrag einer gewissen Mary Campbell, der während der letzten Stunde wohl viral gegangen war. »Liebe Grüße von unserer Bear Safari im *Katmai National Park* in Alaska. Ich möchte mich auf diesem Wege noch mal bei Paula Jackson bedanken, einer jungen Biologin, die sich bestens mit Bären auskennt und uns allen durch ihren mutigen Einsatz das Leben gerettet hat. Ich hatte gerade gefilmt und ließ vor Schreck die Aufnahme weiterlaufen. Du bist eine Heldin, liebe Paula!«

Paula sah sich den leicht verwackelten Film an, den Mary, ohne es zu merken, aufgenommen hatte, und erschrak vor ihrer eigenen Tat. Obwohl sie während des Angriffs kaum nachgedacht hatte, kam sie tatsächlich wie eine furchtlose Heldin rüber.

»Mary Campbell, wer hätte das gedacht«, flüsterte sie. Sie reichte dem jungen Passagier sein iPad zurück. »Stimmt, das war ich.«

»Wahnsinn! Wie haben Sie das geschafft?«

»Ich hab dem Bär gesagt, was für ein toller Bursche er ist.«

Der Mann grinste. »Und das hat er Ihnen geglaubt?«

»Wenn ein Braunbär oder Grizzly angreift, darf man nicht davonlaufen. Man muss stehen bleiben, sich so groß wie möglich machen und mit sanfter Stimme auf ihn einreden. Es sieht dramatischer aus, als es wirklich war.«

»Da gehören bestimmt Nerven dazu.«

»Ich kenne mich mit Bären aus. Kein großes Ding.«

»Das sehen die User aber anders«, erwiderte er. Er blickte auf die Kommentare unter dem Post. »Die feiern Sie als ›Frau, die mit Bären spricht‹. Als ›Heldin der Wildnis‹, die wahrscheinlich auch einen Löwen bändigen würde.«

»Social Media. Das kennt man doch.«

Paula kehrte auf ihren Platz zurück und starrte grübelnd aus dem Fenster. Alles hätte sie erwartet, nur nicht, dass ausgerechnet Mary Campbell, die ihr eher leise und zurückhaltend vorgekommen war, die Szene mit dem Bären aufnehmen und ins Netz stellen würde. Jetzt verstand sie auch, warum Mary während des Frühstücks ständig auf ihr Handy geblickt hatte. Sie hatte sicher lange darüber nachgedacht, ob sie es tun sollte, und wohl geglaubt, ihr damit einen Gefallen zu erweisen. Wer rechnete schon damit, dass die Aufnahme solche Kreise zog, dass sie ein Fremder im Flugzeug erkannte?

Sie rief die Seite auf ihrem Smartphone auf und sah sich den Film noch einmal an. Unfassbar, dass sie beim Anblick des wütenden Bären die Fassung bewahrt hatte und noch zu beruhigenden Worten fähig gewesen war.

Wie sehr sie sich vor ihm gefürchtet hatte, sah man glücklicherweise nicht. Nur das Adrenalin, das in ihren Körper geschossen war, hatte ihr die Kraft gegeben, sich gegen den monströsen Bären zu behaupten. Erst beim Anblick der Aufnahmen wurde ihr klar, wie groß und stark der Bär wirklich gewesen war.

Sie steckte ihr Handy weg und schnallte sich an. Der Captain hatte mit dem Landeanflug begonnen, und so schön es in Alaska gewesen war, freute sie sich auch, wieder nach Hause zurückzukehren. Bevor sie mit ihrem Masterstudium begann, würde sie in den Semesterferien ein weiteres Mal im *Bear Center* am Lake Tahoe aushelfen. Owen Kingsley, der Besitzer, hielt große Stücke auf sie. Sie verdiente nicht viel, freute sich aber dennoch sehr auf die Arbeit mit den Tieren. Sie konnte in einem der Blockhäuser wohnen und bekam ihr Essen bezahlt.

Nachdem sie gelandet waren, war sie mit ihren Gedanken schon zu Hause. Sie musste sich dringend bei ihren Eltern melden. Ihre Mutter war sicher bereits nervös. Ob sie die Aufnahmen im Internet gesehen hatte? Anscheinend nicht, sonst hätte sie sich wahrscheinlich längst gemeldet. Oder sie war in Ohnmacht gefallen und erholte sich im Krankenhaus. Paula fielen immer solche unpassenden Vergleiche ein, wenn sie an ihre Mutter dachte. Für sie würde Paula wohl immer das kleine, schutzbedürftige Mädchen von früher bleiben.

Sämtliche Gedanken waren wie weggeblasen, als Paula die Ankunftshalle betrat und das Fernsehteam vor dem Gate erblickte: eine Reporterin im hellblauen Hosenanzug und ein leger gekleideter Kameramann. Vergeblich blickte sich Paula nach einem Prominenten um, der mit ihr aus dem Flugzeug gestiegen war, und merkte erst, dass sie gemeint war, als die beiden auf sie zukamen. Jetzt erkannte sie die hübsche Reporterin aus den Nachrichten.

»Paula Jackson?«, fragte die Reporterin. Sie hieß Cindy Randolph.

»Ja?«

»Die Bärenflüsterin aus Alaska?«

»Oh Gott!«, erschrak Paula. »Sie haben das Video gesehen!«

Cindy zeigte ihre blütenweißen Zähne. »Jeder hat das Video gesehen. Sie sind eine Heldin, wussten Sie das nicht? So was schafft sonst nur Supergirl.«

»Und woher wussten Sie, dass ich diese Maschine nehmen würde?«

»Wir haben ausgezeichnete Spürnasen in der Redaktion«, verriet sie lächelnd. »Darf ich Ihnen ein paar Fragen für die Abendnachrichten stellen?«

»Ich weiß nicht …«

Cindy wartete ihre Antwort gar nicht ab und gab ihrem Begleiter das Zeichen, die Kamera laufen zu lassen. »Sie alle haben das spektakuläre Video einer jungen Studentin aus Berkeley gesehen, die einen aufgebrachten Grizzly allein mit Worten beruhigte und einem jungen Mann das Leben rettete. Heute Nachmittag kehrte Paula Jackson aus Alaska zurück. Paula, diese Aufnahmen sind unglaublich. Sie haben schneller reagiert als der Guide, der mit den anderen Wanderern zu tun hatte. Woher haben Sie diese starken Nerven?«

Paula wiederholte, wie man sich beim Angriff eines Bären verhalten sollte, und fügte hinzu: »Um ehrlich zu sein, hatte ich eine Heidenangst. Aber ich hab mich lange genug mit Bären beschäftigt, um zu wissen, was in einem solchen Fall zu tun ist. Ich habe nicht groß nachgedacht und hatte genug Adrenalin im Körper, um nicht durchzudrehen. Ich bin froh, dass nichts passiert ist.«

»Und wie fühlt man sich, wenn einem ein Grizzly in die Augen blickt?«

»Den Augenkontakt sollte man möglichst vermeiden, so was macht einen Bären nervös. Aber man erkennt natürlich, wie überlegen einem ein so riesiger Bär ist. Doch egal, wie groß die Angst ist, man sollte niemals vor ihm weglaufen. Auch wenn er ein paar Pfunde zu viel hat, er holt einen immer ein. Dennoch ist ein Besuch des *Katmai National Parks* äußerst empfehlenswert. Die Guides haben die Bären normalerweise gut im Griff. Unser Bär griff nur an, weil der junge Mann die Nerven verlor.«

Cindy verabschiedete sich von ihren Zuschauern und bedankte sich bei ihr, als die Kamera ausgeschaltet war. »Und morgen früh würden wir Sie gern in der *Morning Show* begrüßen. Sie haben doch Zeit … um sieben im Studio?«

Paula war sprachlos. Doch bevor sie ernsthaft protestieren konnte, hatte Cindy ihr mit einem Handschlag die Zusage schon abgerungen.

5

Paula holte ihren Wagen, einen altersschwachen Chevy, aus der Tiefgarage und fuhr über die Bay Bridge nach Oakland. Jenseits der Brücke kündigte sich bereits der Abend an. Sie wusste nicht, ob sie erfreut oder besorgt sein sollte wegen des Empfangs am Flughafen und der Einladung zur *Morning Show*. Sie sah sich nicht als Heldin und hatte keine Lust, wegen ihrer Rettungstat in den Himmel gelobt zu werden. Zugegeben, das Video sah sehr dramatisch aus und wirkte auf viele Zuschauer vielleicht sogar sensationell, aber es gab andere Heldinnen, die mehr Aufmerksamkeit als sie verdient hatten: Ärztinnen, Krankenschwestern, Sozialarbeiterinnen, alleinerziehende Frauen, die so wenig verdienten, dass sie kaum über die Runden kamen. Paula hatte an zahlreichen Charity-Aktionen teilgenommen und wusste, wo vieles im Argen lag.

In Berkeley hielt sie vor einem Supermarkt und kaufte etwas Putenbrust und Käse für ihr Abendessen ein. Ihr Kühlschrank war leer. Während sie an der Kasse wartete, spürte sie die neugierigen Blicke einiger Kunden auf sich, und ein Mädchen sprach sie sogar an: »Hey«, sagte sie, als wäre sie gerade einem Promi begegnet, »Sie sind doch diese Bärenflüsterin. Ich hab Ihr Video im Netz gesehen. Coole Sache, so auf einen gefährlichen Bären loszugehen!«

»Das sieht dramatischer aus, als es wirklich war«, erwiderte Paula.

»Machen Sie sich nicht kleiner, als Sie sind, das war absolut irre! Wissen Sie, wie viele Likes unter Ihrem Post sind? Über zwanzigtausend! Und so viele Leute haben ihn geteilt, dass er sich über das ganze Netz verbreitet.«

Paula war froh, als sie an die Reihe kam und endlich zahlen konnte. Auch die Kassiererin schien sie zu erkennen, lächelte aber nur und beschränkte sich darauf, ihr das Wechselgeld herauszugeben. Auf dem Parkplatz war sie erleichtert, dass sie es ungehindert in ihren Wagen schaffte. Eine Weile blieb sie tatenlos sitzen und starrte ins Leere. »Wenn das so weitergeht, drehe ich noch durch!«, schimpfte sie leise.

In ihrem Apartment legte Paula die Putenbrust und den Käse in den Kühlschrank und machte sich einen Kaffee mit viel Milch und zwei Teelöffeln Zucker, die sie stets mit einem schlechten Gewissen in den Becher gab. Sie war rank und schlank, brauchte aber nur an ihre Mutter zu denken, um sich bewusst zu machen, wie leicht man sich zu viele Pfunde aufladen konnte. Nicht einfach für ihre Mutter, die in ihrem Drugstore ständig Schokoriegel in Griffweite hatte.

Apropos, dachte Paula und rief ihre Mutter an.

»Paula!«, ertönte die vertraute Stimme am anderen Ende. »Ich dachte schon, du meldest dich gar nicht mehr. Weißt du, wie viele Male ich gestern versucht habe, dich anzurufen?«

»Kann ich mir denken«, antwortete Paula, »aber in

Alaska hatte ich weder Handynetz noch Internet. Dafür rufe ich dich jetzt an. Ich bin gerade erst zurückgekommen.«

»Das weiß ich.« Ihre Mutter klang etwas gereizt.

»Du hast doch nicht …«

»Doch, ich habe die Five o'clock News und das Interview mit dir im Fernsehen gesehen. Und ich habe mir das Filmchen im Internet angeschaut. Wie konntest du nur so leichtsinnig sein, Paula? Der Bär hatte dich töten können!«

»Wenn ich nicht eingegriffen hätte, hätte der junge Mann keine Chance gehabt.«

»Aber ihr hattet doch einen Guide dabei!«

»Der musste die Ehefrau des Mannes und ein anderes Ehepaar zurückhalten, sonst wäre noch mehr passiert. So viel Risiko war bei der Sache gar nicht dabei. Wenn Bären auf einen zustürmen, auch ein Braunbär oder Grizzly, sind sie nicht unbedingt darauf aus, einen zu töten. Wenn man stehen bleibt und mit ruhiger Stimme auf den Bären einredet, lässt er einen meist in Ruhe.«

»Nicht unbedingt … meist … das war ein Riesenbär, Paula!«

»Ich hatte die Sache im Griff«, log sie. »Sieh dir morgen früh die *Morning Show* an, da werde ich den Leuten in aller Ruhe erklären, dass ich keine Wonder Woman und kein Supergirl bin und nur Erste Hilfe geleistet habe.«

»Sie interviewen dich in der *Morning Show*?« Ihre Mutter klang ungläubig.

»Ich konnte schlecht Nein sagen«, erwiderte Paula, »aber das wird auch mein letzter Fernsehauftritt sein, da bin ich ziemlich sicher. Ich hab keine Lust auf den Hype. Als ob sie nichts anderes hätten, über das sie berichten könnten.«

»Und dann? Ich hoffe, du ruhst dich erst mal aus.«

»Ich muss Geld verdienen, Mom. Ich kann euch nicht ständig auf der Tasche liegen. Ich bin euch sehr dankbar, dass ihr mir das Apartment zahlt, aber in den Ferien muss ich arbeiten. Mit dem *Bear Center* ist schon alles abgemacht.«

»Du kriegst wohl nie genug von Bären?«

»Mit Bären kenne ich mich aus. Nach den Semesterferien beginne ich mit meinem Master und nach dem Studium nehme ich vielleicht einen Dauerjob beim *Bear Center* an. Ich hab schon mit dem Chef gesprochen, der würde mich wohl nehmen.«

»Sei vorsichtig, Paula!«

Paula unterdrückte ein Lachen. »Sei vorsichtig« waren die Lieblingsworte ihrer Mutter. Sie machte sich ständig Sorgen, war sich dessen sogar bewusst, konnte aber nicht aus ihrer Haut. Paula verabschiedete sich und legte auf, trank einen Schluck von ihrem Kaffee und überlegte, was sie für das Interview in der *Morning Show* anziehen sollte. Sie entschied sich für eine schlichte, eng anliegende Jeans, eine weinrote Bluse mit langen Ärmeln und weiße Sneakers mit schwarzen Streifen. Ihr Sommermantel war etwas älter, wäre im Fernsehen aber auch nicht zu sehen.

Noch vor dem Essen gönnte sie sich ein heißes Bad und wusch sich die Haare. In ihrem Jogginganzug und mit einem Handtuch-Turban auf den feuchten Haaren trank sie den abgekühlten Kaffee aus und war gerade dabei, ein

Sandwich zu belegen, als ihr Handy klingelte. Den Klingelton mit dem Bärenfauchen hatte sie inzwischen ganz gelöscht. Sie las Mary-Beth' Namen auf dem Display und rief fröhlich: »Hey, Mary-Beth! Alles okay in Texas?«

»Keine Ahnung. Ich bin nicht geflogen.«

»Was ist passiert?«

»Kann ich vorbeikommen?« Ihre Stimme klang weinerlich. »Nur für eine Stunde oder so. Ich könnte eine Pizza und eine Flasche Rotwein mitbringen.«

»Ich kann uns Sandwiches machen, Mary-Beth, die reichen für uns beide.«

»Okay … ich bin in zwanzig Minuten bei dir.«

Paula belegte die Sandwiches mit Putenbrust, Käse und Tomatenscheiben, stellte zwei Gläser für den Rotwein bereit und wartete, bis Mary-Beth klingelte. Ihre geröteten Augen verrieten Paula, wie schlecht es um die Texas-Pläne ihrer Freundin stand. Sie umarmten sich länger als sonst und setzten sich mit Sandwiches und Rotwein an den Tisch. Mary-Beth gehörte nicht zu den Frauen, denen wegen schlechter Nachrichten der Appetit verging, im Gegenteil, dann aß sie noch mehr. Sie goss den Rotwein ein und prostete Paula zu.

»Möge er vom Pferd fallen und sich den Hals brechen!«, sagte Mary-Beth.

»Sprichst du von Scooter?«

»Und ob ich von ihm spreche«, erwiderte Mary-Beth in einer Mischung aus Wut, Schmerz und Verachtung. »Weißt du, was mir der Drecksack am Telefon gesagt hat?« Sie nahm einen großen Schluck und stellte das Glas so fest auf den Tisch, dass Rotwein überschwappte. »Es täte ihm furchtbar leid, aber während ich weg war, hätte sich einiges auf der Ranch verändert, und er müsste erst mal in sich gehen und nachdenken, bevor er mich holen würde.«

»Soll heißen?«

»Soll heißen, er hat eine andere und will nichts mehr von mir wissen.«

»Bist du sicher?«

»Ich bin keine dumme Tussi, auch wenn mich manche dafür halten. Scooter war immer schon ein Waschlappen. Der würde sogar einem Gaul eine Lüge ins Ohr flüstern, bevor er ihn zum Pferdemetzger schickt. Er hat eine Neue, wahrscheinlich dieses schlanke Ding von der Nachbarranch. Schlank wie Celine Dion an ihren schlimmsten Tagen – und reiten kann sie auch nicht.«

»Heftig!«

»Er hat doch schon mit ihr geflirtet, als ich das letzte Mal bei ihm war. Bei diesem Wohltätigkeitsrodeo vor ein paar Wochen. Sie wurde Siebte beim Barrel Racing, und er hat sie angehimmelt, als hätte sie das Ding gewonnen.«

Paula blickte sie fragend an.

»Beim Barrel Racing reiten die Cowgirls um die Wette, um drei Fässer oder Tonnen herum, die sie nicht berühren dürfen. Die schnellste Reiterin gewinnt.«

»Hab ich mal im Fernsehen gesehen.«

»Er hat sie umarmt, vor meinen Augen, sie an sich gedrückt, als wollte er sie nicht mehr loslassen, und dann hat er sie geküsst ... auf den Mund! Alles nur Spaß, hat er gesagt, aber das war gelogen. Er liebt diese ...« Sie suchte vergeblich nach einem passenden Wort und brach plötzlich in Tränen aus.

»Du liebst ihn immer noch, was?«

»Ich ... ich kann nicht anders, Paula. Wie kann er ... wie kann er so was tun?« Mary-Beth klammerte sich an Paula und heulte sich an ihrer Schulter aus, bis keine Tränen mehr kamen. Schniefend hob sie den Kopf und wischte sich die Augen mit einem Ärmel ihres Sweatshirts trocken. »Will mir weismachen, dass er in sich gehen muss und mich erst holen kann, wenn ihm die Erleuchtung gekommen ist.« Ihr Tonfall veränderte sich, wurde aggressiv und ließ ihren kurzen Schwächeanfall vergessen. »Ist er unter die Yoga-Jünger gegangen? Muss er nach seiner Mitte suchen, bevor er mir die Wahrheit verrät? Als ob er jemals die Absicht gehabt hätte, mich zu heiraten! Das war doch nur romantisches Geschwätz!«

»Vielleicht hat er nur kalte Füße bekommen«, erwiderte Paula, »das passiert vielen Leuten vor der Hochzeit. Gib ihm ein paar Tage, bevor du ihn endgültig zum Teufel wünschst. Und bleib in San Francisco. Wenn du nach Texas fliegst, machst du alles nur noch schlimmer.« Sie trank einen Schluck Rotwein. »Was ist mit deinem Zimmer? Du hast doch noch nicht gekündigt?«

»Leider doch«, sagte Mary-Beth, »aber ich hab schon in dem Coffee Shop angerufen, in dem ich während der letzten Ferien gekellnert habe. Ich kann dort wieder anfangen, am Montag schon, und ein Zimmer haben sie auch.«

»Na, siehst du? Alles bestens.«

Sie bissen beide in ihre Sandwiches und kauten genüsslich. Paula war keine gute Köchin, schaffte gerade mal einigermaßen gute Cheeseburger und Spaghetti mit Tomatensoße aus der Dose. Ihre Sandwiches fand sie aber großartig. Sie benutzte geröstetes Sauerteigbrot, das in San Francisco besonders leicht zu bekommen und nicht so labbrig wie gewöhnliches Weißbrot war.

»Und du so?«, fragte Mary-Beth kauend. »Wie war Alaska?«

Paula wurde klar, dass ihre Freundin die letzten Nachrichten versäumt hatte und das Video mit dem Bärenangriff auch nicht im Internet gesehen hatte. Kein Wunder bei dem Ärger mit Scooter. Sie griff nach ihrem Smartphone und brauchte nur ein paar Sekunden, um das Video zu finden. In wenigen Worten schilderte sie, was in Alaska vorgefallen war und hielt Mary-Beth das Handy hin.

Beim Betrachten der Aufnahmen wurden die Augen ihrer Freundin immer größer. Sie sah sich das Filmchen gleich zweimal an und sagte: »Kaum zu glauben, was ich da sehe. Du redest auf einen wilden Grizzly ein, der den armen Mann und dich fressen will, und er hört auf dich und trollt sich? Wie hast du das gemacht?«

»Hast du doch auch gelernt. Der Ranger aus dem Yellowstone Nationalpark, der im vorletzten Semester einen Vortrag an der Uni hielt? ›Bleib auf jeden Fall stehen, wenn ein Bär angreift, und versuche, ihn durch Zureden von dir abzuhalten‹?«

»Kenn ich. Steht in Yellowstone und Yosemite auf jedem Folder.«

»Und es hat funktioniert.«

»Wonder Woman in Action!«

Paula musste lachen. »Das haben die Fernsehleute auch gesagt. Ich war in den Five-o'clock News und morgen früh bin ich live in der *Morning Show*.«

»Wow! Ich hab eine Heldin zur Freundin!«

»Mach halblang, Mary-Beth! Mir geht der Hype jetzt schon auf die Nerven. In einigen Tagen fange ich im *Bear Center* am Lake Tahoe an, da verstehen sie genug von Bären, um mich nicht gleich in den Himmel zu loben.«

Mary-Beth blieb nicht lange. Sie hatte vor, schon am nächsten Tag in ihr neues Zimmer über dem Coffee Shop zu ziehen, und wollte ausgeschlafen sein. »Es geht mir schon viel besser«, sagte sie, als sie sich zum Abschied umarmten.

»Ich drück dir die Daumen«, versprach Paula.

Sie musste spätestens um fünf Uhr früh aus dem Haus, wenn sie pünktlich beim Sender sein wollte, und eine Dreiviertelstunde würde sie brauchen, um sich einigermaßen vorzeigbar präsentieren zu können. Zum Glück hatte sie keine Schwierigkeiten beim Einschlafen. Sie wachte jedoch schon kurz nach vier Uhr auf und fand sogar Zeit für einen Kaffee, bevor sie das Haus verließ.

Der Verkehr auf der Bay Bridge hielt sich im Rahmen, und sie war bereits um kurz vor sechs im Sender. Das Studio war im Erdgeschoss eines verglasten Hochhauses in der Innenstadt untergebracht, im Stockwerk darüber lagen die Büros. Die Aufnahmeleiterin, ein Clipboard in einer Hand, holte sie an der Rezeption ab und führte sie zu einer Maskenbildnerin, die ihr Make-up verstärkte und sich an ihren Haaren zu schaffen machte, bis sie zufrieden war. Dann wurde Paula in eine Lounge neben dem Studio geführt, in der die Interviewgäste auf ihren Auftritt warteten. Außer ihr warteten noch eine Sängerin und die Autorin eines aktuellen Bestsellers. Paula kam sich plötzlich wie ein Star vor.

Cindy Randolph, die Reporterin vom Flughafen, erschien und setzte sich neben sie. Sie sah hinreißend aus, war von Kopf bis Fuß durchgestylt und trug einen Hosenanzug in Hellblau, der Farbe ihres Senders.

»Hi, Paula«, grüßte sie, »schön, dass Sie hier sind. Wir sind in einer halben Stunde dran. Kennen Sie unsere *Morning Show*? Interviews wie das mit Ihnen führen wir in unserer weißen Ecke, wie wir sie nennen, der Sitzgruppe unter dem Logo unseres Senders. Sie können sich sicher vorstellen, was ich fragen werde: Was Ihnen bei dem Bärenangriff durch den Kopf gegangen ist, wie man sich am besten in der Gegenwart von Bären verhält … so was. Wir haben auch einen O-Ton des Mannes, den Sie gerettet haben, und der Dame, von der das Video stammt. Ich hole Sie rechtzeitig ab.«

Paula war zu aufgeregt, um sich einen Kaffee einzuschenken, und blickte alle paar Minuten auf die große Wanduhr. Sie war sehr gespannt darauf, was David Morgan und Mary Campbell zu sagen hatten. Nach einer Weile wurde sie etwas ruhiger, und erst als Cindy erschien, stieg ihr Adrenalinspiegel wieder.

Im Studio gingen sie hinter den Kameras vorbei und

setzten sich auf die Sessel in der weißen Ecke. Noch war die Wetterfee im Einsatz, dann gab es Werbung, und Cindy beruhigte Paula: »Bleiben Sie ganz natürlich. Sie sehen blendend aus, haben eine sympathische Stimme, da kann gar nichts passieren. Halten Sie Ihre Antworten bitte kurz, wir haben nur ein paar Minuten, okay?«

Die Aufnahmeleiterin zählte mit den Fingern einer Hand von fünf abwärts, dann ging das Rotlicht der Kamera an, und sie waren auf Sendung.

»In unserer weißen Ecke begrüßen wir heute Morgen eine junge Frau, die sich in Alaska einem riesigen Grizzly entgegenstellte und einem Mann durch ihren mutigen Einsatz das Leben rettete: Guten Morgen, Paula Jackson!«

»Guten Morgen, Cindy!«, grüßte Paula zurück.

Schon nach den ersten Antworten war ihre Nervosität verflogen, und auch nachdem ein Ausschnitt aus dem Video gelaufen war, verlor sie den Faden nicht. Erneut gab sie sich alle Mühe, ihre angebliche Heldentat herunterzuspielen und sagte: »Das hätte jeder Park Ranger genauso geschafft.«

»Ihre Bescheidenheit ehrt sie, Paula, aber die Frau, von deren Smartphone die Aufnahmen stammen, ist da ganz anderer Meinung.« Mary Campbell erschien im Bild und sagte: »Ich war so durcheinander, dass ich gar nicht daran dachte, die Aufnahme abzuschalten. Paula hat uns allen das Leben gerettet!«

David Morgan musste schwindeln, um nicht wie ein tollpatschiger Versager dazustehen: »Eigentlich wollte ich den Bären selbst beruhigen«, flunkerte er. »Ich hatte Angst um meine liebe Frau. Aber dann bin ich gestolpert, und Paula übernahm meinen Job.« Er blinzelte nervös. »Ich bin ihr sehr dankbar.«

»Auf dem Video sieht das etwas anders aus«, stichelte Cindy.

»Wir waren alle sehr nervös.«

»Und Sie haben als Einzige einen klaren Kopf behalten. Von Mark Bellingham, dem Guide, haben wir übrigens eine Textnachricht erhalten. Er war während des Angriffs damit beschäftigt, die anderen Teilnehmer zurückzuhalten, und bedankt sich ausdrücklich bei Ihnen Paula, für Ihren tollen Einsatz.« Cindy lächelte Paula zu. »Und was haben Sie nach dem Studium vor?«, lautete ihre nächste Frage.

»Irgendwas mit Bären«, antwortete Paula.

Cindy lachte. »Darauf hätte ich auch selbst kommen können. Das war Paula Jackson in unserer weißen Ecke. Und jetzt kommt George mit dem Sport.«

6

Als Paula sich zwei Tage später von Mary-Beth verabschiedete, hatte sich im Leben ihrer Freundin kaum etwas verändert. Scooter hatte weder auf ihre Anrufe noch auf ihre E-Mails geantwortet, und es sah ganz so aus, als bräuchte er längere Zeit zum Nachdenken. Wenn er nicht schon längst eine Entscheidung getroffen hatte und nur zu feige war, um ihr die Wahrheit zu sagen.

Das ahnte wohl auch Mary-Beth. »Mach dir keine Sorgen um mich«, sagte sie zu Paula, »ich komme auch ohne den Cowboy klar.« Ihre geröteten Augen verrieten etwas anderes. »Ich habe einen guten Job, ein Dach über dem Kopf, mache weiter mit dem Studium und werde irgendwann eine angesehene Professorin oder irgendwas in der Richtung und verdiene so viel Geld, dass mir die Männer in Scharen nachlaufen.« Sie musste selbst grinsen. »Ich brauche keinen Scooter.«

In ihrem altersschwachen Chevy fuhr Paula auf den Interstate. Sie hatte ihr möbliertes Apartment gekündigt und trug ihre ganze Habe in zwei Koffern und einem Rucksack bei sich. Möbel wollte sie erst kaufen, wenn sie fertig studiert hatte und klarer in die Zukunft sah. Das Apartment, das im *Bear Center* auf sie wartete, war nur mit dem Allernötigsten eingerichtet, genügte aber für die paar Monate, die sie dort arbeitete. Wenn sie zurück nach

Berkeley ging, und Mary-Beth noch dort war, wollten sie sich eine Wohnung teilen.

Paula war froh, endlich unterwegs zu sein. Nach ihrem Auftritt in der *Morning Show* hatte sie unzählige Kommentare auf der offiziellen Seite des Fernsehsenders, aber auch über Social Media bekommen. Es waren auch kritische, teilweise sogar beleidigende Nachrichten darunter gewesen. Einige Professoren, Lehrer und Besserwisser hatten darauf hingewiesen, dass man nicht alle Bären über einen Kamm scheren könnte, was sie auch nie getan hatte, und weniger gebildete Leute hatten sie als »Bärenschlampe« und »publicitygeile Nichtskönnerin« und mit etlichen anderen Vokabeln verunglimpft, die Facebook und Instagram hoffentlich längst gelöscht haben sollten. Auch einige Heiratsanträge hatte es gegeben. Ein Mann, der sich selbst mit »Brad Pitt in seinen besseren Jahren« verglich, wollte sich vor dem Bärenfreigehege im nahen Zoo mit ihr trauen lassen, ein anderer nannte sie »sein Bärchen« und schwor, »sie auf Händen zu tragen«, solange es noch Bären in Alaska gäbe.

Einige Leute hatten sie auch wiedererkannt und sie auf der Straße und beim Einkaufen angesprochen. Auch deshalb hatte sie sich einen breitkrempigen Hut aus dunkelgrünem Filz gekauft, der ihre offenen Haare zusammenhielt und es anderen Leuten schwerer machte, sie beim flüchtigen Hinsehen zu erkennen. Sie mochte Hüte, solange sie nicht zu extravagant oder wie Cowboyhüte aussahen, die den Eindruck erwecken könnten, sie wäre ein Cowgirl wie Mary-Beth aus Texas.

Die Sonne schien ihr genau ins Gesicht, als sie über den Interstate nach Osten fuhr. Der Anblick der Sierra Nevada mit ihren teilweise noch schneebedeckten Gipfeln erinnerte sie an Alaska und weckte das Fernweh in ihr, doch genauso groß war ihre Vorfreude auf das malerische Tal nordwestlich vom Lake Tahoe, in dem das *Bear Center* lag. Für die Planwagenzüge im Wilden Westen stellte es damals eine der großen Gefahrenzonen dar, wenn der Winter zu früh einsetzte und ein Weiterkommen unmöglich machte. Inzwischen war es ein Naturparadies und Skigebiet, das allerdings sündhaft teuer und oftmals überlaufen war.

In Sacramento fuhr sie raus und gönnte sich einen Cheeseburger mit Pommes frites, genug Kalorien für die weitere Fahrt zum *Bear Center*. Eine kühle Diet Coke stellte sie in den Behälter vor der Armlehne. Jetzt konnte eigentlich nichts mehr schiefgehen. In wenigen Stunden würde sie bei ihren geliebten Schwarzbären im *Bear Center* sein, dem grimmigen Grumpy, der launischen Baby Jane mit ihren beiden Jungen und dem eingebildeten Lazy Joe.

Womit sie nicht gerechnet hatte, waren die seltsamen Geräusche, die sie plötzlich hörte. Ein auffälliges Brummen und Dröhnen, das immer dann einsetzte, wenn sie nach links steuerte und einen anderen Wagen überholte. Sacramento lag bereits einige Meilen hinter ihr, und sie hatte keine Ahnung, wie weit es bis zur nächsten Werkstatt war, doch sie wollte lieber nichts riskieren. Sie fuhr rechts ran und öffnete die Motorhaube, wie es bei einer Panne vorgeschrieben war. Irgendjemand würde schon halten und ihr sagen, was mit ihrem Wagen nicht in Ordnung war. Sie selbst hatte keine Ahnung von Autos.

Eine Werkstatt war im Internet schnell gefunden. »Jimmy's Auto Repair« in Newcastle, ungefähr fünfzehn Meilen von ihrem Standort entfernt. Sie wollte dort schon anrufen, den Schaden schildern und sich, wenn gar nichts anderes half, von einem Angestellten der Werkstatt abschleppen zu lassen, als ein knallroter SUV vor ihr hielt. Der junge Mann am Steuer brauchte unendlich lange, um die Tür zu öffnen und die Beine zu bewegen. Da bemerkte Paula, dass sein linkes Bein beinahe steif war und er auf Krücken ging.

»Tut mir leid«, sagte er, »ich kann zurzeit nicht so, wie ich will.«

»Sie brauchen doch nicht ...«, begann Paula, doch er war bereits ausgestiegen und humpelte ihr entgegen. »Wo brennt es denn? Mein Onkel ist Chefmechaniker in einer großen Werkstatt, und ich habe einiges von ihm gelernt.«

Paula lächelte dankbar. »Der Wagen brummt und dröhnt plötzlich so komisch. Vielleicht Altersschwäche, mein Chevy hat schon etliche Jahre auf dem Buckel, und ich warte eigentlich täglich darauf, dass er unter mir zusammenbricht.«

Der junge Mann lehnte seine Krücken gegen einen Kotflügel und beugte sich über den Motor. »Er brummt und dröhnt, sagen Sie?«, murmelte er nach einer Weile. »So stark, dass Sie glauben, er könnte jeden Moment stehen bleiben?«

»Deshalb hab ich ja angehalten.«

»Nur in den Kurven oder auch, wenn Sie geradeaus fahren?«

»Nur wenn ich links überhole.«

Ihr Helfer richtete sich auf. »Dann ist die Sache ziemlich klar. Wie gesagt, ich bin kein Automechaniker und hab nur ein bisschen Ahnung, weil sich mein Onkel mit so was beschäftigt, aber das können nur die Radlager sein.«

»Soll das heißen, der Wagen muss in die Werkstatt?«

»Leider«, sagte er.

Sie hielt immer noch ihr Handy in der Hand. »Ich hab schon eine Werkstatt rausgesucht. Jimmy's Auto Repair in Newcastle, ungefähr fünfzehn Meilen von hier, näher gibt's leider nichts. Die können mich sicher abschleppen.«

»Brians Abschleppdienst«, antwortete er grinsend. Und als sie ihn fragend anblickte, fügte er hinzu: »Brian Carmack. Freut mich, Sie kennenzulernen. Ich schleppe Sie gerne ab. Ist sowieso meine Richtung, und warum sollen Sie hier in der Gegend rumstehen und stundenlang auf einen Abschleppdienst warten?«

Sie reichte ihm die Hand. »Paula Jackson. Das ist nett von Ihnen.«

»Paula … cooler Name.«

Paula spürte, wie sie errötete. Brian hatte etwas an sich, das sie verlegen machte. Vielleicht sein Lächeln, das immer etwas spöttisch wirkte, oder die Selbstverständlichkeit, mit der er ihr begegnete und sich anbot, ihr bei ihrem Problem zu helfen. Ein Mann, wie man ihn selten traf. Der sie bei einer Panne vor allem nicht von oben herab behandelte und ihr zu verstehen gab, dass sie als Frau keine Ahnung von technischen Problemen haben konnte. »Ich hab nur ein bisschen Ahnung«, hatte er erwidert. So etwas sagten Machos nicht.

Vor allem seine Augen gefielen ihr. Dunkelbraun mit einem spöttischen Blitzen, das eher liebevoll als boshaft wirkte. Ein krasser Gegensatz zu seinen auf »unordentlich« getrimmten Haaren – der Frisur des Jahres, wenn sie sich richtig erinnerte. So trugen vor allem erfolgreiche IT-Manager aus dem Silicon Valley ihre Haare. Oder Anwälte. Ein Klischee, das wusste sie auch.

»Die Frisur passt nicht zu Ihnen«, sagte sie.

»Das sagt meine Mutter auch.«

»Oder sind Sie IT-Manager? CEO bei Apple oder so?«

»Warum?«

»Weil die alle auf cool und jugendlich machen.«

»Schön wär's«, erwiderte er, »dann hätte ich so viel Geld, dass ich wie Dagobert Duck darin baden und den Rest meines Lebens auf Hawaii oder auf einer Südsee-Insel verbringen könnte. Wobei das in Wahrheit gar nicht mein Ding wäre.«

»Immer nur Sonne ist auch langweilig«, stimmte sie lachend zu.

»Ich bin Journalist und Webdesigner«, sagte er. »Ich schreibe für Zeitschriften, Zeitungen und Online-Plattformen und gestalte Webseiten. Zurzeit noch im Ein-Mann-Betrieb, und sobald der Umsatz stimmt mit einem Team.«

Ein Truck fuhr an ihnen vorbei, wirbelte so viel Wind

und Staub auf, dass sie die Augen schließen mussten. Ein zweiter Truck näherte sich ihnen bereits.

»Wird Zeit, dass wir hier wegkommen«, sagte Brian. Er öffnete den Kofferraum seines Wagens mit der Fernbedienung und nahm ein Abschleppseil heraus. »Ich kann mich leider nicht bücken. Könnten Sie es festmachen?«

Paula machte sich an die Arbeit.

»Und bevor Sie überlegen, ob es unhöflich wäre, mich danach zu fragen: Ich brauche die Krücken nur vorübergehend. Ich habe eine ziemlich schlimme Verletzung am Bein, und es dauert wohl noch eine Weile, bis ich die Dinger wieder los bin.«

»Das tut mir leid. Sind Sie gestürzt?«

»Ein Bär hat mich gebissen.«

Sie blickte ihn entsetzt an.

Er lachte. »Starren Sie mich nicht so an, es war tatsächlich ein Bär. Ich war mit ein paar Freunden angeln und kam einem Schwarzbären in die Quere. Er war wohl schlechter Laune, weil er gerade erst aus dem Winterschlaf erwacht war, und erwischte mich mit einem Tatzenhieb am Oberschenkel. Einem meiner Kumpel habe ich es zu verdanken, dass ich noch lebe. Er hat dem Bären eine Ladung Pfefferspray ins Gesicht gesprüht und mich anschließend zum Arzt gebracht. Zum Glück hat der Bär meine Schlagader nicht erwischt. Klingt ziemlich heftig, was?«

»Oder leichtsinnig. Hatten Sie Ihren Proviant offen rumliegen?«

»Kann schon sein. Kennen Sie sich mit Bären aus?«

Paula bereute schon jetzt, dass sie nachgefragt hatte.

»Ich bin Biologin und arbeite ab morgen im *Bear Center* nordwestlich vom Lake Tahoe.« Sie ließ ihm keine Zeit, näher darauf einzugehen, und hakte das andere Ende des Seils an die Vorrichtung an ihrem Wagen. »Können wir?«, fragte sie, wartete seine Antwort nicht ab und öffnete ihre Wagentür. »Fahren Sie vorsichtig, okay?«

Im Schlepptau von Brian lenkte sie ihren Wagen weiter nach Osten. Schon nach einer Viertelmeile waren sie aufeinander eingespielt und kamen zügig voran. Das fabrikneue Abschleppseil spannte kaum. Den jungen Mann hatte der Himmel geschickt, dachte sie und meinte damit vor allem den Ärger, der ihr durch den Anruf bei der Werkstatt erspart blieb. Bei ihrer letzten Panne hatte sie weit über eine Stunde auf den Abschleppdienst gewartet.

Sie klappte die Sonnenblende herunter, den Blick auf die Bremslichter von Brians Wagen gerichtet, um rechtzeitig bremsen zu können, wenn sie aufleuchteten. Sie war nervöser als sonst, nicht nur wegen ihrer prekären Lage. Brian hatte, ohne es zu wissen, einige Unordnung in ihr Leben gebracht. Warum er ihre Gedanken so verwirrt hatte, wusste sie selbst nicht.

»Jimmy's Auto Repair« lag keine halbe Meile vom Interstate entfernt am Stadtrand von Newcastle. Die Werkstatt war in einem schmucklosen Betonbau untergebracht, daran angrenzend eine Tankstelle. Der Werkstattbesitzer, ein bärtiger älterer Herr namens Jimmy Larimer, brauchte nicht lange, um das zu bestätigen, was Brian schon festgestellt hatte.

»Die rechten Radlager sind hinüber. Sie haben Glück, ich hab Ersatzteile hier, aber es wird einige Zeit dauern, Sie einzubauen. Zwei, drei Stunden, weil Sie's sind und ich mal wieder ein hübsches Gesicht zu sehen bekomme. Gegenüber gibt's einen Coffee Shop, der hat guten Kaffee, und die Apple Pies sind erste Sahne. Sagen Sie, Jimmy schickt Sie.«

»Und wie teuer wird die Reparatur?«

»Zweihundert Dollar … vielleicht ein bisschen mehr.«

Sie gingen nach draußen, und Paula glaubte schon, Brian würde sich verabschieden wollen. Doch stattdessen sagte er: »Wenn Sie nichts dagegen haben, leiste ich Ihnen Gesellschaft. Außerdem stehe ich auf Apple Pie, und wenn der so gut ist …«

»Haben Sie denn so viel Zeit?«

»Ich bin selbstständig, schon vergessen?«

»Und es erwartet Sie niemand?«

»Nur meine leere Wohnung«, antwortete er, »ich hab nicht mal einen Hund. Obwohl ich mir langsam einen anschaffen sollte bei den vielen Bären, die unsere Stadt unsicher machen.« Er zögerte, dann sagte er: »Es sei denn, Sie wollen lieber allein sein.«

»Unsinn! Aber Apple Pie und Kaffee gehen auf mich.«

Das »Crazy Fork« ähnelte einem Diner aus den 1960er-Jahren, ein typisches Schnellrestaurant mit wenigen Tischen und einem langen Tresen. Die Bedienung, eine fröhliche Frau im Rentenalter, ahnte schon, wer sie geschickt hatte, schenkte Kaffee ein und brachte ihnen die Apple Pies mit Schlagsahne.

Im Sonnenlicht, das durch die Fenster hereinfiel, vermutete Paula, dass Brian vielleicht drei oder vier Jahre älter als sie war. Er schien sich seinen jungenhaften Charme bewahrt zu haben und freute sich wie ein kleiner Junge über den mit Sahne beladenen Apple Pie. »Wow!«, sagte er. »Der sieht gut aus! Und so viel Sahne! So macht ihn sonst nur meine Oma.«

»Und ich hab heute schon einen Cheeseburger verdrückt.«

Sie lachten beide, und sie versank für einen Moment in seinen Augen, stellte sich vor, wie es wohl sein musste, in seinen Armen zu liegen und seine Lippen auf ihrer Haut zu spüren. Ein seltsamer Gedanke für eine Frau, die Männern mit äußerster Vorsicht begegnete, weil sie kaum etwas mehr verabscheute als flüchtige One-Night-Stands und Beziehungen mit falschen Männern. Sicher ein Erbe ihrer Eltern, die zwar seit über dreißig Jahren verheiratet waren und sich leidlich vertrugen, aber sicher keine ideale Ehe führten. Unter einem Mr. Right, dem Ritter auf dem weißen Pferd, wollte es Paula nicht machen, auch wenn sie wusste, wie schwer er zu finden sein würde.

Die Bedienung kam, um Kaffee nachzuschenken, und blickte Paula an. »Also, ich will auf der Stelle tot umfallen, wenn ich Sie nicht neulich im Fernsehen gesehen habe. In der *Morning Show*, stimmt's? Mit dem Grizzly.«

»Die im Fernsehen übertreiben doch«, erwiderte sie.

»Na, ich weiß nicht, das Filmchen, das man da zu sehen bekam, war ganz schön heavy. Was für ein riesiger Grizzly! Hatten Sie denn keine Angst?«

»Dafür hatte ich gar keine Zeit. Es ging alles so furchtbar schnell.«

»Und Sie haben den Grizzly einfach so überredet?«

Paula lachte. »So einfach war's auch wieder nicht. Ich glaube, er wollte uns gar nichts tun und freute sich nur, ein paar freundliche Worte zu hören.«

»Also, ich fand's irre.« Sie blickte den verdutzten Brian an. »Da haben Sie sich eine tapfere Lady ausgesucht, Mister. So was Mutiges hab ich schon lange nicht mehr gesehen. Die braucht nicht mal ein Gewehr, um einem aufgebrachten Grizzly die Flausen auszutreiben. Eine Bärenflüsterin! Wahnsinn!«

»Wovon redet die?«, fragte Brian, als die Bedienung gegangen war. »Sind Sie Schauspielerin? Haben Sie in einem Film mitgespielt, oder was?«

»Nein, das ist wirklich passiert.« Paula erkannte, dass Brian nichts von ihrem Abenteuer wusste, und sie gezwungen war, auch ihm davon zu erzählen. Noch einmal berichtete sie von ihrer Begegnung mit dem riesigen Braunbären. Ohne schmückendes Beiwerk, nur die bloßen Fakten. Die klangen für jemanden, der sich mit Bären nicht auskannte, erstaunlich genug.

»Wow! Dann sind Sie eine Heldin!«

»Unsinn! Vergessen Sie, was ich Ihnen erzählt habe.«

»Eine Bärenflüsterin. Von Pferdeflüsterern hab ich schon gehört.«

»Das sind alles keine Zauberer«, erklärte sie. »Weder wagemutige Abenteurer noch tollkühne Helden. Alles nur Leute, die sich mit Tieren auskennen und wissen, wie man mit ihnen umgehen muss. Ich bin doch nur ins Fernsehen gekommen, weil sich junge Frauen besser verkaufen lassen als Park Ranger oder andere Wildhüter. Und weil es eine ganz besondere Situation war.«

»Eine Frau, die ein männliches Weichei rettet.«

»So ungefähr.«

»Ich war auch ein Weichei. Wenn wir ein bisschen besser aufgepasst hätten, wäre uns der Bär vielleicht gar nicht in die Quere gekommen. Gut, dass es davon keine Aufnahmen gibt. Hätten Sie mich denn auch retten können?«

»Vielleicht. Ist die Verletzung arg schlimm?«

Brian hob die Schultern. »Er hat ziemlich fest zugebissen.«

»Das nächste Mal rufen Sie mich an, bevor Sie mit Ihren Freunden in die Wälder gehen. Dann sage ich Ihnen, wie Sie sich verhalten müssen, um Zusammenstöße mit Bären zu vermeiden. Einverstanden?«

»Wenn Sie mir Ihre Handynummer geben?«

Sie tauschten die Handynummern aus und stießen mit ihren Kaffeebechern an. Für einen winzigen Augenblick hatte Paula den Eindruck, Brian würde sich über den Tisch beugen und sie auf die Wange küssen wollen. Aber dann lächelte er nur, und wenig später klingelte das Telefon des Coffee Shops. Kurz darauf kam die Bedienung zum Kassieren. »Das war Jimmy … Ihr Wagen ist fertig.«

7

Der Werkstattbesitzer machte Paula einen Sonderpreis, sodass sie glimpflicher davonkam, als sie befürchtet hatte. Mit einem Lächeln auf den Lippen fuhr sie auf den Interstate zurück. Irgendwann würde sie sich einen neuen Wagen zulegen müssen. In den Sierras brauchte man eigentlich einen Geländewagen, wie Brian ihn fuhr, aber solche Autos waren leider sündhaft teuer, fraßen viel Benzin und waren alles andere als umweltfreundlich.

Einen Geländewagen, wie Brian ihn fuhr … Der junge Mann ging ihr nicht aus dem Kopf. Als hätte er sie auf magische Weise mit wenigen Worten in seinen Bann gezogen. Noch eine Stunde nachdem sie sich von ihm verabschiedet hatte, glaubte sie seine dunklen Augen vor sich zu sehen und seine sanfte Stimme zu hören. Was ist nur mit dir los?, fragte sie sich, du kennst den Typen doch kaum. Hast ein paar Worte mit ihm gewechselt und kannst plötzlich nicht mehr aufhören, an ihn zu denken. Hast du Mary-Beth nicht erst vor ein paar Tagen erzählt, dich niemals Hals über Kopf in einen Mann verlieben zu können?

Sie schob die Gedanken beiseite und konzentrierte sich auf die Straße. Der Interstate führte in die bewaldeten Ausläufer der Sierras hinein und glänzte im Licht der hellen Sonne, die über den Bergen stand. Vereinzelte Wolken klammerten sich an die Bergkämme, ließen die Sonne aber gewähren und wirkten wenig bedrohlich. Der Wagen lief wieder einwandfrei und machte den Eindruck, als könnte er noch ein paar Jahre durchhalten. Lediglich die Klimaanlage klang altersschwach und würde wohl demnächst den Geist aufgeben.

Wenige Meilen vor der Kleinstadt Truckee bog sie auf einen schmalen Highway nach Südosten. »Donner Country« stand auf einer der Werbetafeln am Straßenrand, und eine Gedenktafel erinnerte an die »Donner Party«: eine Gruppe von siebenundachtzig Auswanderern, die im Jahr 1846 vom Winter überrascht wurden. Viele kamen ums Leben, andere überlebten nur deshalb, weil sie sich nach den ersten Todesfällen des Kannibalismus schuldig machten. Paula fröstelte bei dem Gedanken – trotz der angenehmen Wärme, die in diesem Sommer über den Sierras lag.

Der schmale Highway wand sich durch dichten Fichtenwald. Auf einem Hinweisschild wurden die Autofahrer vor Bären gewarnt und aufgefordert, rücksichtsvoll zu fahren, den Bären den Vortritt zu lassen und zum Fotografieren nicht auszusteigen. Eine Warnung, die einige Urlauber nicht ernst genug nahmen, wie Paula wusste. Besonders junge Bären sahen so putzig und tollpatschig aus, dass keine Gefahr von ihnen auszugehen schien. Wer allerdings zwischen junge »Teddys« und ihre Mutter geriet, war in Lebensgefahr.

Paula bremste rechtzeitig, als eine Bärenmutter mit ihren beiden Jungen den Highway kreuzte. Die Bären nahmen keine Notiz von ihr, beeilten sich jedoch und verschwanden schon wenig später zwischen den Bäumen. Paula fuhr lächelnd weiter. Gegen die Braunbären, die sie in Alaska gesehen hatte, wirkten Schwarzbären eher harmlos. Sie waren kleiner und lange nicht so aggressiv wie ihre starken Verwandten. Dennoch durften man auch ihnen nicht zu nahe kommen oder – wie manche Urlauber es taten – sogar versuchen, sie zu streicheln. Ein Wahnsinn, der leicht zum Tod oder zumindest einer schweren Bisswunde führen konnte. Das *Bear Center* war auch errichtet worden, um die Besucher über Bären aufzuklären und auf Gefahren hinzuweisen – auch bei Schwarzbären.

Paula bremste erneut. Am Straßenrand, auf einem sandigen Parkplatz, der in den Wald hineinreichte, stand ein weißer SUV aus Nebraska, nicht gerade ein Staat, in dem man schroffe Gebirge wie die Sierras und Bären gewohnt war. Einem Impuls folgend, hielt Paula hinter dem Wagen. Mit der Bärenmutter und ihren Jungen im Hinterkopf nahm sie das Pfefferspray aus dem Handschuhfach und stieg aus. Sie ging die paar Schritte zu dem SUV, blickte in den Innenraum und sah Spielzeug auf der Rückbank liegen. Eine Familie mit Kindern? Wussten sie, in welcher Gefahr sie sich befanden und wie sie sich bei einer Begegnung mit der Bärin und ihren Jungen zu verhalten hatten?

Aus Sorge um die Familie folgte Paula einem schmalen Pfad in den Wald. Sie wollte sichergehen, dass sie nicht in Gefahr waren. Nach dem Zwischenfall in Alaska vielleicht nur übertriebene Nervosität, aber sicher ist sicher, dachte Paula und bahnte sich einen Weg durch das verfilzte Unterholz. Zwischen den Baumkronen blitzte Sonnenlicht. In der Stille des Waldes klangen ihre Schritte ungewöhnlich laut, und als wenige Schritte von ihr entfernt ein Eichhörnchen von einem Ast sprang, zuckte sie erschrocken zusammen.

Sie blieb stehen und lauschte angestrengt. Aus einiger Entfernung drangen Stimmen durch den Wald, auch die eines Kindes. Sie beschleunigte ihre Schritte, trat ganz bewusst auf trockene Äste und Zweige, um den Bären anzuzeigen, dass Menschen in der Nähe waren. Die erste Regel, die Park Ranger nannten, wenn Urlauber im *Yosemite National Park* auf eine Wanderung gingen, lautete: Unterhaltet euch laut, singt oder hängt euch ein Glöckchen um, gebt den Bären die Möglichkeit, euch aus dem Weg zu gehen. Wenn ihr sie fotografieren wollt, bitte mit Teleobjektiv aus der Ferne.

Paulas Nervosität wuchs, als sie dem Pfad weiter folgte und das Schnauben eines Bären vernahm. Es kam aus einer anderen Richtung als die Stimmen der Familie, aber die Bärenmutter war schnell und würde sofort auf die Familie losgehen, falls sie ihre Jungen bedroht sah. Paula griff nach dem Bärenspray in ihrer Tasche, um auf das Schlimmste vorbereitet sein. Sie wollte so schnell wie möglich die Familie einholen und nahm keine Rücksicht auf sich.

»Hallo!«, rief sie, in der Hoffnung, die Familie zu warnen und die Bären zu vertreiben. »Wo sind Sie? Passen Sie auf! Es sind Bären in der Nähe!«

Paula erreichte eine Lichtung und sah die Familie im Gras stehen. Vater und Mutter dicht beisammen, die ungefähr fünfjährige Tochter einige Schritte entfernt beim Blumen pflücken. Als die beiden jungen Bären am Waldrand auftauchten, stand die Kleine auf, den Blumenstrauß in den Händen, und rief: »Mom! Dad! Seht mal, da kommen zwei Teddys! Die sind noch schöner als der Teddy, den ich zum Geburtstag bekommen habe. Darf ich die streicheln?«

Noch während sie es sagte, tauchte die Bärin auf. *Worst Case*, erschrak Paula, der schlimmste Fall, der bei der Begegnung mit einem Bären eintreten konnte. Ein Kind zwischen der Bärenmutter und den Jungen. Zwar waren Schwarzbären lange nicht so aggressiv wie Braunbären und Grizzlys und schreckten vor Angriffen auf Menschen auch mal zurück, aber Kinder sahen sie als leicht bezwingbare Gegner an, und wenn ihre Jungen gefährdet waren, schreckten sie vor nichts zurück.

»Nehmen Sie das Kind auf den Arm!«, rief Paula. »Beeilen Sie sich! Und dann entfernen Sie sich rückwärts von der Lichtung! Fangen Sie auf keinen Fall zu rennen an, bevor sie im Wald sind! Erst wenn Sie im Wald sind, laufen Sie zu Ihrem Wagen und verriegeln die Türen! Keine Angst! Ich kümmere mich um die Bären. Ich habe Bärenspray dabei. Machen Sie schon, los!«

Es half alles nichts. Der Vater hatte das Kind gerade auf den Arm genommen, und die Familie versuchte, zum Waldrand zu laufen, als die Bärin angriff. »Laufen Sie!«, rief Paula der Familie zu. »Laufen Sie! Schnell! Ich halte die Bärin auf. Schnell!«

Nur weil sie ihrer Erfahrung und ihrem Pfefferspray

vertraute, blieb Paula stehen. Um die Bärin mit Worten zu beruhigen, war es schon zu spät, dafür wirkte sie viel zu aggressiv. Das Spray war keine Garantie, die Angreiferin abzuhalten, vergrößerte ihre Chancen aber um ein Vielfaches. Paula trat der Schweiß auf die Stirn, ihre Hände blieben jedoch ruhig, ein Finger verweilte auf der Drucktaste des Sprays.

Wenige Schritte vor ihr stieg die Bärin auf die Hinterbeine. Sie stieß ein bedrohliches Fauchen aus. Paula wartete, bis die Bärin mit den Vorderpfoten aufsetzte und hielt ihr das Spray direkt vors Gesicht. Eine volle Ladung raubte der Angreiferin die Sicht und würde sie für einige Zeit von einem Angriff abhalten. Ein Spray ohne schädliche Nachwirkungen, aber wirksam.

Die Bärin schnaubte vor Schmerz und wandte sich ab. Paula nutzte die Gelegenheit, ebenfalls von der Lichtung zu verschwinden und zu ihrem Wagen zu laufen. Sie erreichte den Parkplatz, blieb noch eine Weile stehen, bis sie sicher war, dass die Bärin nicht mehr folgen würde, und atmete auf. Erleichtert ging sie zum Wagen der Familie und klopfte ans Fenster.

Der Mann ließ die Scheibe herunter, immer noch von Aufregung und Panik gezeichnet, und nickte dankbar. »Vielen Dank … Woher wussten Sie …?«

»Ich bin Biologin und arbeite mit Bären«, antwortete sie. »Als ich Ihren Wagen und die Bären sah, dachte ich mir gleich, dass etwas passieren könnte. Aber es ist ja alles gut gegangen. Ich habe die Bärin mit dem Spray aufgehalten.«

»Wenn Emma was passiert wäre …« Die Frau war den Tränen nahe.

»Machen Sie ordentlich Lärm, wenn Sie das nächste Mal wandern gehen, das schreckt die Bären ab. Sie sind aus Nebraska? Machen Sie Urlaub hier?«

»Wir haben eine Ferienwohnung am Lake Tahoe gemietet.«

»Na, dann viel Spaß! Am besten sagen Sie niemandem, was hier passiert ist, das würde nur unnötige Unruhe stiften.« Sie lächelte. »Erholen Sie sich gut!«

Paula war froh, dass die beiden nicht nach ihrem Namen gefragt hatten, und kehrte zu ihrem Wagen zurück. Sie wartete, bis die Familie losgefahren war, trank einen Schluck Wasser und blickte nachdenklich ins Leere, immer noch unter dem Eindruck der Gefahr, in der vor allem das Mädchen gewesen war. Das war gerade noch mal gut gegangen. Ohne lange zu überlegen und die drohende Gefahr abzuwägen, hatte Paula sich erneut einem Bären entgegengestellt. In dem Moment wurde ihr klar, dass sie die Fähigkeit besaß, bei drohender Gefahr einigermaßen cool zu bleiben und dem zu vertrauen, was sie über Bären gelernt hatte. Wer sich mit Bären auskannte, hielt ihre Rettungstaten wahrscheinlich für weit weniger spektakulär als unerfahrene Beobachter.

Nur langsam wich das Adrenalin aus Paulas Körper. Sie lächelte sogar, freute sich für die Familie, die ohne ihr Eingreifen ernsthafte Verletzungen oder sogar den Tod riskiert hatte.

Sie fuhr auf den Highway zurück und folgte den Wegweisern zum *Bear Center*. Sie hoffte nur, dass die Familie dichthielt und ihre Rettungsaktion nicht an die große Glocke hängte. Sie hätten sich damit nur selbst belastet, wären von den Behörden und den Medien gescholten worden, weil sie sich unnötig in Gefahr gebracht hatten, aber man wusste ja nie. Wenn sie sich keine großen Gedanken machten oder sich verplapperten, machte die Nachricht sicher schnell die Runde, und Paula stand gegen ihren Willen wieder im Scheinwerferlicht.

Das *Bear Center* lag abseits der Siedlungen in einem riesigen Waldgebiet und bestand aus einer Empfangshalle mit Museum, Souvenirshop, Vortragsraum, Filmraum und den großen Fenstern, durch die man die Bären in ihrem Gehege beobachten konnte. Außerdem gab es direkt im Gehege eine Besucherveranda, von der man auf eine Lichtung mit Felsen, Wasserfall und Futterstellen hinabblicken konnte. Ihre Ruhe hatten die Bären in einem ausgedehnten Waldgebiet, das Besucher nur über in der Wildnis stationierte Minikameras einsehen konnten. Dort lagen auch die künstlichen »Höhlen«, kleine Holzhütten, in denen die Bären sich erholten und ihren Winterschlaf hielten.

Das Büro von Owen Kingsley lag oberhalb des Souvenirshops auf einer Empore. Der Leiter des *Bear Center* war ein robuster Mann mit Drei-Tage-Bart, wirren Haaren und einem Bauchansatz. In seinen Jeans und dem T-Shirt mit dem Logo des *Bear Center* sah er wie ein Tourist aus.

»Paula!«, begrüßte er sie. »Schön, dass Sie wieder zu uns kommen! Setzen Sie sich doch. Unser Automatenkaffee ist immer noch schlecht. Wasser?«

Sie lehnte dankend ab und setzte sich.

Kingsley schob ihr die übliche Vereinbarung über ihre Mitarbeit zu und sagte: »Ich habe Ihren Lohn etwas angehoben … jetzt, wo Sie berühmt sind.«

»Sie meinen die Sache in Alaska? Hat die sich schon bis in die Sierras rumgesprochen? So sensationell war die auch nicht, das wissen Sie doch.«

Er grinste. »Spektakulär genug! Als ich das Video sah, hielt ich den Atem an vor Aufregung. Sich einem aufgebrachten Braunbären entgegenzustellen, schafft nicht jeder – selbst wenn derjenige sich mit Bären auskennt und weiß, dass sie selten einen Menschen angreifen. Dazu gehört Mut. Ob Sie es wollen oder nicht, Sie sind eine Heldin, und etliche Besucher werden nach Ihnen fragen.«

»Ruhm ist vergänglich.« Paula hatte die Vereinbarung unterschrieben und schob sie zurück über den Schreibtisch zu Kingsley. »Gibt es irgendwas Neues im *Bear Center*?«

»Holly, eine junge Bärin aus Kentucky. Ihre Mutter wurde von einem Truck überfahren, und ein Farmer-Ehepaar hat sich des Bärenjungen angenommen. Als das Bärenjunge größer und es ihnen zu viel wurde, riefen sie mich an, und wir holten es zu uns. Aber das wird Ihnen Mandy noch genauer erzählen.« Er zog sein Funkgerät aus dem Gürtel und sagte: »Mandy, bitte ins Büro. Paula ist hier.«

»Bin schon unterwegs«, kam die Antwort.

Mandy O'Donnell war um die dreißig, sehr sportlich, hatte die rötlichen Haare hochgesteckt und zahlreiche Sommersprossen im Gesicht. Sie war die gute Seele des

Bear Center und kannte die Bären am besten. Seit der Gründung vor ein paar Jahren war sie Kingsleys rechte Hand. Sie war stets guter Laune und strahlte auch diesmal, als sie das Büro betrat und Paula umarmte. »Wurde auch Zeit, dass du kommst. Grumpy hat schon Sehnsucht nach dir.«

Mandy half Paula, das Gepäck in die Blockhütte zu bringen und führte sie durch das Center. Sie bewegten sich auf dem schmalen Gehsteig vor dem Empfangsgebäude, nur durch einen niedrigen Zaun von dem Gehege getrennt, und blieben vor einem der Futtertröge stehen. Vor den Bären brauchten sie keine Angst zu haben. Drei der vier Bären waren unter Menschen aufgewachsen, nur Grumpy hatte einige Jahre in der Wildnis gelebt, bevor Wanderer ihn schwer verletzt gefunden hatten. Seitdem humpelte er und war auf die Fürsorge von Zweibeinern angewiesen.

»Siehst du die junge Bärin im Pool?« So nannten sie im *Bear Center* den künstlichen See unterhalb des Wasserfalls. »Das ist Holly, unser Neuzugang. Ich kümmere mich um sie, seitdem sie als Bärenjunges zu uns kam. Sie hat schon einiges mitgemacht in ihrem kurzen Leben und musste mit ansehen, wie ihre Mutter von einem Truck überrollt wurde. Ein Wunder, dass sie wieder so fröhlich ist.«

»Kein Wunder bei deiner guten Pflege.«

»Im Pool ist sie am liebsten, besonders wenn es so warm ist wie heute.«

Die beiden Frauen beobachteten Holly, wie sie mit einem Apfel spielte, ihn immer wieder in die Luft warf und diebische Freude daran zu haben schien, wenn er platschend ins Wasser zurückfiel. Erst als der Apfel sich mit Wasser vollgesogen hatte, schnappte sie nach ihm und zerteilte ihn mit ihren scharfen Zähnen.

»Damit kann sie sich den ganzen Tag beschäftigen«, erklärte Mandy, während sie weiterliefen. »Ich lege immer eine Extraportion Äpfel in ihren Futtertrog. Ich bin froh, dass sie bei uns ist. Sie ist der Liebling des Publikums.«

»Und Grumpy hat ausgedient?«

»Grumpy ist alt geworden und lässt es inzwischen langsamer angehen. Weißt du noch, letzten Sommer, da war er noch unser großer Star. Aber jetzt hat er's gern ruhiger und zieht sich in den Wald zurück. Wenn du mich fragst, hält er nicht mehr lange durch. Er frisst auch weniger als früher, ein Jammer!«

Sie verließen den Gehsteig und gingen über einen Trampelpfad in den Bereich, den das Publikum nicht sehen konnte. Nach einer kurzen Wanderung erreichten sie eine Lichtung, die von zahlreichen Weißfichten begrenzt wurde und mit ihren Beerensträuchern bei den Bären sehr beliebt war. Eine Bärin und ihre beiden Jungen konnten gar nicht genug davon bekommen und hoben nur kurz den Kopf, als Paula und Mandy die Lichtung betraten. Auch bei diesen Bären, die seit einigen Jahren mit Menschen vertraut waren, musste man aufpassen, nicht zwischen die Bärenmutter und ihren Nachwuchs zu geraten.

»Baby Jane«, erkannte Paula. »Ist sie immer noch so launisch?«

»Schlimmer als die Mädels aus ›Sex and the City‹ und alle angesagten It-Girls aus Beverly Hills«, bestätigte Mandy. »Ich wette, die Beeren zupft sie nur, weil sie angeblich ihr Fell voller und weicher machen. Und wenn sie keine Beeren frisst, sitzt sie im Gras und leckt sich so sauber, dass sie glänzt.«

»Und von wem stammen ihre Jungen? Sag bloß …«

»Lazy Joe … genau. Ein Weiberheld, wie er im Buche steht. Wir haben ihn in ein abgesperrtes Gehege gesteckt, damit er Holly nicht zu nahe kommt. Bei ihm weiß man nie. Früher hat ihm Grumpy noch die Leviten gelesen, aber jetzt …«

»Schon mal an Kastrieren gedacht?«

»Natürlich, aber Owen zögert noch. Er befürchtet, dass Lazy Joe noch müder und fauler wird, als er ohnehin schon ist, wenn man ihn seiner kostbarsten Accessoires beraubt. Aber wenn wir ein neues Weibchen bekommen, haben wir vielleicht keine andere Wahl. Ich hab selten so einen vierbeinigen Romeo gesehen.«

»Apropos Romeo. Bist du immer noch mit deinem Freund zusammen?«

»Du wirst lachen, ich bin sogar mit ihm verheiratet. Seit letztem Winter.« Mandy posierte wie eine Lady. »Darf ich vorstellen? Mrs. John Stands-Tall.«

»Und er lehrt noch an der High School?«

Mandy nickte. »Und hält Vorträge im *Bear Center*. Über die Bedeutung des Bären in der indianischen Kultur. Ich hatte dir doch erzählt, dass seine Familie zum Bärenclan gehört? Keiner weiß mehr über die indianische Kultur als er. Du glaubst nicht, wie viel ich von ihm gelernt habe. Über Bären und Wölfe.«

Sie hatten das Empfangsgebäude erreicht und verließen das Gehege.

»Und jetzt?«, fragte Paula.

»Gehen wir was essen«, antwortete Mandy.

8

Paula war die Arbeit im *Bear Center* gewöhnt. Sie hatte in allen Semesterferien dort gearbeitet, kannte Owen Kingsley und sein Team und war mit jedem Handgriff vertraut. Zur Arbeit trug sie Jeans und das dunkelblaue Sweatshirt mit dem Logo des *Bear Center*, einem stilisierten Bären, außerdem ihre Gummistiefel, die noch von ihrem letzten Einsatz im Schuhschrank standen.

Schon früh am Morgen füllte sie zusammen mit Mandy die Futtertröge der Bären: vor allem mit Nüssen, Beeren und Trockenobst – größtenteils Spenden von Besuchern, die sich für Bären begeisterten und tatkräftig helfen wollten. Zudem hatten Bärenfans die Möglichkeit, gegen einen Mitgliedsbeitrag am *Bear Center Membership Program* teilzunehmen: Die Mitglieder erhielten freien Eintritt für ein Jahr und zahlreiche Zusatzinfos wie die »*Bear Center* News«, eine achtseitige Info-Broschüre über Bären, die vier Mal im Jahr erschien und von Kingsleys Ehefrau betreut wurde. Ein Glück war, dass die Bären in dem Wald, der zum Center gehörte, genug Nahrung fanden, vor allem Gräser, Kräuter und Beeren, und nur die süßen Leckerli von Zweibeinern bekamen.

Als Mandy und Paula zum Pool kamen, um den Futtertrog mit Haselnüssen und Trockenobst zu füllen, war Holly schon im Wasser und nahm ihr Morgenbad. Sie plantschte wie ein kleines Kind und gab einige seltsame Laute von sich, die wohl ihre Freude ausdrücken sollten.

»Schade, dass wir keinen Wasserpark haben«, sagte Mandy, »mit langen Rutschbahnen und Wellenbad, das würde Holly sicher noch mehr gefallen.«

»Und die Bären hätten den ganzen Park für sich, weil kein Zweibeiner mit ihnen schwimmen würde«, erwiderte Paula. »Aber Holly scheint auch mit dem kleinen Pool glücklich zu sein. Gibt es was Schöneres, als splitterfasernackt im Wasser zu plantschen?«

Mandy grinste. »Also, ich hab lieber was an.«

»Auch wenn John dabei ist?«

»Dann nicht, aber er ist hart im Nehmen.«

»Ein Krieger kennt keinen Schmerz.«

»Unsinn, er fängt schon bei einem leichten Zipperlein zu jammern an und legt sich eine Wärmflasche auf den Bauch. Keiner zelebriert die Männergrippe so wie er. Nur draußen in der Natur ist er anders, da ist er ein tapferer Krieger. Und was unsere Liebe betrifft, sind wir ein Herz und eine Seele.«

»Beneidenswert.«

Sie gingen am Wasserfall vorbei und warteten, bis Holly aus dem Pool stieg und ihre Schnauze in den Futtertrog steckte. Haselnüsse und getrocknete Ananas mochte sie am liebsten. Fast kam es ihnen so vor, als würde sie sich die besten Leckerli aus dem Trog herauspicken. Nach einer Weile hatte sie genug und machte es sich im Gras gemütlich. Ihren Bauch streckte sie der Sonne entgegen, die sie auch an diesem Tag mit warmem Wetter verwöhnte.

»Und du?«, fragte Mandy. »Hast du auch einen tapferen Krieger?«

»Bis jetzt noch nicht. Ich komme ganz gut allein zurecht.«

Mandy zog ihre Baseballkappe in die Stirn. »Das sagen doch alle Singles. Und hoffen insgeheim, dass sie irgendwann nicht mehr allein sind. Wir sind schließlich keine Bärenweibchen, die ihre Lover nur zur Paarung brauchen.«

»Das will ich doch hoffen.«

Mandy blickte Paula prüfend an. »Hey«, sagte sie nach einer Weile, »deine Augen blitzen so verdächtig. Das kenne ich. Du hast was am Laufen, nicht wahr? Sag schon … wie sieht er aus, wie alt ist er, was macht er beruflich?«

»Okay«, gab Paula nach, »ich hab jemanden kennengelernt. Gestern auf der Fahrt hierher. Ich hatte eine Panne, er hat mich zur nächsten Werkstatt abgeschleppt und einen Kaffee mit mir getrunken. Das ist alles.«

»Und?«

»Nichts und. Er ist etwas älter als ich, sieht gut aus, der sportliche Typ, und er ist Webdesigner und Journalist. Mehr gibt's über ihn nicht zu sagen.«

»Wie … das ist alles?«

»Wie gesagt, ich hab ihn erst gestern kennengelernt. Ich finde ihn sympathisch, und ich glaube, er kann mich gut leiden. Aber das heißt noch lange nicht, dass er sich gleich ans Telefon hängt und mich anruft.«

»Aber ihr habt eure Nummern ausgetauscht?«

»Haben wir. Aber …«

»Nichts aber«, wischte Mandy ihren Einwand weg. »Du findest ihn nicht nur sympathisch, du hast dich in ihn verknallt. Warum rufst du ihn nicht an?«

»Immer langsam.«

»Nicht dass du deine große Liebe verpasst. Den Ritter auf dem weißen Pferd, der nur deinetwegen über den Interstate geritten ist. So wie mein John. Er saß tatsächlich auf einem Pferd, als wir uns kennengelernt haben, wie ein Krieger aus dem vorletzten Jahrhundert. Er wollte keine Büffel jagen, und sein Pferd war kein Kriegspferd, sondern ein schlichter Ackergaul. Sein Traktor hatte den Geist aufgegeben, und der lahme Klepper musste aushelfen.«

»John ist kein Krieger?«, neckte Paula ihre Freundin. »Kein Jäger?«

»Ein Jäger schon«, antwortete Mandy, »ein Krieger nur, wenn es unbedingt sein muss. Und ein Farmer, weil auch seine Vorfahren, die Osage-Indianer, beides waren: Büffeljäger und Farmer.«

»Was willst du mehr?«

Auf ihrem Rundgang merkten die beiden Frauen kaum, dass sie sich in einem umzäunten Gehege befanden. Der Wald, der sich jenseits des Wasserfalls erstreckte, war so groß, dass man mehrere Stunden brauchte, um ihn zu durchqueren. Unterbrochen wurde er von einer Senke mit grauen Basaltfelsen, einem Tümpel und einem Bach, der quer durch das Gelände floss. Hier konnten die Bären nach Herzenslust jagen, fischen und Beeren zupfen. Bei den Besuchern, die hinter den Glasscheiben und auf dem Balkon auf sie warteten, ließen sie sich ebenso gern blicken, wegen der stets gefüllten Futtertröge und dem Pool. Sie produzierten sich gern vor Publikum, vor allem Holly.

Nach ein paar Tagen war Paula wieder voll und ganz mit den Abläufen des *Bear Center* vertraut. Der morgendliche Rundgang gefiel ihr am besten von allen Aufgaben, die sie im *Bear Center* übernommen hatte. Meist mit Mandy, aber auch allein folgte sie den ausgetretenen Pfaden durch die Wälder. Dort fühlte sie sich in die einsame Wildnis von Alaska zurückversetzt. Besondere Aufmerksamkeit widmete sie Lazy Joe, der in einem abgetrennten Areal daran gehindert wurde, seine unberechenbaren Launen auszutoben. Der Tierarzt, ein Mann in den Vierzigern, der jede Woche ins *Bear Center* kam, hatte ebenfalls Lazy Joe einem gründlichen Blick unterzogen.

»Ich sage es nur ungern«, gestand er bei einem Besuch mit Paula und Mandy im Gehege des Bären. »Ich glaube, Lazy Joe brütet irgendetwas aus. Ist bisher nur ein Verdacht, eigentlich nur ein Gefühl. Auf den ersten Blick weist nichts auf eine Krankheit hin, aber wie Sie wissen, habe ich schon sehr lange mit Bären zu tun und weiß gewisse Anzeichen zu deuten. Sehen Sie, wie sein Kopf zittert? Die leichte Kopfneigung? Könnte etwas mit den Nerven zu tun haben. Wie steht es denn mit seinem Appetit? Frisst er normal?«

Mandy hob die Schultern. »Eigentlich okay. Er schlingt nicht mehr.«

»Ich will Ihnen keine Angst machen«, fuhr der Tierarzt fort, »würde aber vorschlagen, Sie beobachten ihn weiter und rufen mich an, sobald Sie irgendetwas Verdächtiges feststellen. Lazy Joe ist ein kräftiger Bursche, den wirft nichts so leicht aus der Bahn.«

Zu Paulas Aufgaben im *Bear Center* gehörte zudem, eine gewisse Zeit vor den Glasscheiben und auf der Veranda zu verbringen und die Fragen von Besuchern zu beantworten. Kein leichtes Unterfangen, auch wenn es meist die gleichen Fragen waren: Wie schwer ist ein Schwarzbär? »Manche Männchen wiegen bis zu vierhundert Kilo.« Was fressen Schwarzbären? »Bären sind Allesfresser, vertilgen aber nicht so viel Fleisch, wie manche denken. Über drei Viertel ihrer Nahrung bestehen aus Beeren, Nüssen und Gräsern.« Halten Schwarzbären auch Winterschlaf? »Eher Winterruhe, weil man sie leicht aufwecken könnte. Sie fressen sich im Herbst ordentlich satt, legen sich anschließend fünf bis sechs Monate schlafen und verlieren dabei bis zu einem Viertel ihres Körpergewichts.« Sind Schwarzbären gefährlich? »Nicht, wenn man sich an die Vorsichtsmaßnahmen hält.« Alles Fragen, die Paula schon oft beantwortet hatte.

Nicht vorbereitet war sie auf die Frage eines kleinen Mädchens: »Bist du nicht die Frau, die uns vor dem Bären gerettet hat? Vor ein paar Tagen im Wald? Du hast dem Bären was ins Gesicht gesprüht, damit er uns nicht tötet.«

»Emma hat recht«, erwiderte ihre Mutter. »Das ist die Frau.« Sie arbeitete sich zu Paula vor und schüttelte ihr die Hand. »Ich weiß, wir sollten es nicht weitersagen, aber wir sind Ihnen so dankbar, dass ich Ihnen einfach die Hand schütteln muss.« Sie wandte sich an die anderen Besucher.

»Sie ist eine Heldin! Wir waren zwischen eine Bärin und ihre Jungen geraten, und wenn sie nicht gekommen wäre, hätte die Bärin vielleicht unsere Tochter angegriffen!«

Eine andere Besucherin, die Paula schon die ganze Zeit neugierig angeblickt hatte, meldete sich ebenfalls: »Und sie hat einem Mann in Alaska das Leben gerettet! Das kam neulich im Fernsehen! Sie hat einen Grizzly durch Zureden daran gehindert, auf den Mann loszugehen! Sie ist wirklich eine Heldin!«

Die Besucher klatschten begeistert, und Paula schaffte es nur mühsam, den Lobeshymnen zu entgehen. Sie winkte Mandy herbei, bat sie, die Gruppe zu übernehmen, und flüchtete mit einer gemurmelten Entschuldigung ins Büro von Owen Kingsley.

Der Leiter blickte verwundert auf. »Paula! Was ist denn mit Ihnen los?«

Paula ließ sich erschöpft auf den Besucherstuhl fallen. Mit leicht weinerlicher Stimme erzählte sie von dem Zwischenfall auf der Herfahrt: »Was sollte ich denn machen? Die Eltern hatten gerade noch Zeit, ihre Tochter zu schnappen, und die Bärin war so wütend, dass sie auf sie losgegangen wäre, wenn ich sie nicht aufgehalten hätte.« Sie wischte sich eine Haarsträhne aus dem Gesicht. »Ich hab die Eltern gebeten, die Sache nicht an die große Glocke zu hängen, und auch selbst nichts gesagt, weil ich keine Heldin sein will. Dieser Fernsehrummel hat mir gereicht.«

Kingsley beugte sich nach vorn. »Kein Grund zur Panik, Paula! ›Heldin‹ ist vielleicht ein wenig hochgegriffen, aber Sie haben Großartiges geleistet, daran führt kein Weg vorbei. Auch für eine Bärenexpertin, wie Sie es inzwischen sind, war Ihre Reaktion nicht selbstverständlich. Genießen Sie das Lob und denken Sie auch daran, was Ihr Einsatz für unser *Bear Center* bedeutet.«

»Ich möchte nur keinen Wirbel«, betonte Paula, »ich bin schließlich kein Popstar. Ich will mit Bären arbeiten und lernen, und wenn ich meinen Master geschafft habe, in einer verantwortungsvollen Stellung arbeiten. Hier im *Bear Center* oder an einer Uni, vielleicht sogar bei den Braunbären in Alaska.«

»Sie sind auf einem guten Weg, Paula.«

Paula bedankte sich und ging in den Vorratsraum, um Nachschub für die Leckerli-Futternäpfe am Wasserfall zu holen. Ihr erster Ärger über den Wirbel, der durch die Familie entstanden war, war schon wieder verflogen. Die kleine Emma konnte nichts dafür, und ihre Eltern hatten nur ihre Dankbarkeit zeigen wollen. Ihr Ruhm würde sowieso nicht lange anhalten, dann fanden die Medien ein neues Opfer und neue Alltagshelden. Dass die wahren Helden im Verborgenen arbeiteten, vor allem das Pflegepersonal in den Kliniken und Altenheimen, aber auch die vielen Menschen, die sich um kranke Angehörige kümmerten, interessierte wenige.

Am frühen Abend fuhr Paula allein in die sieben Meilen entfernte Stadt, gönnte sich einen Cheeseburger und eine Diet Coke und nahm eine Tüte Gummibären für Mandy mit. Sie aß das süße Zeug für ihr Leben gern. Auf dem Rückweg parkte sie am Straßenrand und folgte einem Pfad in den Wald. Sie brauchte dringend eine Pause. Umgeben von Weißfichten und dem lauen Sommerwind, der durch die Baumkronen strich, gelang es ihr am besten, für eine Weile abzuschalten und über ihre Probleme nachzudenken. Ihr Bärenspray hatte sie am Gürtel, für alle Fälle, weil einige Bärenmütter um diese Zeit mit ihren Jungen unterwegs waren und immer eine Gefahr darstellten.

Wenn sie ehrlich war, waren es gar nicht die aufdringlichen Besucher oder die Sorge um den zweifelhaften Ruhm, die sie so aufwühlten. Auch nicht ihre berufliche Zukunft oder ihr Studium. In Wahrheit war es Brian, der sich in ihren Gedanken eingenistet hatte, in ihren Träumen auftauchte und ihr Leben aus dem Gleichgewicht brachte. Warum rief er sie nicht an? Warum schickte er keine Textnachricht? Hatte er sie schon wieder vergessen? Machte sie sich etwas vor?

Sie hatte mehrfach die Finger auf den Tasten ihres Smartphones gehabt, und hatte ihn dann doch nicht angerufen. Sie war noch nie einem Mann nachgelaufen und würde auch bei Brian nicht damit anfangen. Sosehr sie sich auch nach ihm sehnte. Ein Gefühl, das einen Schmerz in ihr auslöste, den sie bisher nicht gekannt hatte. Ein leichtes Drücken und Stechen in der Magengegend, das langsam nach oben wanderte und ihren Rachen zusammenzog. Sie blieb stehen und weinte, ging langsam weiter und ließ die Tränen im Wind trocknen. Die Moskitos, die von einem Tümpel in der Nähe aufstiegen und um ihren Kopf schwirrten, nahm sie kaum wahr.

Am Ufer eines größeren Sees, der sich inmitten einiger Berge und Fichtenwälder ausbreitete, setzte sie sich auf einen entwurzelten Baumstamm. Sie zog ihr Handy aus der Tasche, blickte eine Weile nachdenklich darauf und steckte es zurück. Sie gehörte zu den Frauen, die bei Liebesfilmen immer kichern mussten, wenn die Heldinnen jammerten und zu heulen anfingen, nur weil etwas nicht so lief, wie sie es wollten.

»Und jetzt heulst du selbst rum«, sagte sie leise und musste lachen. Sie blickte zum östlichen Horizont und ließ den leuchtend roten Himmel auf sich wirken. Der Wind hatte aufgefrischt und rauschte leise in den Blättern.

Am gegenüberliegenden Ufer bewegte sich etwas. Sie blickte genauer hin und glaubte, einen Bären zu erkennen, einen männlichen Bären ohne Junge. Der Bär schien ihre Blicke zu spüren und blieb stehen, wandte den Kopf in ihre Richtung und stieß einen Laut aus, der entfernt an eine menschliche Stimme erinnerte. Ein Laut, der Vergnügen und Furcht ausdrücken konnte.

Wie von einer geheimnisvollen Kraft getrieben, ging Paula auf den Bären zu, am Seeufer entlang nach Osten, bis ungefähr noch siebzig Schritte zwischen ihnen lagen. Nahe genug, um in seine Augen blicken zu können, und weit genug von ihm entfernt, um keine Bedrohung für ihn darzustellen.

Er war ein stattliches Tier mit einem massiven Körper und kräftigen Gliedmaßen. Seine Ohren waren aufgerichtet und verrieten höchste Aufmerksamkeit. Seine dunklen Augen, kaum auszumachen in dem dunklen

Körper, spiegelten die untergehende Sonne. Sein schwarzes Fell glänzte verführerisch. Als er sich mit einem tiefen Brummen auf die Hinterbeine stellte, sah sie die langen Krallen, scharf genug, um Erde aufzuwühlen und Beute zu reißen.

Paula hatte keine Angst. Sie war fasziniert von dem Bären, der sich aus reiner Neugier aufgestellt hatte, um sie besser sehen zu können, und keinerlei Anstalten machte, ihr feindselig zu begegnen. Als er mit den Vorderpfoten aufsetzte, zitterte der Boden. Der Abendwind strich über sein weiches Fell.

»Hallo, Bär!«, grüßte ihn Paula.

Der Bär schnaubte leise.

»Ich bin Paula. Ich arbeite im *Bear Center*.«

Keine Reaktion.

»Sind die beiden Jungen, die ich neulich getroffen habe, von dir?«

Die Augen des Bären verrieten nicht, was in ihm vorging.

»Zwei Prachtkerle, das muss ich zugeben. Du kannst stolz auf die beiden sein. Ich weiß, du bist nicht mehr mit der Bärin zusammen, ihr Bären mögt keine dauerhaften Beziehungen, aber ich hoffe, du bist trotzdem stolz auf deinen Nachwuchs. Sorry, dass ich die Mutter mit Bärenspray vertreiben musste, aber ich hatte keine Wahl. Die Zweibeiner kannten sich nicht mit Bären aus, und deine Ex dachte sicher, sie wollten den Jungen was anhaben.«

Paula wusste weder, warum sie sich dem Bären genähert hatte, noch warum sie mit ihm auf diese Weise sprach. Sie spürte eine seltsame Verbindung zu ihm und fühlte auch, dass sie mit ihrer Stimme Eindruck auf ihn machte.

»Leb wohl, mein Freund!«, verabschiedete sie sich von ihm.

Als der Bär verschwunden war, kehrte sie zum Waldrand zurück. Am Seeufer entdeckte sie Mandy und John Stands-Tall, die ihr neugierig entgegenblickten. John war etwas größer als Mandy und lächelte hintergründig.

»Was macht ihr denn hier?«, fragte Paula erstaunt.

»Wir gehen hier öfter spazieren«, antwortete Mandy. »Einer unserer Lieblingstrails.« Sie blickte John an. »Wir haben dich mit dem Bären beobachtet. ›Die-Frau-die-mit-Bären-spricht‹ würden dich wohl Johns Vorfahren nennen.«

»Ich hab irgendwas gesagt, damit er sich nicht aufregt.«

»Vielleicht ist er dein Krafttier«, sagte John.

»Mein Totem? Meine Vision?«

»So wie bei meinen Vorfahren. Die Krieger fasteten und beteten in der Wildnis und sahen in ihren Träumen ein Tier. Ihren Schutzgeist, der über sie wachte und ihnen mit Rat und Tat zur Seite stand. Wenn er Lust dazu hatte.«

»Die Schutzgeister halfen nicht immer?«

»Die meisten waren etwas launisch.«

Sie blickte ihn forschend an. »Du machst dich lustig über mich.«

»Das ist die Wahrheit, die reine Wahrheit«, erwiderte John grinsend.

»Hör nicht auf ihn«, sagte Mandy, »sein Humor ist

extrem gewöhnungsbedürftig.« Sie boxte ihren Mann spielerisch in die Seite. »Und du hörst auf, dich über Paula lustig zu machen, sonst sag ich deinem Schutzgeist, er soll in den Urlaub fahren und dich allein machen lassen. Mal sehen, was dann passiert.«

»Ich hab einen Biber als Schutzgeist. Der kann sowieso nicht viel«, erwiderte John lachend.

9

Der lang ersehnte Anruf kam am nächsten Morgen. Paula war gerade dabei, einen der Futtertröge mit Haselnüssen zu füllen, als ihr Handy klingelte und eine vertraute Stimme erklang: »Ich bin's, Paula. Brian … Brian Carmack.«

Sie hatte schon fast nicht mehr an einen Anruf geglaubt. »Brian …«

»Tut mir leid, dass ich nicht früher angerufen habe. Ich hatte eine Menge um die Ohren, musste zum Arzt wegen meines Beins, kam mit einem Artikel für den *Clearwater Clarion* nicht klar und … ach was, ich hab mich nicht getraut. Ich hatte Angst, ich könnte zu aufdringlich sein«, gestand er ihr. »Wir kennen uns doch kaum, und woher sollte ich denn wissen, ob du überhaupt noch von mir hören willst?«

»Konntest du dir das nicht denken?«

»Ich bin ein schüchterner Vogel.«

»Bist du nicht, sonst hättest du mir nicht geholfen.«

Brian überhörte ihre Antwort. »Aber jetzt konnte ich mich nicht länger drücken. Ich rufe vor allem bei dir an, weil ich dich gerne wiedersehen würde. Du bist … ich bin … ich finde dich toll, Paula, und …« Er kam ins Stottern. »Und wir könnten irgendwas unternehmen. Mit dem Boot über den Lake Tahoe schippern, was essen gehen … mehr ist mit meinem Bein nicht drin.«

Paula ging einige Schritte, um außer Sichtweite der Zuschauer zu kommen und nicht durch das Rauschen des Wasserfalls gestört zu werden. »Das klingt gut, das klingt sogar sehr gut. Musst du immer noch auf Krücken gehen?«

»In zwei, drei Wochen bin ich sie los, sagt der Arzt.«

»Und die Wunde verheilt gut?«

Brian seufzte. »Einen Schönheitspreis werde ich mit der Narbe sicher nicht gewinnen, aber sonst …« Er klang plötzlich sehr ernst. »Das hätte auch ganz anders ausgehen können.«

»Am Wochenende ist hier viel los. Wie wär's mit Montag?«

»Ich hab eine bessere Idee«, erwiderte Brian. »Hast du kurz Zeit, damit ich sie dir erzählen kann?«

»Geht so.«

»Okay, ich mache es so kurz wie möglich. Hier in Clearwater gibt es eine Bärenplage. So nennt es jedenfalls der *Clarion*. Wir sind ein Touristenort, nicht nur im Winter während der Ski-Saison. Im Sommer kommen die Urlauber vor allem zum Wandern und wegen der zahlreichen Festivals in Clearwater und Umgebung. Aber in letzter Zeit bleiben uns viele Leute weg, aus Angst vor den Schwarzbären, die sich vermehrt in der Stadt herumtreiben und sogar in manchen Ferienhäusern nach Nahrung suchen. Bis jetzt sind der Sheriff und seine Deputies einigermaßen mit ihnen fertiggeworden, aber in letzter Zeit war öfter die Rede davon, einen neuen Weg zu versuchen, um die Bären in den Griff zu bekommen.«

Paula ahnte etwas, fragte aber dennoch. »Und der wäre?«

»Ich hab in einem Artikel für den *Clarion* vorgeschlagen, einen Experten nach Clearwater zu holen. Jemanden, der schon bewiesen hat, wie gut er mit Bären umgehen kann, sogar mit Grizzlys in Alaska. Der es schafft, auch ohne Gewehr mit ihnen fertigzuwerden und sie aus der Stadt zu vertreiben.« Er legte eine Pause ein und atmete tief durch. »Eine Bärenflüsterin wie dich, Paula.«

»Und wie stellst du dir das vor?«

»Du kommst morgen früh um neun Uhr nach Clearwater, und ich stelle dich unserer Bürgermeisterin vor. Ruth Englewood. Ich hab ihr schon von dir erzählt, und sie ist sehr interessiert daran, dich kennenzulernen. Du würdest hier sicher mehr als im *Bear Center* verdienen. Außerdem würdest du eine kleine Wohnung und einen anständigen Wagen zur Verfügung gestellt bekommen. Und … wir könnten öfter zusammen sein.«

»Zusammen sein? Wir hatten noch nicht mal ein Date.«

Er erschrak. »So hab ich's doch nicht gemeint. Wir würden nur ein paar Minuten auseinander wohnen und hätten mehr Zeit, uns kennenzulernen. Natürlich nur, wenn du willst. Den Bärenjob … und mich besser kennenlernen.«

»Natürlich würde ich …« Auch sie wurde jetzt verlegen. »Natürlich würde ich gern mit dir essen gehen oder über den Lake Tahoe schippern … ich meine, dich besser kennenlernen und … aber ob ich die Richtige für den Job bin?«

»Du wärst perfekt, Paula!«

»Und was soll ich den Leuten im *Bear Center* erzählen? Dass ich alles stehen und liegen lasse? Dass ich sie und die Bären hier wegen ein paar schnöden Dollars im Stich lasse? Das bringe ich nicht übers Herz. Das schaffe ich nicht.«

Brian ließ nicht locker. »Sag ihnen, dass man dir einen einmaligen Job angeboten hätte, der dich beruflich weit nach vorn bringen würde, und dass du ihnen während der Wintermonate helfen könntest. Im *Bear Center* gibt's sicher auch dann viel zu tun. Clearwater und das *Bear Center* liegen gerade mal sechzehn Meilen auseinander, du könntest also außerdem auch an den Wochenenden bei ihnen arbeiten, wenn du Zeit und Lust hast.«

Paula war hin- und hergerissen. »Ich freue mich auf unser Date, Brian. Und was den Job betrifft …« Sie sah Mandy kommen und beeilte sich mit dem Gespräch. »Ich denke darüber nach und sag dir morgen Bescheid, okay?«

»Ich zähle auf dich, Paula.«

Sie steckte das Handy weg und ging Mandy entgegen.

»Probleme?«, erkannte die Kollegin sofort.

»Brian hat angerufen. Er will ein Date mit mir.«

»Und was gibt's da zu jammern?«

Paula verriet ihr, was Brian vorgeschlagen hatte. »Der Job in Clearwater wäre ein gewaltiger Aufstieg für mich und würde mich weit nach vorn bringen. An meinen freien Tagen könnte ich immer noch herkommen und dir helfen. Ich hätte nur sechzehn Meilen von Clearwater.«

Mandy brauchte eine Weile, um ihre Worte zu verdauen. In ihren Augen spiegelten sich Überraschung und Unglaube. »Du willst schon wieder weg?«

»Ich würde am liebsten beides machen, hierbleiben und nach Clearwater gehen. Ich hab Brian gesagt, ich würde ihm morgen früh Bescheid sagen.«

Mandy hatte sich schon entschieden. »Du sagst natürlich zu.«

»Was? So einfach ist das nicht …«

»Natürlich ist es das. Du hast dich in diesen Kerl verknallt, das sieht doch ein Blinder, und die edlen Ritter auf den weißen Pferden reiten nicht dutzendweise in Kalifornien rum. So eine Gelegenheit muss man am Schopf packen. Vom Job ganz zu schweigen. Da kannst du richtig was bewegen.«

»Echt? Ich soll kündigen?«

»Hast du dich in den Typen verknallt?«

»Ja … irgendwie schon.«

»Dann gibt's nichts zu überlegen.« Mandy legte einen Arm um Paulas Schultern. »Am besten gehst du gleich zu Kingsley und sagst ihm, was Sache ist.«

Mit einem flauen Gefühl im Magen sprach Paula bei ihm vor, doch ihre Angst war unbegründet. Der Leiter des *Bear Center* kehrte nur selten den Chef heraus, verkehrte mit seinen Angestellten eher kameradschaftlich und zeigte auch diesmal Verständnis. »Ihr Freund hat sich für Sie eingesetzt?«

»Wir haben uns gerade erst kennengelernt, aber …«

»Das ist natürlich ein Punkt.« Er deutete ein Lächeln

an. »Haben Sie sich das mit dem neuen Job auch gut überlegt? Ich befürchte nämlich, dort werden Sie es auch wieder mit den Medien zu tun bekommen. Eine furchtlose Frau, die sich mit Bären anlegt, steigert die Besucherzahlen und Einschaltquoten.«

Darüber hatte Paula auch schon nachgedacht. Schließlich hatte sie Kingsley erst gestern gesagt, wie sehr ihr der Rummel auf die Nerven ging. Dass auch Brian bei ihrer Entscheidung für den Job eine nicht ganz unwichtige Rolle spielte, verriet sie ihm nicht. »Das legt sich sicher nach einigen Tagen«, sagte sie stattdessen, »der Sheriff oder die Feuerwehr sind auch nicht dauernd in den Schlagzeilen. Mir geht es eher darum, noch mehr über Bären zu erfahren. Die Arbeit hier im *Bear Center* gefällt mir sehr, das wissen Sie, aber die Bären hier sind mit Menschen aufgewachsen. In Clearwater bekomme ich es mit wilden Bären zu tun.«

»Ich verstehe Sie, Paula«, erwiderte Kingsley. »Ich kenne die Situation in Clearwater, habe schon mal mit der Bürgermeisterin darüber diskutiert, und glaube, die Leute dort könnten keine Bessere für diesen Job finden. Ich lasse Sie nur ungern gehen und hoffe natürlich, dass Sie irgendwann wieder zu uns zurückkehren. Vielleicht an Ihren freien Wochenenden oder während der Wintermonate? Dann schlafen die Bären zwar, aber es gäbe immer noch genug Arbeit.« Er stand auf und schüttelte ihr die Hand. »Ich beneide Sie, Paula. Sie sind jung und Ihnen steht die Welt offen. Vergessen Sie Ihr Studium nicht, mit dem Master steigen die Chancen für einen verantwortungsvollen Job um ein Vielfaches.«

An diesem Abend feierte Paula ihren Abschied mit einem Barbecue auf der Dachveranda des verschachtelten Hauses, in dem Mandy und ihr Mann lebten. John grillte Bisonsteaks, Mandy bereitete einen gemischten Salat mit Avocado und Früchten zu, und Paula steuerte Wein, Bier und Limonade bei.

»Ich werde euch vermissen«, sagte Paula, während sie Sour Cream auf ihrer gebackenen Kartoffel verteilte, »euch und Lazy Joe. Ich mache mir Sorgen um ihn, selbst der Arzt weiß nicht, ob er sich wieder ganz erholt. Pass gut auf ihn auf, Mandy. Er ist mir ans Herz gewachsen. Wir dürfen ihn nicht verlieren.«

»Du kannst ja an einem freien Tag mal nach ihm sehen.«

»Das mache ich ganz bestimmt.«

Das Feuer im Grill verglühte bereits, als ein unerwarteter Besucher am nahen Waldrand auftauchte. Ein Schwarzbär, wahrscheinlich durch den verlockenden Duft der Steaks angelockt, kam langsam näher und blieb enttäuscht stehen, als er merkte, dass das verlockende Fressen außer Reichweite von ihm lag. Er brummte missmutig, blieb aber stehen und blickte zu ihnen hinauf.

»Er hat dich erkannt«, sagte John.

Für die meisten Menschen sahen fast alle Bären gleich aus. Nur für jemanden, der sich täglich mit Bären beschäftigte, waren sie so verschieden, wie es auch die Menschen untereinander waren, und auf Anhieb zu erkennen. Dennoch war sich Paula nicht sicher. »Du glaubst doch nicht … du meinst, das ist der Bär aus dem Wald neulich?«

»Ich bin nicht ganz sicher«, erwiderte John, »aber es

könnte doch sein, dass er dir Glück für deinen neuen Job wünschen will. Normalerweise bleiben Bären, die auf unserer Lichtung auftauchen, nicht lange. Spürst du denn nicht, ob er dir etwas mitteilen möchte?«

Paula wusste nicht, ob John es ernst meinte oder sich lustig über sie machte. Ohne zu antworten, stand sie auf und trat ans Geländer. Aus sicherer Höhe blickte sie auf den Bären hinab. »Hey«, rief sie ihm zu, »wenn John nicht wieder fantasiert und du mir tatsächlich Glück wünschen will, danke ich dir.«

Der Bär blickte neugierig zu ihr herauf.

»Und selbst, wenn du nur gekommen bist, weil du was von unseren Steaks abhaben möchtest, wünsche ich dir alles Gute. Sei froh, dass du gesund bist und nicht wie Lazy Joe in einem abgetrennten Gehege leben musst. Und halte dich von Clearwater fern! Auch wenn du mein Schutzgeist wärst, müsste ich dich von dort vertreiben. Die meisten Zweibeiner haben Angst vor Bären.«

Der Bär schien sie zu verstehen. Er brummte leise, wenn auch ein wenig abfällig, drehte ab und kehrte in den Wald zurück. Er beeilte sich nicht besonders, schien sich nur ungern von Paula zu trennen. War ihre Stimme daran schuld, dass ihr die Bären gehorchten? Der Klang, die Tonart? Oder gab es eine geheimnisvolle Verbindung zwischen ihr und den Bären, wie John vermutete und ihr weismachen wollte?

»Wenn das mein Schutzgeist war, hat er es nicht lange bei mir ausgehalten«, sagte sie. »Oder hatte er nur Hunger?«

»Er wollte sich von dir verabschieden, das ist alles«, erwiderte John.

Das dunkle Rot am Himmel verblasste allmählich, als Paula sich mit einer Umarmung von Mandy und John verabschiedete. In ihrer Hütte angekommen legte sie sich sofort schlafen und schlief bis zum nächsten Morgen durch – trotz der vielen Gedanken, die ihr durch den Kopf gingen. Um halb acht packte sie ihre Sachen und brach auf, um die Verabredung mit der Bürgermeisterin nicht zu verpassen. »Reine Formsache, das Gespräch«, hatte ihr Brian versichert, dennoch war Paula unsicher und nervös.

Clearwater lag in einem Talkessel, eine Kleinstadt mit ungefähr siebentausend Einwohnern, umgeben von dichten Fichtenwäldern, den Bergen der Sierra Nevada und nur wenige Meilen vom Lake Tahoe und dem *Yosemite National Park* entfernt. Hier war immer Saison. Im Winter herrschte Hochbetrieb auf den nahen Skipisten, und im Sommer, wenn die Bären ausgeschlafen hatten, bevölkerten Wanderer, Mountainbiker und Bergsteiger die Gegend.

Die City Hall, das Rathaus, war in einem Giebelbau am Mountain Square untergebracht, dem Zentrum der Stadt. Zahlreiche auf Fachwerk getrimmte Häuser sollten eine alpine Atmosphäre vermitteln, selbst die Logos einiger Schnellrestaurants und Kettenläden lagen hinter falschen Fassaden verborgen. Paula stellte ihr Auto auf einem nahe gelegenen Parkplatz ab, natürlich gebührenpflichtig und sündhaft teuer, holte ihr Frühstück in einem Stehcafé nach und traf Brian vor der City Hall.

Sie umarmten sich zur Begrüßung, anfangs etwas zögerlich und dann länger als eigentlich beabsichtigt, und Paula rechnete beinahe damit, dass er sie zumindest auf die Wange küsste. Stattdessen sagte er: »Paula! Schön, dass du hier bist! Ich hatte gehofft, dass du dich für Clearwater entscheiden würdest.«

»Zuerst muss die Bürgermeisterin zustimmen.«

Er führte sie lachend zum Eingang und öffnete die Tür. »Keine Angst, ich hab sie gründlich bearbeitet. Die kann gar nicht anders, als dich einzustellen.«

In Berkeley wäre Paula wahrscheinlich gar nicht zum Bürgermeister vorgedrungen und von einer Vorzimmerdame abgewimmelt worden. In Clearwater kam ihnen die Bürgermeisterin schon im Gang entgegen. Ruth Englewood war um die Sechzig, sah mit ihren dunkelblond gefärbten Haaren und dem pinkfarbenen Kostüm sehr gepflegt aus, und schien sich über ihr Kommen zu freuen: »Paula Jackson, nicht wahr? Kommen Sie in mein Büro. Kaffee?«

»Nein, danke«, erwiderte Paula.

Sie setzten sich an einen ovalen Tisch, an dem sie sonst sicher mit ihren Stadtverordneten beriet. Die Bürgermeisterin kam gleich zur Sache. »Wie Sie inzwischen sicher wissen, haben wir ein gewaltiges Problem hier in Clearwater. Durch unsere für Urlauber eigentlich perfekte Lage bedingt, tauchen vor allem in letzter Zeit immer mehr Bären in unserer Stadt auf. Nicht in der Innenstadt, eher in den Außenbezirken, wo die meisten Ferienhäuser und Ferienwohnungen liegen. Bisher hatten Sheriff Osborne und seine Deputies das Problem im Griff, dafür mussten sie aber andere wichtige Pflichten vernachlässigen, und wir haben uns entschieden, einen sogenannten *Wildlife Specialist* einzustellen. Die offizielle Bezeichnung für die Person, die Schwarzbären aus der Stadt fernhält.«

»Eine Bärenflüsterin«, sagte Brian, »so haben sie Paula getauft.«

»Ich weiß«, fuhr die Bürgermeisterin fort. Sie griff nach einem Schnellhefter mit Zeitungsausschnitten. »Wie Sie sehen, habe ich eine Menge über Sie gelesen. Und natürlich habe ich auch die Aufnahmen aus Alaska gesehen. Sehr beeindruckend, das muss ich schon sagen, wie Sie sich diesem mächtigen Grizzly entgegenstellen! Unsere Bären sind etwas kleiner, aber Sie wissen ja selbst, dass auch Schwarzbären den Menschen gefährlich werden können, wenn sie sich falsch verhalten. Und das tun die meisten Urlauber, vor allem die aus den großen Städten und aus dem Flachland. Brian hat Sie mir empfohlen, sicher auch aus Eigennutz«, sie erlaubte sich ein leicht spöttisches Lächeln, »aber was ich gesehen und gelesen habe, hat mich sehr überzeugt.«

»Das freut mich, Bürgermeisterin Englewood. Ich hatte es nicht auf diesen Rummel und die Publicity abgesehen. Ich habe einfach nur das getan, was jeder getan hätte, der sich mit Bären auskennt. Aber es stimmt, ich spüre eine innere Verbindung zu Bären, die mich leichter mit ihnen kommunizieren lässt. Muss an meiner Stimme liegen, und natürlich habe ich während des Studiums und meiner Arbeit im *Bear Center* auch reichlich Erfahrungen gesammelt.« Sie strich eine Haarsträhne aus ihrer Stirn. »Ich wäre bei der Stadt angestellt?«

»Sicher, als *Wildlife Specialist* würden Sie rein formell dem Sheriff's Office unterstehen, aber selbstständig handeln können. Sie bekommen einen Geländewagen zur Verfügung gestellt, den Ihnen Sheriff Osborne übergeben wird. Außerdem ein Funkgerät, über das Sie mit dem Sheriff's Office in Verbindung stehen. Für die Bevölkerung sind Sie über die reguläre Notrufnummer 911 erreichbar. Der Operator stellt jeden Anruf direkt an Sie durch. Sie erhalten ein Gewehr mit Hartgummigeschossen, die sich hervorragend gegen Bären bewährt haben. Sie vertreiben die Bären, richten aber keinen größeren Schaden an. Außerdem eine Leuchtpistole, die ebenfalls große Wirkung erzielt. Alles nur für den Notfall. Wir erwarten natürlich, dass Sie die meisten Probleme mit Ihrer Stimme lösen … als Bärenflüsterin.« Wieder dieses leicht spöttische Lächeln. »Eine möblierte Wohnung in einem Mehrfamilienhaus am Lake Drive bekommen Sie natürlich ebenfalls gestellt, die Nebenkosten gehen auf Sie. Ihr Gehalt …« Sie nannte eine Summe, die Paula mehr als zufriedenstellte. »Wenn ich noch irgendwas vergessen habe? Ach ja, Ihr Vertrag läuft bis Oktober, wenn die Bären in den Winterschlaf gehen, über nächstes Jahr reden wir zu gegebener Zeit. Ist das alles in Ihrem Sinne, Paula?«

»Sicher … ich fühle mich sehr geehrt und werde mein Bestes geben.«

»Den Vertrag maile ich Ihnen im Laufe des Tages zu, Sie können elektronisch unterschreiben. Noch was: Wir würden Ihre Heldentaten, wenn ich sie so nennen darf, natürlich in unserer Pressemeldung erwähnen. Ich weiß, Ihnen liegt nicht viel am Medienrummel – aber die Einrichtung Ihrer Stelle verursacht nicht unerhebliche Mehrkosten, die wir durch einen Zuwachs an Touristen ausgleichen wollen. Wenn die Leute erkennen, dass sie hier wieder sicher vor Bären sind, werden sie auch wieder in unsere Stadt kommen.« Sie erhob sich und reichte Paula die Hand. »Willkommen in Clearwater, Paula!«

10

Zusammen mit Brian fuhr Paula zu ihrer neuen Wohnung am Lake Drive. Sie parkte ihren Wagen auf dem Parkplatz vor dem Mehrfamilienhaus und bedankte sich bei Brian, der sich dafür entschuldigte, ihr wegen seiner Verletzung nicht beim Tragen der Koffer helfen zu können. »Aber das wird hoffentlich bald besser. Ich kann ja nicht ewig mit diesen Krücken herumlaufen.«

Paula wartete, bis er gefahren war, und trug ihre Koffer in ihre Wohnung im ersten Stock hinauf. Brian tat ihr leid. Die Verletzung musste ernsthafter sein, als er zugeben wollte, sonst müsste er nicht auf Krücken gehen. Sie hoffte für ihn, dass er sich nichts vormachte, und die Wunde tatsächlich so bald verheilen würde, wie er sich ausrechnete. Für einen sportlichen Mann wie Brian war es sicher schwer, sich nicht frei bewegen zu können – auch wenn es nur für eine bestimmte Zeit war.

Die beiden Zimmer ihrer Wohnung waren zweckmäßig eingerichtet. Paula gefiel besonders die Sitzecke mit Couch und Sessel und die Küchenbar mit den roten Barhockern, die Wohnzimmer und Küche voneinander trennte. Das Schlafzimmer hingegen war so klein, dass kaum ein Schrank und ein Bett hineinpassten. In der Küche gab es eine Kaffeemaschine, mit der sich Paula auch einen Cappuccino machen konnte, und eine Mikrowelle.

Alles schon etwas abgenutzt und betagt, auch der Fernseher, aber mehr konnte man von einer kostenlosen Stadtwohnung auch nicht verlangen. Fast kostenlos, vermutete sie, denn sicher hatte man die Miete bei der Festsetzung ihres Gehalts berücksichtigt.

Wow, dachte sie, wer hätte das gedacht! Bis vor zwei Wochen war sie noch davon ausgegangen, ihre Semesterferien mit einem mäßig bezahlten Job im *Bear Center* zu überbrücken. Dann waren ihr Alaska und der Medienrummel passiert, und jetzt hatte sie plötzlich einen Full-Time-Job, der ihr Spaß machen würde, da war sie ganz sicher. Außerdem würde sie wichtige Erkenntnisse über Bären sammeln, die sie bei ihrem Studium und ihrer zukünftigen Arbeit verwenden konnte.

Sie blickte auf ihre Armbanduhr. Höchste Zeit, zum Sheriff's Office zu fahren und mit Sheriff Osborne zu sprechen. Sie programmierte die Adresse seines Büros in ihr Navi ein und fuhr los. Der Sheriff wartete bereits auf sie. Er war ein korpulenter Mann, der kaum in seine Uniform passte und bei jeder Bewegung schnaufte. Sein Gesicht war gerötet, wahrscheinlich zu hoher Blutdruck, und nur seine grauen Augen erinnerten daran, dass er mal ein attraktiver Mann gewesen sein musste. Er trug einen Schnauzbart wie die Sheriffs im Wilden Westen.

»Sie sind jünger, als ich dachte«, sagte Osborne, nachdem er sich vorgestellt hatte. Er verzichtete darauf, sich zu erheben, wies lediglich auf den Besucherstuhl und trank aus seinem Kaffeebecher, ohne ihr etwas anzubieten. »Ich hatte eigentlich jemanden mit mehr Erfahrung erwartet, und keine Studentin, die sich in den Ferien etwas dazuverdienen will. Sie sind … wie alt?«

»Alt und erfahren genug, um das zu erledigen, was von mir verlangt wird«, antwortete Paula selbstbewusst. »Oder haben Sie ein Problem mit mir?« Sie täuschte Erstaunen vor. »Sie sind doch keiner dieser alten weißen Männer, von denen man hin und wieder hört, die uns Frauen lieber am Herd stehen sehen? Mal ganz davon abgesehen, dass ich keine besonders gute Köchin bin. Sheriff?«

»Nein … nein … natürlich nicht, Missy.«

»Paula.«

»Okay … Paula. Obwohl ich dieses Me-Too-Gequatsche und den ganzen Unsinn für ziemlich überflüssig halte. Wir im Westen haben unsere Frauen immer respektiert.« Er schwitzte. »Was haben Sie für eine Ausbildung, Paula?«

Paula überhörte seinen Spott. »Ich habe gerade meinen Bachelor gemacht und fange im Herbst meinen Master an. Außerdem habe ich die meisten meiner Semesterferien im *Bear Center* gearbeitet und war auf zahlreichen Field Trips meiner Universität ins Bear Country dabei. Einer meiner wissenschaftlichen Aufsätze über Bären wird in einem Buch der *University of Berkeley* veröffentlicht, und dass ich mit Bären umgehen kann, habe ich in Alaska bewiesen.«

»Das Video habe ich gesehen. Ziemlich leichtsinnig von Ihnen.«

»Hätte ich zusehen sollen, wie der Braunbär den Mann umbringt?«

»Ihr Guide hatte doch sicher ein Gewehr dabei.«

»Das benutzt er nur im äußersten Notfall«, klärte sie ihn auf, »außerdem hatte ich alles im Griff. Es war keine so wagemutige Tat, wie viele annehmen. Der Bär hat sich durch meine Stimme beruhigen lassen und wollte den Mann nur erschrecken.«

»Das sah aber ganz anders aus.«

Paula verriet ihm nicht, dass ihre angebliche Heldentat tatsächlich sehr gefährlich gewesen war und sie wahrscheinlich anders vorgegangen wäre, wenn sie mehr Zeit zum Nachdenken gehabt hätte. Sie hatte rein intuitiv gehandelt, war von dem Adrenalin, das in ihren Körper geschossen war, getrieben worden. Aber der Zwischenfall hätte auch anders ausgehen können. Sie wusste von zahlreichen Begegnungen, die mit schweren Verletzungen oder dem Tod des Opfers geendet hatten. Bei jeder Regel gab es Ausnahmen, sonst hätte sie bei der aufgebrachten Bärenmutter nicht ihr Bärenspray einsetzen müssen.

»Es hat funktioniert, Sheriff, allein das war wichtig.«

»Okay«, überging Osborne ihre Rechtfertigung. »Sie wissen, dass sich bisher meine Deputies um die Bären gekümmert haben. Wir hatten letzten Monat ungefähr zwanzig, zum Teil sehr aufwendige Einsätze, die wir uns einfach nicht mehr leisten konnten. Aber auch Sie als *Wildlife Specialist* unterstehen meinem Befehl. Klar?«

»Sicher.«

»Sobald es ernsthafte Probleme gibt und Menschenleben in Gefahr sind, rufen Sie uns. Nur wir haben scharfe Waffen, und wenn es hart auf hart kommt, zögern wir nicht, sie einzusetzen. Können Sie mit einer Waffe umgehen?«

»Ich war ein paarmal mit meinem Vater auf dem Schießstand.«

»Und?«

»Hab mich wacker geschlagen. Auf der County Fair in San Bernardino hab ich meinem damaligen Freund zwei Rosen geschossen und dafür nur drei Kugeln gebraucht. Und die Ballons und Blechdosen hab ich alle getroffen.«

Osborne grinste. »Schon mal eine 44er in der Hand gehabt?«

»Nicht, dass ich wüsste.«

Der Sheriff griff nach seinem Revolver, wirbelte ihn wie ein Westernheld einmal um seinen Zeigefinger und reichte ihn Paula mit dem Griff nach vorn.

Sie nahm die Waffe und betrachtete sie neugierig. Osborne erwartete wohl, dass sie vor Ehrfurcht erstarrte, und sie tat ihm den Gefallen. »Der ist schwerer, als ich dachte.« Sie war froh, als sie den Revolver wieder zurückgeben konnte.

»Keine Angst, so was geben wir Ihnen nicht in die Hand«, beruhigte er sie, »wir haben uns was anderes für Sie ausgedacht.« Er drehte sich zur Tür und rief: »Garrett! Bringen Sie die Sachen für unsere Bärenflüsterin ins Büro!«

Ein Mann um die vierzig mit kantigem Gesicht und militärischem Bürstenhaarschnitt brachte eine Tasche herein. Außerdem legte er eine Khaki-Jacke, ein Handy und ein Funkgerät auf den Schreibtisch.

»Deputy Will Garrett«, stellte Osborne seinen Hilfspolizisten vor, »er bringt Ihnen heute Nachmittag auch den Wagen vorbei. Wenn Sie eine Beule reinfahren, sind Sie dran, klar?«

»Sie glauben immer noch, Frauen wären die schlechteren Autofahrer?«

»Meine Frau lasse ich jedenfalls nicht ans Steuer.«

»Keine Bange, Sheriff. Ich werde ihn pfleglich behandeln.«

»Ihre Jacke mit Namensschild, Ihr Funkgerät, Ihr Handy, auf das wir die Notrufe weiterleiten. Also achten Sie darauf, dass es immer aufgeladen ist. Es ist nur für die Notrufe bestimmt.« Er hielt ein beschriebenes Info-Blatt hoch. »Die Kanäle des Funkgeräts, unsere Kontaktdaten, unsere Büroadresse, meine Handynummer, die Kontaktdaten von Deputy Garrett.«

Paula griff nach dem Info-Blatt und betrachtete es interessiert.

»Und die Hardware«, sagte er und öffnete die Tasche. »Ein Gewehr mit Hartgummigeschossen, eine Leuchtpistole und genügend Munition.« Er reichte ihr eine Empfangsbestätigung und deutete auf die Stelle, an der sie unterschreiben musste. »Dann hätten wir's eigentlich«, sagte er, nachdem sie unterschrieben hatte. Er schnaufte erschöpft. »Viel Glück! Machen Sie keine Dummheiten! Ich hab wenig Lust, Sie ständig aus irgendwelchem Schlamassel zu befreien. Die Stadt ist kein Bärenzoo. Haben Sie mich verstanden?«

»Aye, Sheriff!«, erwiderte sie.

Sie packte ihre Ausrüstung in den Kofferraum und fuhr zu einem Supermarkt, den sie auf der Herfahrt an der Hauptstraße entdeckt hatte. Ihr Kühlschrank und die Vorratsschränke mussten gefüllt werden, wenn sie sich nicht ständig von Hamburgern und Hühnerteilen ernähren wollte. Sie brauchte keine Einkaufsliste, ging systematisch alle Regale ab, nahm sich, was sie brauchte, und ein paar Dinge mehr, zum Beispiel Schokopudding.

Zwischen den Regalen mit Gemüsekonserven bekam sie die Unterhaltung zweier Frauen mit, die sich vor den gebackenen Bohnen über das Problem mit den Schwarzbären unterhielten. Paula blieb in der Nähe stehen und gab vor, nach einer bestimmten Bohnensorte zu suchen. Die beiden Frauen waren so in ihre Unterhaltung vertieft, dass sie gar nicht merkten, wie sie lauschte.

»Hast du schon gehört?«, sagte die Ältere, eine stattliche Mittfünfzigerin in Jeans und T-Shirt. »Sie haben jemanden geholt, der sich um die Bären kümmern soll. Einen *Wildlife Specialist*.« Sie betonte das Wort herablassend.

Die andere Frau war jünger, trug weite Hosen wie Katharine Hepburn in den 1950ern, nur nicht so extravagant und teuer. »Einen Ranger oder so was?«

»Das wäre ja okay. Nein, eine Studentin, stell dir vor! Hat mir meine Schwiegertochter verraten, die arbeitet in der City Hall. Ein junges Ding aus Berkeley. Aus Berkeley, ausgerechnet, da kamen doch die Hippies her.«

»Hippies? Das war lange vor meiner Zeit.«

»Na, die langhaarigen Typen, die in bunten Gewändern und mit Federn im Haar herumliefen, ständig bekifft waren und den Kapitalismus abschaffen wollten. Ha, als ob das irgendwas geändert hätte. Egal, die Kleine ist keine fünfundzwanzig und soll sich mit Bären auskennen. Eine Bärenflüsterin!«

»Etwa diese Paula Jackson?«

»Du kennst sie?«, fragte die Ältere verwundert.

»Siehst du denn keine Nachrichten? Neulich war sie sogar in der *Morning Show.* Es gibt ein Video von ihr, wie sie einen jungen Mann vor einem Grizzly rettet. Der Mann liegt auf dem Boden, sie rennt zu ihm und quatscht so lange auf den wütenden Grizzly ein, bis er umdreht und das Weite sucht.«

»Und das Ding ist kein Fake?«

Die Jüngere schüttelte den Kopf. »Nein, da waren noch andere Leute dabei, die haben alles gesehen und bestätigt. Vielleicht kann sie ja doch was.«

»Also, das glaube ich erst, wenn sie die ersten Bären vertrieben hat. Hab ich dir eigentlich erzählt, dass neulich eine dieser Bestien in unserem Abfall rumgewühlt hat? Wahrscheinlich dieser Mr. Big, von dem alle reden. Ich hab sofort 911 gewählt, aber bis der Deputy aufkreuzte, war der Bär schon weg.«

»Ich hab immer mein Pfefferspray dabei, für alle Fälle.«

»Ein Jagdgewehr wäre besser«, sagte die Ältere. »Oder glaubst du, unsere Schwarzbären fallen auf das Gesäusel dieser Bärenflüsterin rein? Die sind nicht so dumm, denen muss man anders kommen, sonst werden wir die Bärenplage nie los. Seit ein paar Jahren geht das schon so, und nichts passiert.«

»Am besten spannen sie einen großen Zaun um die Stadt.«

»Und die Touristen? Meinst du, es kommen noch Leute zu uns nach Clearwater, wenn wir uns wie wild verbarrikadieren? Und wer soll eure Ferienwohnung mieten, wenn hier tote Hose ist?«

Die beiden Frauen gingen langsam weiter und blieben vor der Truhe mit den tiefgekühlten Hühnern und Puten stehen. Paula achtete darauf, nicht von ihnen gesehen zu werden, und beeilte sich, zur Kasse zu kommen. Fünf prall gefüllte Papiertüten lagen in ihrem Kofferraum, als sie nach Hause fuhr.

Es dauerte eine ganze Weile, bis sie ihre Einkäufe in die Wohnung geschafft und in den Kühlschrank und die kleine Vorratskammer geräumt hatte. Mit einem Sandwich, das sie mit Käse, Putenbrust, Salat und wenig Mayonnaise belegt hatte, und einem Milchkaffee setzte sie sich an die Küchenbar. In Gedanken sah sie immer noch die beiden Frauen im Supermarkt vor sich, wie sie über die Bären schimpften und kein großes Vertrauen in die neue Bärenflüsterin zu haben schienen. Es lag wohl an ihr, nicht nur die Bären zu vertreiben, sondern auch zu beweisen, dass sie die Richtige für den Job und durchaus fähig war, die Bären von der Stadt fernzuhalten.

Am späten Nachmittag brachte Deputy Garrett ihren Geländewagen vorbei, das gleiche Modell, das auch er und die anderen Deputies fuhren. Ein Kollege war mitgekommen, um ihn zum Sheriff's Office zurückzufahren.

»Ihr Wagen«, sagte er, als sie nach seinem Klingeln aus

dem Haus kam. Er reichte ihr den Schlüssel und grinste leicht. »Natürlich ohne Warnlichter und Sirene. Der Sheriff will, dass Sie ihn wie ihren eigenen behandeln und sich an die Verkehrsregeln halten. Wenn es richtig ernst wird, rufen Sie besser uns.«

»Keine Bange«, erwiderte Paula, »wer in einer Großstadt wie San Francisco keinen Unfall baut, kommt auch in Clearwater klar.« Sie wusste, dass ihm die Antwort nicht gefiel, konnte aber nicht anders. »Sagen Sie … der Sheriff war heute Morgen so seltsam. Ich glaube fast, er kann keine Frauen leiden.«

»Das sehen Sie falsch, Miss. Er hält große Stücke auf Frauen, auch auf seine eigene, solange sie ihm nicht in den Job reinredet und alles besser wissen will. Seine Worte, nicht meine.« Er grinste wieder. »Sie werden lachen, als Sie weg waren, hat er gesagt, Sie wären beinahe so hübsch wie seine Tochter, und die war Homecoming Queen beim letzten Highschool-Fest.«

»Er hat eine Tochter? Die wird ihm schon beibringen, dass Frauen auch außerhalb der Küche etwas leisten können. Gibt's auch weibliche Deputies?«

»Bis jetzt noch nicht. Hat sich auch noch keine bei ihm beworben.«

»Vielleicht seine Tochter in ein paar Jahren.«

»Würde mich nicht wundern. Haben Sie noch Fragen?«

»Nein, vielen Dank, Deputy Garrett.«

Die beiden Deputies verschwanden, und Paula ging einmal um ihren neuen Wagen herum und nickte anerkennend. Das war schon etwas anderes als ihr alter

Chevy. Schneeweiß wie die Wagen des Sheriff's Office, mit dem Siegel der Stadt, dem Foto eines Bären und der Aufschrift »Wildlife Specialist«.

Sie setzte sich hinters Steuer und fuhr eine Runde. Dabei stellte sie fest, dass das Navi bereits auf das Sheriff's Office eingestellt war. Ihr Business Handy war über Bluetooth mit dem Display des Navis verbunden, sodass sie unterwegs telefonieren konnte, ohne dass sie das Handy in die Hand nehmen musste. Für die Leuchtpistole und das Gewehr mit den Hartgummigeschossen gab es Halterungen.

Sie musste unwillkürlich lachen. Wer hätte das gedacht! Gestern noch Angestellte des *Bear Center* und in einem altersschwachen Chevy unterwegs und einen Tag später in einem hochmodernen Geländewagen der Polizei mit allen Schikanen. Kein Wunder, dass Sheriff Osborne ihr misstraute. Sie hatte während eines Lehrgangs des *Bear Center* mit solchen Waffen geübt, war aber lange nicht so erfahren damit wie ein Deputy. Auch an den großen Wagen und den Umgang mit dem Funkgerät würde sie sich erst gewöhnen müssen.

Nur mit Bären kannte sie sich besser aus, wenn sie auch weit davon entfernt war, sich als Expertin zu bezeichnen. Wirkliche Experten waren ihr Professor, ein Tierfilmer, der mal einen Vortrag an der Uni gehalten hatte, Angestellte von Fish & Wildlife, der Behörde, die sich um die Erhaltung der Natur und Artenvielfalt kümmerte, und einige Ranger in den Nationalparks. Paula kannte Bären zwar besser als die meisten anderen Studenten, weil sie sich ausgiebig mit ihnen befasst hatte, aber Expertin würde sie sich erst nennen, wenn sie ihren Master abgeschlossen und einige Jahre mit Bären gearbeitet hatte.

Sie war gerade ausgestiegen und in ihre Wohnung unterwegs, als ihr privates Handy klingelte. Sie würde sich neue Klingeltöne anschaffen müssen, um ihre Handys besser auseinanderhalten zu können. Brians Name leuchtete auf.

»Hey, Brian! Ich hab gerade meinen Wagen bekommen.«

»Und?«

»Besser als meine Rostlaube.«

»Und die Wohnung?«

»Nicht luxuriös, aber zweckmäßig. Noch mal vielen Dank für alles, Brian. Du hast mir sehr geholfen. Ohne dich hätte ich einen solchen Job sicher nicht bekommen.«

»Das müssen wir natürlich feiern. Hast du Zeit?«

»Ich hab vorhin ein fettes Sandwich verdrückt«, sagte sie, »aber wir könnten was trinken gehen. Ein Glas Rotwein. Du kennst doch sicher ein gemütliches Plätzchen. Aber nicht zu lange, ich hab einen langen Tag hinter mir.«

Brian hatte sofort einen Vorschlag parat. »Im Alpine Inn, schräg gegenüber von der City Hall – im Winter ist es eines unserer angesagten Skihotels. Der Besitzer ist über drei Ecken mit mir verwandt. Die haben eine gemütliche Bar, die wird dir gefallen. Ich hole dich ab, okay? Gegen neunzehn Uhr?«

»Abgemacht«, erwiderte sie, »ich warte vorm Haus.«

11

Brian war pünktlich. Da er sein bandagiertes Bein nicht unnötig belasten wollte, öffnete er die Beifahrertür von innen, begrüßte Paula gut gelaunt und entschuldigte sich dafür, dass er nicht ausgestiegen war. »Freut mich, dass alles so gut geklappt hat«, sagte er. »Den Sheriff kenne ich, der ist einer von der alten Sorte. Bloß keine Veränderungen, keine Frauen im Polizeidienst und wehe, einer wagt es, ihm zu widersprechen. Ich glaube, er hält sich für Wyatt Earp.«

»Den berühmten Gesetzeshüter aus dem 19. Jahrhundert? An den musste ich auch denken, als Sheriff Osborne mir mit seinem 44er-Colt vor der Nase herumfuchtelte. Gegen solche Typen kommt man nicht an. Wir hatten einen Professor, der war genauso, der bestand sogar darauf, dass Studentinnen im Rock zur Prüfung erschienen.«

»Gab es keinen Aufstand?«

»Und was für einen! Er hat sich dann versetzen lassen.«

»Wahrscheinlich die beste Lösung.«

Sie fuhren zum *Alpine Inn* und hielten auf einem Behindertenparkplatz vor dem Hotel. Brian hatte einen entsprechenden Ausweis auf dem Armaturenbrett liegen. »Den Vorteil hab ich mit dem Bein«, sagte er, »aber glaub mir, ich würde lieber durch die halbe Stadt laufen. Die Krücken nerven gewaltig.«

»Die wirst du ja bald los. Wann musst du denn wieder zum Arzt?«

»In einer Woche. Aber ich spüre schon, wie es besser wird.«

Seine verzweifelte Miene, als er beim Aussteigen stolperte und beinahe hinfiel, sagte etwas anderes. Er schien gegen heftige Schmerzen anzukämpfen, als er sich mit beiden Händen am Dach seines Wagens abstützte und nur sein gesundes Bein belastete. Paula wollte ihm helfen, aber er lehnte ab.

»Das schaffe ich schon allein«, reagierte er ungewohnt ruppig, entschuldigte sich aber gleich darauf. »Tut mir leid, ich bin nur gestolpert. Geht schon wieder.« Er verschloss die Autotür und griff nach seinen Krücken. Mit einem gezwungenen Lächeln, so hatte es den Anschein, humpelte er zum Eingang.

Im Lokal empfing sie die Besitzerin in einem Kleid, das an eine alpenländische Tracht aus Europa erinnerte. »Dass du dich auch mal wieder blicken lässt«, sagte sie zu Brian. »Immer noch auf Krücken? Noch nicht besser?«

»Die brauche ich nur vorübergehend«, erwiderte er.

»Und Sie müssen die Bärenflüsterin sein, von der die ganze Stadt spricht«, wandte sie sich an Paula. »Hier in der Innenstadt sind wir relativ sicher, aber in dem Vorort, in dem ich wohne, haben wir öfter Ärger mit Bären. Manche Leute wollen einfach nicht begreifen, dass wir nur sicher sind, wenn wir unsere Essensabfälle in die verschließbaren Container werfen. Vor ein paar Wochen hat irgendein Rüpel sein abgenagtes Huhn auf die Straße geworfen, und prompt haben wir Besuch bekommen.«

Paula und Brian setzten sich an die Bar und bestellten Rotwein. Dazu bekamen sie Erdnüsse serviert, bei deren Anblick Paula nicht widerstehen konnte.

»Eine meiner Schwächen«, räumte Paula ein, »wenn ich einmal damit anfange, kann ich nicht mehr aufhören.« Sie schob das Schälchen von sich weg und prostete Brian zu. »Auf unser erstes Date!«, sagte sie und fühlte sich schon jetzt beschwingt.

»Das hoffentlich nicht unser letztes bleiben wird.«

Sie schwiegen eine Weile, dann blickte Paula auf Brians verletztes Bein und fragte: »Wo ist das mit dem Bären passiert? Hier in der Gegend? Und warum hat der Bär dich angegriffen? Du lebst hier und weißt doch sicher, wie man sich verhalten muss, wenn man einem schlecht gelaunten Bären begegnet.«

»Dazu war keine Zeit mehr«, antwortete er, offensichtlich überrascht, dass sie gerade jetzt danach fragte. »Wir haben keinen Mist gebaut, wenn du das meinst – sind weder allein durch den Wald gestreift, noch haben wir einen Bären in seiner Höhle gestört. Okay, wir hatten ein paar Bierchen getrunken, aber deshalb sind wir nicht unbedacht geworden. Wir waren sogar ziemlich laut und haben irgendwelche Gassenhauer gesungen. Der Bär war plötzlich da und erwischte mich voll am linken Oberschenkel. Ich wäre todsicher draufgegangen, wenn Chuck, so heißt der Kumpel, nicht so schnell reagiert hätte. Zum Glück hatte er Pfefferspray dabei. Er hat dem Bären die volle Ladung ins Gesicht gesprüht und anschließend über Handy den Notruf gewählt. Ohne Netz wäre ich wahrscheinlich verblutet. Ein Hubschrauber hat mich ins Krankenhaus gebracht, und nach einer Woche durfte ich wieder gehen. Leider nur mit diesen Krücken.« Er hielt eine Krücke hoch.

»Und der Arzt hat gesagt, du bräuchtest die Krücken nicht lange?«

»Hat er gesagt.« Brian schien genervt. »Müssen wir unbedingt über meine Verletzung reden? Mir wird jedes Mal schlecht, wenn ich an die Sache mit dem Bären denke. Du glaubst nicht, was der für einen strengen Atem hatte.«

»Oh doch«, erwiderte Paula. »Und gefährliche Bakterien an seiner Tatze.«

»Das hat der Arzt auch gesagt und mir ein Antibiotikum gegeben. Es ist alles okay.«

Irgendetwas störte Paula an seinen Antworten. Schilderte er die Aussicht auf eine schnelle Heilung etwas zu positiv? Verdrehte er die Wahrheit, weil er doch etwas falsch gemacht hatte und sich schämte, den Fehler zuzugeben? Hatten seine Freunde etwas falsch gemacht, und er wollte sie schützen? Oder wollte er nur nicht mehr an den Bären erinnert werden?

»Du hast recht«, stimmte sie ihm zu und versuchte ihr Unbehagen abzuschütteln, »wir sollten über etwas anderes reden. Erzähl mir von dir. Du weißt, was meine Pläne sind, aber was ist mit dir? Willst du in Clearwater bleiben? Willst du eine Familie gründen oder in die weite Welt hinaus und Abenteuer erleben? Bist du der sesshafte oder der rastlose Typ?«

»Ein bisschen von allem«, antwortete er. Anscheinend hatte er schon öfter darüber nachgedacht. »Ich will in Clearwater bleiben, hätte aber nichts gegen Ausflüge nach Alaska oder Europa. Für meinen Job spielt es keine große Rolle, wo ich wohne. Ich bin selbstständig. Und alles, was ich brauche, ist ein Computer. Ich bin in Sacramento aufgewachsen, aber meine Eltern und ich sind schon vor Jahren umgezogen und wohnen jetzt in Clearwater. Ich fühle mich hier zu Hause. Ob ich eine Familie gründen will? Sucht denn nicht jeder nach einem Menschen, den er lieben kann?«

Sie nippte an dem Rotwein und dachte eine Weile über seine Worte nach. »Ich habe nie nach einem Mann gesucht, jedenfalls nicht bewusst. An der Highschool und auf dem College hab ich nur Nieten gezogen und dachte mir, wenn der Richtige kommt, werde ich es schon merken.« Sie errötete leicht und trank noch einen Schluck, um ihre Verlegenheit zu verbergen. »Ich würde nicht mal mit einem Mann ausgehen, wenn ich nicht das Gefühl hätte …« Sie brach ab und fügte schnell hinzu: »Ich sollte vielleicht die Klappe halten, sonst wirst du mir noch zu eingebildet.«

»Mir geht es ähnlich«, sagte Brian und griff nach ihrer freien Hand. »Ich hatte nie was Ernsthaftes, und seit ich die Krücken habe, bin ich überzeugt, dass mich sowieso keine mehr will. Wer will schon mit einem Hinkebein durch die Stadt gehen?«

»Ich zum Beispiel«, sagte Paula, »sehr gerne sogar.«

Aus den Lautsprechern hinter der Bar tönte ein Hit, der Paula schon öfter auf die Nerven gegangen war, wenn sie das Autoradio eingeschaltet hatte. Diesmal nahm sie den Song kaum wahr, sah nur Brian, wie er zärtlich nach ihren Armen griff und sie küsste. Ein sanfter Kuss, wie er sich in einer Hotelbar gerade noch ziemte, auch wenn kaum andere Gäste an der Theke saßen. Sie lächelten beide, als sie sich voneinander lösten. Weder Paula noch Brian bekamen mit, wie eine Bedienung kicherte, und der Barkeeper instinktiv einen anderen Sender wählte: eine sanfte Ballade von Dean Martin, die, auch wenn sie uralt war, wesentlich besser passte.

»Ich bin froh, dass du eine Panne hattest«, sagte Brian leise. »Wie hätte ich dich sonst kennengelernt? Ich wäre bestimmt nicht ins *Bear Center* gegangen. Von Bären halte ich erst mal Abstand, auch wenn ein Zaun dazwischen ist.«

»Und ich bin froh, dass du mich überredet hast, nach Clearwater zu kommen. Keine Ahnung, was mich hier erwartet, aber gewonnen habe ich jetzt schon.« Paula prostete ihm zu und nippte an ihrem Rotwein, ohne den Blick von ihm zu nehmen. »Hey, du hast eine neue Frisur!«, sagte sie, um ihre plötzliche Verlegenheit zu überspielen. »So gefällst du mir besser.«

»Ich hab mich gekämmt, meinst du wohl.«

Sie grinste. »So kann man's auch nennen. Kein CEO mehr.«

»Nur ein aufstrebender Journalist und Webdesigner ohne Vermögen. Ist mir auch lieber, ehrlich gesagt. Wobei ich genau genommen auch unendlich reich bin, wenn man mitzählt, dass ich die coolste Frau kennengelernt habe, die ich mir vorstellen kann.«

Sie küsste ihn. »Ich glaube, ich muss langsam gehen, Brian, sonst wird es für mich zu spät.«

Während der Rückfahrt schwiegen sie, doch ihr zufriedenes Lächeln sagte mehr als tausend Worte. Paula hatte sich selten so wohlgefühlt. Ein junger Mann, den ein gütiges Schicksal für sie ausgesucht zu haben schien, und ein Traumjob mit Bären versprachen eine rosige Zukunft, auch wenn sie selbst am besten wusste, wie wankelmütig ein solches Versprechen sein konnte.

Vor dem Mehrfamilienhaus, in dem sich Paulas Wohnung befand, schaltete Brian den Motor ab, und sie küssten sich leidenschaftlicher als in der Bar. Sie vergaßen Raum und Zeit, und Paula war während einer Atempause nahe daran, ihn in ihre Wohnung zu bitten.

Ein Anruf nahm ihr die Entscheidung ab.

»Sheriff's Office«, meldete sich eine weibliche Stimme. »Ein 911-Anruf für Sie, ich stelle durch.« Ein leises Klicken, dann meldete sich eine Frau, die vor Aufregung und Angst kaum zu verstehen war. »Betty Fiedler hier, meinem Mann und mir gehört der Drugstore an der Chandler Street. Wenn man vom Norden in die Stadt kommt, gleich rechts. Sind Sie die neue Bärenflüsterin?« Und als Paula bejahte, fügte sie eilig hinzu: »Ein Bär … draußen, am Container vor dem Laden.«

»Ich bin schon unterwegs«, antwortete Paula. »Bleiben Sie im Haus und unternehmen Sie auf keinen Fall etwas auf eigene Faust!« Sie öffnete die Beifahrertür, um auszusteigen. »Tut mir leid, Brian, ich muss sofort los. Mein erster Einsatz.«

Sie lief zu ihrem Wagen und fuhr in die Stadt zurück. Bei ihrer Ankunft war sie aus dem Norden gekommen und konnte sich auch an den Drugstore erinnern, einen *CVS Pharmacy Store* im Erdgeschoss eines betagten Geschäftshauses, das nur durch eine schmale Lichtung vom Waldrand getrennt war. Sie brauchte keine zehn Minuten bis zu dem Laden und sah Betty Fiedler vor der Tür stehen, einen Baseballschläger in der rechten Hand. Die Frau aus dem Supermarkt, die sie zwischen den Regalen im Gespräch mit einer anderen Frau belauscht hatte. Ausgerechnet die ältere Dame, die Paula für eine Aufschneiderin hielt.

Paula sprang aus dem Wagen. »Bleiben Sie im Laden, Ma'am!«, rief sie der Frau zu. »Sie bringen sich nur unnötig in Gefahr! Seien Sie vernünftig!«

Paula zog ihre Jacke an, steckte das Funkgerät in die Halterung an ihrem Gürtel, griff nach der Leuchtpistole und dem Gewehr mit den Hartgummigeschossen. Die Dose mit dem Bärenspray steckte in der Jackentasche. In weniger als dreißig Sekunden war sie einsatzbereit und ging auf den Container zu.

Es war noch einigermaßen hell, und sie brauchte keine Taschenlampe. Mit wachen Augen, um sofort reagieren zu können, überquerte sie den Parkplatz vor dem Gebäude. Der Eindringling war nicht zu übersehen. Ein hungriger Bär, der gelernt hatte, einen Container zu öffnen, und mit der Schnauze im Abfall wühlte. Noch hatte er die Zweibeinerin nicht bemerkt. Paula näherte sich ihm gegen den Wind und erregte erst seine Aufmerksamkeit, als er den Kopf wandte und sie kommen sah. Sein lautes Fauchen verhieß nichts Gutes.

»Ruhig, mein Lieber, ganz ruhig«, redete Paula auf ihn ein, »ein stolzer Bär wie du muss doch nicht in eine Abfalltonne kriechen. Wir haben Sommer. Im Wald gibt es Beeren und Kräuter und auch was Handfestes, wie Mäuse und andere kleine Tiere. Du hast es doch gar nicht nötig, im Abfall zu wühlen. Du weißt doch, dass wir Zweibeiner das nicht mögen. Sei vernünftig und geh zu deinen Artgenossen in den Wald!«

Sie stand ungefähr fünfzig Schritte von dem Bären entfernt, weit genug, um nicht bedrohlich auf ihn zu wirken. Ihr Gewehr trug sie über der Schulter, kaum sichtbar für den Bären, der sie sonst vielleicht mit einem Jäger verwechselt hätte. Sie hoffte, weder das Bärenspray noch eine ihrer Waffen einsetzen zu müssen. Ihr bestes Mittel gegen einen angriffslustigen Bären war ihre sanfte Stimme, die ihm zeigen sollte, dass er nichts zu befürchten hatte und er ungehindert verschwinden konnte. So wie der Braunbär in Alaska, der wesentlich größer und gefährlicher als dieser Schwarzbär gewesen war.

Hinter ihrem Rücken erklangen Motorengeräusche. Mit einem raschen Blick erkannte Paula den Van eines Fernsehsenders. Eine Reporterin, ihr Mikrofon in der rechten Hand, und ein Kameramann sprangen aus dem Wagen und postierten sich zwischen zwei parkenden

Autos. Fast gleichzeitig heulte eine Sirene auf, und ein Streifenwagen mit flackernden Warnlichtern hielt hinter dem Van. Paula glaubte, Deputy Garrett aus dem Wagen steigen zu sehen.

»Bleiben Sie zurück!«, rief Paula den Neuankömmlingen zu. »Haben Sie gehört? Bleiben Sie zurück und lassen Sie das Gewehr im Wagen! Damit reizen Sie den Bären nur!«

Mehr Zeit, sich um die Fernsehleute und den Deputy zu kümmern, blieb ihr nicht. Die Sirene und ihre laute Stimme, als sie den Deputy zurechtgewiesen hatte, hatten den Bär verschreckt. Er verharrte auf vier Beinen vor dem Container, den Kopf gesenkt, die Ohren nach hinten, ein Zeichen dafür, wie nervös er war. Während Paulas Aufenthalte im *Bear Center* und einiger Field Trips mit der Universität hatte sie die Körpersprache der Bären gründlich studiert – es war vielleicht die wichtigste Voraussetzung, um mit Bären auszukommen und keinen unnötigen Angriff zu provozieren. Ein nervöser Bär befand sich in Verteidigungsstellung, meist dachte er nicht daran, Menschen anzugreifen.

»Hab ich dich erschreckt?«, fragte Paula. Sie sprach wieder sanft und gerade so laut, dass der Bär sie hören konnte. Natürlich verstand er kein Wort, er ging allein nach dem Klang ihrer Stimme und versuchte auch ihre Körpersprache zu ergründen. Nur eine falsche Bewegung, und er wäre auf sie zugestürmt. Auch ein Schwarzbär konnte einen Menschen schwer verletzen oder sogar töten, wenn man sich falsch benahm und der Bär sich zu sehr in die Enge getrieben fühlte. Seine Krallen vermochten tödliche Wunden zu reißen, auch wenn sie kleiner als die eines Grizzlys waren.

»Tut mir leid, wenn ich dich erschreckt habe«, redete Paula weiter. »Ich wollte doch nur, dass der Deputy und die Fernsehleute dir nicht zu nahe kommen. Nein, ich weiß auch nicht, was sie hier wollen, sie erschweren mir nur die Arbeit. Aber du brauchst keine Angst vor ihnen zu haben. Die haben mehr Angst vor dir, das ist mal sicher.« Sie sah ein halbes Sandwich auf dem Boden vor dem Container liegen. »Was hast du denn da gefunden? Ein halbes Sandwich? Das sieht aber nicht gut aus. Die Beeren im Wald schmecken tausend Mal besser, auch wenn es mehr Mühe macht, sie zu pflücken. Sei vernünftig, mein Guter! Lass dass Sandwich liegen und kehre zu deinen Artgenossen in den Wald zurück. Die Essensabfälle, die du in der Stadt findest, bekommen dir nicht. Damit verdirbst du dir nur den Magen, und das kann verdammt wehtun. Was ist? Du hast doch nicht vor, dich mit mir anzulegen?«

Der Bär stampfte mit einer Vorderpfote auf, rührte sich jedoch nicht von der Stelle. Sein Brummen klang missmutig, aber nicht angriffslustig. Er ging ein paar Schritte auf Paula zu, blieb wieder stehen und blickte sie neugierig an.

Paula ging ihm zwei Schritte entgegen und klatschte in die Hände. Sie handelte rein intuitiv, versetzte sich in den Bären und nahm an, dass er eine klare Ansage brauchte. »Du hast freie Bahn, mein Lieber! Keiner dieser Zweibeiner tut dir etwas. Beachte sie gar nicht! Du brauchst doch nur die Straße zu überqueren, dann bist du auf der Lichtung, und dann sind es nur noch ein paar Schritte in den Wald. Die Stadt ist nichts für einen wie dich!«

Der Bär setzte sich tatsächlich in Bewegung, etwas schwerfällig, aber ohne anzuhalten, die Augen auf die Lichtung gerichtet. Kaum hatte er sie erreicht, beschleunigte er seine Schritte und verschwand zwischen den Weißfichten.

Paula blickte ihm erleichtert nach.

Als sie sich umdrehte, sah sie Betty Fiedler in der offenen Tür ihres Drugstores stehen. Von ihrem Mann war weit und breit nichts zu sehen. Betty Fiedler schüttelte aufgebracht eine Faust und schickte dem Bären einige Verwünschungen hinterher. »Lass dich hier bloß nicht mehr blicken! Ich hab langsam genug von dieser Bärenplage.« Dann wandte sie sich an Paula. »An Ihrer Stelle hätte ich ihm eines dieser Gummigeschosse verpasst oder noch besser, eine richtige Kugel. Das hätte ihn gelehrt, künftig die Pfoten vom Abfall zu lassen.«

Paula deutete auf das halbe Sandwich. »Ist das von Ihnen?«

»Hab ich mir an einer Tankstelle gekauft. Ungenießbar!«

»Und dann werfen Sie es in den Abfall? Genauso gut könnten Sie einen Köder für die Bären auslegen, Ma'am. Alle Essensabfälle, die Sie entsorgen, sollten in geruchssicheren Tüten verpackt sein. Der Geruchssinn eines Bären ist sieben Mal besser als der eines Bluthundes. Das halbe Sandwich kann er noch meilenweit entfernt riechen. Denken Sie bitte daran, wenn sie wieder Nahrungsreste wegwerfen. Eine bessere Einladung für Bären gibt es nicht.«

»Sie brauchen mich nicht zu belehren, Miss! Ich weiß bestens über Sie Bescheid. Sie verteidigen diese Raubtiere, anstatt entschlossen gegen sie vorzugehen. Der Sheriff war wesentlich rigoroser. Ich werde mich bei ihm beschweren.« Sie stapfte wütend in ihren Laden zurück und ließ die Tür hinter sich zuknallen.

Paula blickte ihr verwundert nach. Eigentlich hatte sie erwartet, dass die Drugstore-Besitzerin erleichtert sein und sich vielleicht sogar bei ihr bedanken würde. Doch nach der belauschten Unterhaltung mit ihrer Freundin hätte sie eigentlich mit dieser Reaktion rechnen müssen. Achselzuckend kehrte Paula zu ihrem neuen Wagen zurück und verstaute ihre Waffen in den Halterungen.

Dem Fernsehteam entkam sie nicht. Weil es bereits dunkel wurde, schaltete der Kameramann das Scheinwerferlicht ein, und die Reporterin, eine auffallend junge Frau in Jeans und Lederjacke, hielt ihr das Mikrofon unter die Nase.

»Was ist Ihr Geheimnis, Paula?«, fragte sie direkt.

»Es gibt kein Geheimnis«, antwortete Paula. »Ich kann weder mit Bären sprechen noch zaubern. Ich weiß ihre Körpersprache zu deuten, erkenne an ihrem Benehmen, ihrer Haltung und ihren Lauten, ob sie mir gefährlich werden können. Jeder Bär verteidigt seine Beute, selbst wenn sie aus einem Abfallcontainer kommt, aber dieser Bursche war nicht auf Angriff aus. Ich bin sicher, er hatte mehr Angst vor uns als wir vor ihm. Für die härteren Fälle hat mich der Sheriff mit einem Gewehr, das mit Hartgummigeschossen geladen ist, und einer Leuchtpistole ausgestattet. Bärenspray hab ich sowieso dabei.«

»Wie sollen sich unsere Zuschauer verhalten?«

»Sie sollten vor allem nicht den Fehler wiederholen, den Betty Fiedler gemacht hat. Lassen Sie keine Essensreste herumliegen und packen Sie den Abfall in einen geruchssicheren Beutel, bevor Sie ihn wegwerfen. Die Beutel gibt es in jedem Supermarkt, sicher auch im Drugstore von Betty Fiedler.«

Die Reporterin stellte einige allgemeine Fragen, wollte vor allem wissen, was man tun muss, wenn man einem Bären begegnet, und erhielt die Antworten, die Paula längst auswendig kannte. Schon seltsam, dachte Paula, dass viele Menschen, die in Clearwater wohnten, noch immer nicht Bescheid wussten.

Zu dem Deputy, der an seinem Wagen lehnte, sagte sie: »Hat Sheriff Osborne Sie geschickt? Sollen Sie aufpassen, ob ich auch alles richtig mache?«

»Ich war zufällig in der Nähe.«

»Und kommen mit Warnlicht und Sirene? Gute Nacht, Deputy.«

12

Brian meldete sich noch am selben Abend. Paula hatte bereits ihr langes T-Shirt mit dem kichernden Snoopy angezogen, als ihr Handy klingelte.

»Brian!«, rief sie erstaunt.

»Sorry«, meldete er sich, »ich weiß, es ist schon spät, und du bist sicher müde nach dem langen Tag, aber ich hab mir Sorgen gemacht. Alles okay?«

»Sicher, war keine große Sache.«

»Ich hab dich in den Spätnachrichten gesehen. Der Bär schien ganz schön wütend gewesen zu sein, so wie der gefaucht und gebrummt hat. Ich dachte schon, er geht auf dich los. Warum hast du denn nicht auf ihn geschossen?«

»Mit den Gummigeschossen?« Obwohl Brian sie nicht sehen konnte, schüttelte Paula den Kopf. »Die benutze ich nur, wenn ich einen besonders angriffslustigen Burschen vor mir habe. Und das Bärenspray nur, wenn es gar nicht anders geht. Am meisten Erfolg hab ich mit meiner Stimme. Gerade bei einem Bären wie dem vor dem Drugstore, der nur nach einem Leckerli in der Mülltonne sucht.«

Brian schien von ihrer Antwort immer noch nicht überzeugt zu sein und klang nach wie vor besorgt. »Im Fernsehen sah es aber ziemlich dramatisch aus. Ein Streifenwagen mit Blaulicht, die Reporterin von den Channel 4

News, und du allein vor dem Bären … mit dem Gewehr über den Schultern sahst du richtig gefährlich aus.«

»Alles halb so wild. Du weißt doch, wie das Fernsehen ist.«

»Trotzdem … ich bin jedenfalls froh, dass es dir gut geht.« Er musste lachen, wenn auch nur kurz. »Ich klinge schon wie eine besorgte Mutter, was?«

»Du kennst meine Mutter nicht«, erwiderte Paula, »die würde glatt in Ohnmacht fallen, wenn sie wüsste, was für einen Job ich angenommen habe.«

»Eigentlich rufe ich auch nur an, um dir zu sagen, wie sehr mir unser Date gefallen hat. Du bist eine wunderbare Frau, und ich bin froh, dass du dich mit einem Hinkebein wie mir abgibst.«

Paula stellte sich vor, wie Brian lächelte, und musste selbst lächeln.

»Ich hoffe doch, es bleibt nicht bei dem einen Date?«, fügte Brian hinzu.

»Wäre ich sonst nach Clearwater gezogen?«

Ein Augenblick der Verlegenheit, dann wechselte Brian das Thema. »Ich wollte dir übrigens einen Vorschlag machen. Was hältst du davon, wenn ich dir eine attraktive Website gestalte? Mit biografischen Angaben, deinen Ratschlägen, wie man sich Bären gegenüber verhalten soll, einem Stadtplan, auf dem wir deine Einsätze markieren könnten, und natürlich einigen Fotos. Ich würde mir die Erlaubnis der Bürgermeisterin und des Sheriffs einholen und morgen gleich mit der Arbeit beginnen. Sobald ich meine neue Kolumne geschrieben habe.«

»Du hast eine Kolumne?«

»Nichts Besonderes, aber lukrativ«, antwortete er. »Über eine große Agentur wird sie an zahlreiche Tageszeitungen und Online-Dienste in den USA verkauft. ›Small Town, USA – Geschichten aus einer kleinen Stadt‹. Erscheint wöchentlich.«

»Und was steht in der neusten?« Paula ahnte es bereits.

»Darin geht's um eine erfolgreiche Bärenflüsterin.«

»Ich mache nur meinen Job.«

Er lachte wieder. »Schickst du mir deine Texte und möglichst auch ein paar Fotos für deine Website? Mein Vorschlag wäre, die Leute auch Fragen stellen zu lassen. So was wie ›Darf ich einen Bären füttern?‹ ›Wie fotografiere ich einen Bären?‹ ›Muss ich Angst vor Bären haben?‹ – das brennt vielen unter den Nägeln. Interaktionen machen sich immer gut.«

»Das kann aber zwei, drei Tage dauern.«

»Klar, kein Problem. Du wirst sehen, es lohnt sich bestimmt.«

»Okay, ich setze mich dran, sobald ich Zeit habe.«

Paula verriet Brian nicht, dass sie befürchtete, er könnte sich von seiner Begeisterung tragen lassen und sie zu sehr in den Himmel loben. Eine Website, auf der sie sich als Superheldin präsentierte, würde bestimmt nicht gut ankommen, schon gar nicht beim Sheriff's Office. Die Website sollte so informativ wie möglich sein, mehr nicht. Paula beruhigte sich damit, dass sie alle Texte schreiben würde und sich die fertige Website genau ansehen würde, bevor sie ihr Einverständnis gab, damit online zu gehen.

Brian war immer noch dran. »Wie wär's mit einem Tuna Salad Sandwich?«

»Jetzt?«

»Morgen Mittag«, sagte er, »aus meiner eigenen Küche. Meine Sandwiches sind Extraklasse, das sagt sogar meine Nachbarin, und die kennt sich mit guter Küche aus. Sie und ihr Mann hatten ein Restaurant am Lake Tahoe.«

»Und jetzt macht sie dir schöne Augen?«

»Sie ist vierundsiebzig«, beruhigte Brian sie.

»Wollen wir es mit einem Picknick verbinden?«

»Plus Foto-Shooting, an dem kleinen See außerhalb der Stadt. Ich schieße ein paar Fotos von dir für die Website, in deiner neuen Jacke und vor dem SUV, und anschließend essen wir die Sandwiches. Was hältst du davon?«

»Klingt gut. Und woher bekommen wir den Bären?«

Brian erschrak. »Welchen Bären?«

»Auf die Seite einer Bärenflüsterin gehört ein Bär, oder nicht?«

»Schon, aber ...«, stammelte er.

»War nur ein Scherz«, beruhigte Paula ihn. »Ich hab ein Foto, das Mandy von mir und einem der Bären im *Bear Center* gemacht hat, das tut es auch.«

»Wow! Und ich dachte schon ...«

»... ich zaubere einen Bären herbei? Keine Angst, ich pass auf dich auf.«

Paula schlief gut in dieser Nacht, nicht nur, weil sie den ganzen Tag unterwegs gewesen war. Der Gedanke, einen Menschen gefunden zu haben, mit dem sie sich auf Anhieb verstand und zumindest nach den ersten Begegnungen auf gleicher Wellenlänge lag, ließ sie mit einem Lächeln in einen angenehmen Traum gleiten. Er verwob sich mit Liebesszenen eines Films, den sie vor einiger Zeit im Fernsehen gesehen hatte. An Einzelheiten konnte sie sich am nächsten Morgen nicht mehr erinnern, spürte nur, dass sie voller Energie und Tatendrang war und sich auf den Lunch mit Brian freute.

Die Zeit nach dem Frühstück nutzte sie, um einen Text für ihre geplante Website zu schreiben. »Bären sind keine Teddys« wählte sie als Überschrift. Natürlich ging es in dem Bericht um die Fehler, die zu viele Menschen bei einer Begegnung mit Bären machten. Vor allem die Ranger in Nationalparks wie Yellowstone und Yosemite beklagten sich immer noch über Besucher, die aus dem Auto stiegen, um Bären zu fotografieren oder zu füttern. Obwohl auch dort viel Aufklärung betrieben und ständig auf die Gefahren hingewiesen wurde. Umso wichtiger war es, die Menschen in Clearwater daran zu erinnern, wie gefährlich es war, Bären allein nach ihrem putzigen Aussehen zu beurteilen.

Paula merkte gerade, dass ihr Artikel viel zu lang wurde, als Brian klingelte. Die Zeit war wie im Flug vergangen und inzwischen war es Mittag geworden. Paula schlüpfte in ihre Jacke, griff nach ihrer Wasserflasche, die sie fast überall dabeihatte, und lief nach unten. Sie begrüßte Brian mit einem liebevollen Kuss und stützte ihn auf dem Weg zu ihrem SUV. Mit den Krücken war es nicht einfach, in den Wagen zu steigen und den Sicherheitsgurt anzulegen.

Paula ging nicht darauf ein und lächelte aufmunternd, als sie sich hinter das Steuer setzte und ihr Funkgerät in die Halterung schob. Die Sonne schien und blitzte zwischen den Baumkronen, ein idealer Tag für einen Ausflug.

»Was sagen die Bürgermeisterin und der Sheriff zu deiner Idee mit der Website?«, fragte sie.

»Kein Problem«, antwortete er, »aber wir sollen beide lobend erwähnen, vor allem die Arbeit des Sheriffs während der letzten Jahre. Es soll auf keinen Fall der Eindruck entstehen, er hätte sich nicht um die Bären gekümmert.«

»Das hat er gesagt?«

»Ein Mann wie er lässt sich ungern von einer Frau ausbremsen, das hast du doch sicher schon gemerkt. Selbst mit der Bürgermeisterin tat er sich anfangs schwer. Ich glaube, seine Frau hat zu Hause nichts zu lachen. Oder er hat zu Hause kaum etwas zu sagen und muss es auswärts kompensieren.«

»Ich hab kein Problem damit, ihm die Bühne zu überlassen.«

Sie fuhren in nördlicher Richtung aus der Stadt und bogen auf eine holprige Forststraße ab. Der See, den sie bald darauf erreichten, lag keine zwei Meilen von der Stadt entfernt und gab ihnen dennoch das Gefühl, fernab der Zivilisation in der Wildnis zu sein. Dichter Fichtenwald reichte bis zu seinen Ufern und im Norden bis auf einen steilen Berghang hinauf. Ein Adler kreiste in einsamer Höhe über dem See und schien nach Beute Ausschau zu halten.

»Ein wunderschöner Platz«, staunte Paula, nachdem sie

den SUV am Ufer geparkt hatte und ausgestiegen war. Sie half Brian aus dem Wagen und musste ihn stützen, damit er nicht das Gleichgewicht verlor. Er brummte missmutig. »An so einem schönen Tag müssten eigentlich mehr Leute hier sein.«

»Keine asphaltierte Zufahrtsstraße, keine Hamburger-Bude, keine Souvenirs ... die meisten Leute fahren lieber zum Lake Tahoe«, meinte Brian. Er öffnete die Heckklappe und kramte in seiner Fototasche. »Ich bin kein professioneller Fotograf, aber ich wette, du siehst auch auf meinen Fotos gut aus.« Er richtete sich auf, hielt sich am Wagendach fest und grinste. »Es sei denn, du brauchst eine Autogrammkarte, dann würde ich doch einem Profi den Vortritt lassen. Gut möglich, dass du bald berühmter bist als diese Schimpansen-Forscherin, die alte Dame, die in Tansania lebte ... Wie heißt sie noch gleich?«

»Jane Goodall? Bis dahin ist es noch ein weiter Weg. Sie lebte mehrere Jahrzehnte unter Schimpansen und hat mehr als alle anderen Wissenschaftler über sie herausgefunden. Zum Beispiel, dass sie sich Werkzeuge schnitzen. Irre, nicht wahr? Das schaffst du nur, wenn du dich jahrzehntelang mit den Tieren beschäftigst. Bis ich so viel über Bären weiß, hab ich weiße Haare.«

Paula hatte etwas Make-up aufgetragen, bevor sie das Haus verlassen hatte, und kämmte noch einmal ihre Haare, auch wenn sie inzwischen die schwarze Baseballkappe trug, die ihr die Bürgermeisterin gegeben hatte. Über dem Schirm waren der Name der Stadt und der Kopf eines Bären zu sehen.

»Okay so?«, fragte sie, als sie sich neben den Wagen stellte und auf den See blickte.

»Perfekt!«, antwortete Brian.

Sie brauchten nicht lange für die Fotos, und selbst Paula war mit dem Ergebnis mehr als zufrieden. Die Aufnahmen wirkten sehr natürlich, nicht so gestellt wie die Fotos, die sie auf dem College-Abschlussball von ihr gemacht hatten. In einem Film hätte die Bärenflüsterin ihre blonden Locken sicher bis auf ihre Schultern fallen lassen, im wirklichen Leben war es in ihrem Job praktischer, sie zu einem Pferdeschwanz zu binden und mit einer Baseballkappe zu bedecken.

»Mitten aus dem Leben und doch wunderschön«, sagte Brian.

Sie aßen ihre Sandwiches auf einem Felsen am Seeufer, so nahe am Wasser, dass sie das leise Plätschern der Wellen hören konnten, wenn sie gegen das steinige Ufer stießen. Im Wasser spiegelten sich die wenigen Wolken.

»Deine Sandwiches sind erste Sahne«, lobte Paula. »Schon erstaunlich, dass dich noch keine Frau geschnappt hat. Wie ich dich einschätze, kannst du auch kochen. Lass mich raten: die besten Spaghetti diesseits der Rocky Mountains?«

»Cordon Bleu mit Mascarpone-Püree und kandierten Mohrrüben.«

»Im Ernst?«

»Hab ich in einer Kochsendung gesehen und so lange zubereitet, bis es geklappt hat. Gibt es immer, wenn ich jemanden einlade. Und Vanille-Eis mit Beeren und

Mandelsplittern. Und Sandwiches, Cheeseburger und Hot Dogs.«

Paula lachte. »Dann wird es höchste Zeit, dass du mich einlädst.«

Sie küssten sich liebevoll, begleitet vom leisen Rauschen des Windes, der sich in den Kronen der Weißfichten verfing. Es machte Paula nichts aus, dass lästige Moskitos in ihrer Nähe summten, sie brauchte nur in seine Augen zu sehen, um nur noch ihn wahrzunehmen, das prickelnde Gefühl, als sie eine seiner Hände auf ihrem Rücken spürte, und er sie seufzend noch näher an sich heranzog, und sie beinahe das Gleichgewicht verloren. Sie lachten beide und küssten sich noch einmal, diesmal kürzer und mit offenen Augen und sich dessen bewusst, dass etwas Wunderbares mit ihnen geschah. Hatte sie tatsächlich ihren Mr. Right gefunden?

Sie löste sich von ihm und blinzelte in die Sonne. Am jenseitigen Ufer war eine flüchtige Bewegung zu erkennen. Ein Schatten, der gleich darauf mit der Dunkelheit des Waldes verschmolz, aber schon wenige Minuten später, als sich eine Wolke vor die Sonne schob, wieder auftauchte.

»Siehst du ihn?«, fragte Paula Brian.

»Ein Schwarzbär!«, antwortete er. »Will der was von uns?«

Paula verneinte. »Zu weit weg, aber bei dem Wetter dürften auch einige seiner Artgenossen unterwegs sein. Die warten doch nur darauf, dass die Zweibeiner ihre Steaks auf den Grill werfen. Was meinst du, wie viele Abfälle dann in den Müllcontainern auf sie warten? Die wenigsten Menschen sind doch so schlau, ihre Abfälle in luftdichte Tüten oder Behälter zu verpacken.«

»Leider«, stimmte er ihr zu. »Bringst du mich vorher noch nach Hause?«

»Sicher«, versprach sie.

Sie brauchten nur wenige Minuten bis zu seinem Haus. Paula verabschiedete sich mit einem flüchtigen Kuss und versprach ihm, sich am Abend bei ihm zu melden, immer vorausgesetzt, es ging kein dringender Notruf bei ihr ein. Wenn sie es sich mit der Bürgermeisterin und dem Sheriff nicht verderben wollte, durfte sie sich keinen Fehler erlauben. Der Sheriff wartete nur darauf, sie öffentlich abzukanzeln.

Sie fuhr die wenigen Straßen der kleinen Stadt im gemächlichen Tempo ab, jederzeit bereit, nach dem Funkgerät oder Handy zu greifen. Schon wenige Minuten, nachdem sie Brian zu Hause abgesetzt hatte, meldete sich ihr Handy.

Der 911-Ruf kam vom Golfplatz im Westen der Stadt. Ein junger Mann, wie es schien, und so aufgeregt, dass er kaum sprechen konnte. »Sind Sie … sind Sie die Bärenflüsterin?«, stammelte er aufgelöst. »Ricky … Ricky vom Golfplatz.«

»Sprechen Sie, Ricky! Was gibt's?«

»Mr. Big … der Riesenbär ist hier! Hören Sie ihn denn nicht?«

»Ich bin schon unterwegs, Ricky«, antwortete Paula, »in spätestens zehn Minuten bin ich bei Ihnen. Halten Sie sich von dem Bären fern, hören Sie? Keine Alleingänge! Damit würden Sie alles nur noch schlimmer machen. Okay?«

Im Hintergrund waren lautes Fauchen und Gepolter zu hören, als würde der Bär ein ganzes Haus auseinandernehmen. »Der verdammte Bär … die Bestie nimmt unseren Pro Shop auseinander! Beeilen Sie sich! Der Sheriff ist auch hier … aber er hat nur seinen Revolver dabei. Kommen Sie, Miss!«

Paula bedauerte, weder über Warnlicht noch Sirene zu verfügen, drückte aber dennoch aufs Gas und erreichte den Golfplatz schon wenige Minuten später. Der Platz gehörte zum *Sierra Mountain Resort*, dem einzigen Luxushotel von Clearwater. Ein 18-Loch-Platz mit Clubhaus, Restaurant und Pro Shop.

Sie parkte am Rand des Platzes und rannte mit Gewehr und Leuchtpistole auf den Pro Shop zu. Die meisten Gäste waren verängstigt geflohen und teilweise auf den Balkons des Hotels zu sehen, nur einige wenige hielten sich in respektvoller Entfernung von dem Laden auf, darunter auch Sheriff Osborne. Er trug seine Khaki-Uniform, seinen Revolver schussbereit in der Rechten.

»Da sind Sie ja endlich!«, fuhr er Paula an. »Das ist Mr. Big, der größte Schwarzbär der Sierra Nevada. Wo der hinlangt, wächst kein Gras mehr.« Er lächelte grimmig. »Ich bin gespannt, wie Sie mit dem fertigwerden wollen.«

»Bleiben Sie in Deckung, Sheriff!«, sagte Paula nur.

»Deputy Garrett muss gleich hier sein«, erwiderte Osborne scharf. »Ich hab ihm gesagt, er soll die schweren Geschütze mitbringen. Ich gebe Ihnen fünf Minuten,

Paula. Wenn Sie es bis dahin nicht geschafft haben, die Bestie in den Wald zu jagen, bin ich dran. Ich hole mir das Fell dieses Monsterbären!«

Paula ließ sich nicht beirren und ging weiter auf den Pro Shop zu. Mr. Big war nur als dunkler Schatten hinter dem eingeschlagenen Fenster zu erkennen. Hinter einigen Bäumen, noch weiter vom Pro Shop entfernt als der Sheriff und die wenigen Schaulustigen, trat ein junger Mann im Polohemd des Hotels hervor und winkte aufgeregt mit den Armen. »Mr. Big … im Laden!«

»Sind noch Leute drin?«, rief Paula.

»Alle … alle in Sicherheit!«

Mr. Big war in Hochform, zerlegte den Laden nach allen Regeln der Kunst. Er hatte anscheinend irgendetwas Verlockendes gewittert und ließ sich nicht mehr beruhigen. Golfschläger und alle möglichen Kleidungsstücke flogen aus dem Fenster und der offenen Tür. Ein Schwall von Golfbällen ergoss sich auf den Rasen. Sein Brummen und Fauchen hallte über den Golfplatz.

Mit beruhigenden Worten war ihm nicht mehr beizukommen, das erkannte auch Paula und griff nach ihrem Gewehr. Sie entsicherte die Waffe und wagte sich noch näher an die Hütte heran. Sie war froh, dass der Sheriff nicht die Schweißtropfen auf ihrer Stirn sehen konnte.

»Mr. Big!«, rief Paula verärgert. »Was fällt dir ein? Glaubst du etwa, du könntest dir alles erlauben? Was meinst du, wie hoch der Schaden ist, den du anrichtest? Fünfzigtausend Riesen … mindestens! Hast du so viel dabei? Ich wette, du hast nicht mal einen Penny! Also komm endlich raus und verschwinde! Oder willst du, dass ich den Sheriff auf dich loslasse? Wir haben vielleicht noch fünf Minuten. Wenn du bis dahin nicht im Wald bist, landet dein Fell im Sheriff's Office!«

Mr. Big hielt inne. Die Neugier, auf diese Weise herausgefordert zu werden, lockte ihn nach draußen. Er wollte sich fauchend auf seine Widersacherin stürzen, aber Paula hatte bereits das Gewehr im Anschlag. Sie bedauerte, ihren nächsten Schritt tun zu müssen, doch ihr blieb keine andere Wahl: Zielsicher schoss sie eines der Hartgummigeschosse in sein Fell. Die Kugeln hinterließen nur leichte Verletzungen und waren stabil genug, um auch einen Riesenbären wie Mr. Big zur Vernunft zu bringen. Um sicherzugehen, feuerte Paula ein zweites Geschoss ab, das ihn endgültig zur Umkehr zwang. Leicht torkelnd wie ein Betrunkener floh der Bär über den Golfplatz in den nahen Fichtenwald.

Von den Hotelbalkonen schallten Applaus und anerkennende Rufe herunter, und Ricky rief erleichtert: »Das war großartig! Absolut einmalig, Paula!«

Nur der Sheriff und sein Deputy, inzwischen mit schweren Jagdgewehren bewaffnet, teilten das Lob nicht. »Glück gehabt, Miss Paula!«, sagte Osborne.

13

Mr. Big ließ sich nicht mehr blicken. Anscheinend hatte er seine Lektion gelernt und sich irgendwo im Wald verkrochen. Oder sein Wutanfall im Pro Shop hatte ihn so angestrengt, dass ihm die Lust auf einen weiteren Ausflug vergangen war. Möglicherweise hatten sich auch die Stellen, an denen ihn die Kugeln erwischt hatten, entzündet und nervten ihn. Auch ein Bär wie er wusste, wann es für ihn zu gefährlich wurde.

Während der nächsten Tage warteten auf Paula mehrere Einsätze – die meisten nur wenig gefährlich und eher Routine für sie. Einen Bären, der sich auf einer Baustelle in einer Betonröhre versteckt hatte, vertrieb sie durch Händeklatschen, sehr zur Freude der Bauarbeiter, die sie mit dankbarem Applaus und anerkennenden Pfiffen belohnten. Eine Reaktion, die fanatische Feministinnen sicher kritisiert hätten, aber Paula nahm die Anerkennung locker, auch wenn sie teilweise vermutlich ihren weiblichen Reizen galt. Zwei junge Schwarzbären, die sie während einer ihrer Patrouillenfahrten am Stadtrand entdeckte, verjagte Paula durch bloßes Hupen, noch bevor sie die Stadtgrenze erreicht hatten.

Mehr Kummer bereitete ihr die Rettungsaktion vor einem Kindergarten. Der Anruf der Leiterin erreichte sie an einem Morgen um kurz nach halb neun.

»Paula?« Inzwischen sprach sie jeder in Clearwater mit ihrem Vornamen an. »Susan Drake von *Busy Bee Childcare* am Apparat.« Sie nannte ihre Adresse. »Im Garten nebenan treibt sich ein Bär rum. Unser Zaun ist stabil, aber ich hab trotzdem Angst um unsere Kinder. Sie müssen die Bestie vertreiben.«

Paula mochte es nicht, wenn jemand einen Bären als »Bestie« bezeichnete, sagte aber nichts, dazu war die Situation zu prekär. »Ich bin schon unterwegs. Nehmen Sie die Kinder ins Haus, das ist sicherer. Und keine Alleingänge!«

Immer dieselben Warnungen, auf die sie aber nicht verzichten durfte, wenn sie daran dachte, wie leichtsinnig sich manche Menschen verhielten. Sie hatte schon Mütter erlebt, die in ihrer Panik oder um ihre Kinder zu verteidigen, mit bloßen Händen auf knurrende Hunde losgegangen waren und dabei den Kürzeren gezogen hatten. Und sie wagte gar nicht daran zu denken, wie solche Frauen sich im Angesicht eines tobenden Bären verhalten würden.

Busy Bee Childcare, ein privater Kindergarten, befand sich in den Außenbezirken der Stadt in einer neuen, aber viktorianischen Vorbildern nachgebildeten Villa mit einem großen Garten. Die Leiterin hatte alle Kinder ins Haus geholt. Die Spielgeräte waren verlassen, nur die leere Schaukel bewegte sich noch. Im Gras lagen ein orangefarbener Football, mehrere Hüpfseile und ein Fußball.

Die Leiterin erschien in der offenen Tür, wirkte nervös und verstört. Sie deutete auf die schmale Seitenstraße, die hinter dem Haus verlief. »Er ist auf der Straße … bei den Müllcontainern!« Im Haus waren weinende Kinder zu hören, nur ein ungefähr vierjähriges Mädchen, das sich neben die Leiterin drängte, schien keine Angst zu haben. »Wo ist denn der Teddy?«, fragte sie.

»Geh zurück zu den anderen!«, sagte die Leiterin bestimmt.

Paula lief durch den Garten zur Seitenstraße und hörte den Störenfried bereits, bevor sie ihn bei den Müllcontainern am Straßenrand entdeckte. Ein junger Bär, der erschrocken zurückfuhr, als irgendwo in der Nähe ein Schuss krachte.

»Hey!«, rief Paula, noch während der Schuss verhallte. Er musste aus einem der Nachbarhäuser gekommen sein. »Wer immer Sie sind, stecken Sie Ihr Gewehr weg und gehen Sie ins Haus. Ich kümmere mich um den Bären!«

Eine männliche Stimme antwortete: »Verdammte Bestie!«

Paula hatte die Seitenstraße erreicht, eine ruhige Wohnstraße, auf der kaum Verkehr herrschte, und näherte sich dem Bären. Wie die meisten Bären der Gegend hatte er gelernt, einen Container zu öffnen, und suchte mit der Schnauze nach etwas Fressbarem. Obwohl sie gegen den Wind stand, hatte er sie bisher weder gewittert noch gesehen. Der Abfallgestank war zu stark.

»Da bin ich aber gespannt!«, rief der Mann mit dem Gewehr. Er stand auf der Veranda seines Hauses, das Gewehr in der Armbeuge, eine Dose Bier in der freien Hand. »Aber keine Bange! Wenn der Bär Sie angreift, schieße ich.«

»Das werden Sie hübsch bleiben lassen!«, erwiderte Paula.

Sie erkannte schon aus einiger Entfernung, dass sie für den Bären weder eine Leuchtpistole noch ihr Gewehr mit den Hartgummigeschossen brauchte. Der Störenfried gehörte zu den zahlreichen Bären der Gegend, die sich bereits an die Menschen gewöhnt hatten, und wusste genau, wann es an der Zeit war, das Weite zu suchen. Paula brauchte lediglich in die Hände zu klatschen und ein paar ernsthafte Worte an ihn zu richten, um ihn aus der Stadt zu treiben.

»Glück gehabt!«, rief ihr der Mann auf der Veranda zu.

Paula ging zu den offenen Containern und blickte hinein. Ein Plastikbehälter mit Resten einer Lasagne und einige Scheiben verdorbenen Schinkens lagen obenauf, umschwirrt von Fliegen und anderen Insekten. Die Nase rümpfend, verschloss sie die Container. »Ich hoffe, die Lasagne kommt nicht von Ihnen«, rief sie dem Mann auf der Veranda zu. »Wer immer es war, sollte besser aufpassen, sonst hat er bald noch mehr Bären vor der Haustür stehen. Packen Sie das Zeug lieber in Plastikbeutel!«

Sie kehrte zum Kindergarten zurück und beruhigte die immer noch nervöse Leiterin. »Er ist weg. Fleischabfälle in den Müllcontainern, der häufigste Grund für solche Bärenbesuche. Das sollten Sie auch den Kindern sagen.«

»Wie wär's, wenn Sie uns mal besuchen kommen?«, schlug die Leiterin vor. »Sie können das sicher besser. Nächste Woche?« Sie freute sich über ihre Idee. »Rufen Sie mich an, dann können wir einen Termin ausmachen.«

»Mach ich«, versprach Paula.

Sie stieg in ihren Wagen und wollte gerade losfahren, als ihr Privathandy klingelte. Das Bild ihrer Mutter leuchtete auf dem Display. Paula hatte ihr eines der Fotos gemailt, die Brian am See aufgenommen hatte, und ein paar erklärende Worte dazugeschrieben. Etwas sehr dürftig, das wusste sie selbst.

»Mom?«, versuchte sie, ihr den Wind aus den Segeln zu nehmen. »Tut mir leid, ich hatte eine Menge um die Ohren und keine Zeit, mich zu melden.«

»Nicht mal fünf Minuten?«

»Ich weiß, Mom. Asche auf mein Haupt.«

»Du bist am Lake Tahoe?

»In Clearwater, einer kleinen Stadt in der Nähe.«

»Als Bärenflüsterin?« Ihre Mutter schien es noch immer nicht glauben zu können. »Du verjagst Bären aus der Stadt? Ist das denn nicht gefährlich? Ich meine, kannst du das überhaupt? In Alaska hat es wohl geklappt, das kam ja sogar im Fernsehen, aber in einer Stadt? Ich dachte, du würdest wieder im *Bear Center* arbeiten. Das war doch eine ideale Stellung, und gut bezahlt war sie auch.«

»Jetzt verdiene ich mehr.« Paula erzählte ihr von ihrer neuen Arbeit, ohne auf den Zwischenfall mit Mr. Big näher einzugehen. Auch verschwieg sie, dass sie Brian kennengelernt hatte, und betonte immer wieder, dass von den meisten Bären keine Gefahr ausging. »Mach dir keine Sorgen, Mom! Einen besseren Job gibt es nicht für mich, und im *Bear Center* steht die Tür immer offen für mich, sagt Mr. Kingsley. Theorie lerne ich genug, ich brauche Praxis.«

»Die hättest du im *Bear Center* doch auch.«

»Aber nicht mit Bären auf freier Wildbahn.«

Ihre Mutter seufzte nur.

»Wie geht es Pa?«, lenkte Paula ab.

»Du kennst ihn doch. Der kennt nur seine Arbeit und die *L. A. Rams*.«

»Sag ihm einen schönen Gruß.«

»Mach ich. Pass auf dich auf, hörst du?«

Paula legte auf und fuhr lächelnd weiter. Ohne dieses »Pass auf dich auf!« endete kein Gespräch mit ihrer Mutter. Paula war weit davon entfernt, ihr deswegen einen Vorwurf zu machen. Für ihre Mutter war es sicher schwer zu verstehen, dass ihre Tochter ihr Biologiestudium nutzte, um möglichst viel über Bären zu erfahren, und plante, später mal mit diesen angeblich so gefährlichen Raubtieren zu arbeiten. Da nützte es auch nichts, ihr in Ruhe zu erklären, dass man vor Bären nur selten Angst zu haben brauchte, wenn man sich mit ihnen auskannte. Schon die Arbeit im *Bear Center* war ihrer Mutter suspekt gewesen, aber dort waren die Bären einigermaßen zahm und an Menschen gewöhnt. In den Sierras lebten wilde Bären, die auch Menschen gefährlich werden konnten.

Mit Brian traf Paula sich inzwischen jeden Tag. Sie fühlte sich immer wohler in seiner Gegenwart und genoss die Verabredungen mit ihm. Er war keiner dieser Typen, die nur Football und schnelle Autos im Kopf hatten. Dem Klischee des amerikanischen Durchschnittsmannes entsprach er lediglich beim Angeln oder am Barbecue-Grill.

Das Zubereiten der Salate war seiner Ansicht nach den Frauen, das Grillen den Männern vorbehalten, auch wenn er ein recht passabler Koch war. Warum eigentlich? Paula nahm an, dass es aus der Pionierzeit stammte, als die Frauen in ihren Farmhäusern am Herd standen, bei der Arbeit auf den Feldern halfen und sich um die Kinder kümmerten, und die Männer auf die Jagd gingen und an den Lagerfeuern für die Zubereitung der Mahlzeiten verantwortlich waren.

Die Medien berichteten meist wohlwollend über ihre Arbeit, aber es gab auch kritische Stimmen, sogar von Wissenschaftlern, die sie als »zu naiv« und »zu leichtsinnig« beschrieben. Sheriff Osborne lobte in einem Interview zwar ihren Einsatz und räumte ein, dass sich die Lage in Clearwater wesentlich verbessert habe, etwas anderes hätte ihm das Fremdenverkehrsamt auch übel genommen, strich aber auch die Rolle des Sheriff's Department heraus, ohne dessen Unterstützung die »junge Bärenflüsterin« auf verlorenem Posten gestanden hätte. Ein »alter weißer Mann«, der nicht mehr aus seiner Haut herauskonnte und die Veränderungen der Gesellschaft nur widerwillig akzeptierte.

Als Paula im Supermarkt einkaufte, begegnete sie erneut Betty Fiedler. Die Drugstore-Besitzerin war Bären gegenüber immer noch kritisch eingestellt und stürzte sich gleich auf Paula, diesmal vor dem Milchregal.

»Gut, dass ich Sie erwische!«, kam sie gleich zur Sache. »Ich hab gehört, wie viele Bären Sie inzwischen aus der Stadt gejagt haben. Sie flüstern ihnen ins Ohr, flehen sie an, Rücksicht auf uns zu nehmen, klatschen in die Hände … als hätten Sie's mit kleinen Kindern und nicht mir ausgewachsenen Raubtieren zu tun. Meinen Sie, die lassen sich das auf Dauer gefallen? Die tun doch nur so, wenn sie vor Ihnen davonlaufen. Irgendwann kommen sie zurück, um sich an Ihnen und uns allen zu rächen. Und wenn das passiert, kommen Sie nicht mal mehr mit einer Knarre gegen die Bestien an!«

»Sie steigern sich da in etwas rein, Betty!«

»Für Sie immer noch Mrs. Fiedler, wenn ich bitten darf. Warum brennen Sie den Viechern nicht gleich eins auf den Pelz? Warum jagen Sie ihnen keine echten Kugeln in den Wanst? Drei, vier tote Bären, und unser Problem wäre für alle Zeiten gelöst. Oder meinen Sie, die kämen noch mal wieder?«

Paula blieb standhaft. »Unser Problem, wie Sie es nennen, wäre vor allem dann gelöst, wenn Sie und etliche andere Bewohner und Touristen vorsichtiger wären und keine Essensabfälle mehr in die Container werfen würden. Bei meiner Arbeit kommt es auch auf die Verhältnismäßigkeit der Mittel an. Ich habe den Auftrag bekommen, zudringliche Bären von der Stadt fernzuhalten. Nicht, sie auszurotten. Warum sollte ich sie denn erschießen?«

»Warum wohl?« Die Drugstore-Besitzerin war sichtlich verärgert. »Damit diese Bärenplage endlich ein Ende nimmt! Bären, Wölfe … auf solche blutgierigen Bestien können wir doch verzichten. Legen Sie die Viecher um!«

Paula zwang sich, ruhig zu bleiben. Sie hatte schon öfter mit Leuten zu tun gehabt, die auf wilde Tiere schimpften und dabei derbe Ausdrücke verwendeten, vor allem, weil sie Angst vor ihnen hatten. Mit Erklärungen kam man diesen Leuten nicht bei, es gab meist nichts, was sie von ihrer sturen Haltung abbringen konnte. Paula versuchte es dennoch: »Mit sinnloser Gewalt lösen Sie das Problem nicht. Ist es nicht besser, wenn ich sie durch Zureden, Klatschen, Schimpfen oder energische Gesten vertreibe? Glauben Sie mir, die meisten Bären, die sich in der Stadt herumtreiben, haben lediglich Hunger. Die sind nicht auf Menschenjagd. Die wollen nichts von uns.«

»Jetzt sagen Sie bloß noch, die wollen nur spielen!«

»Natürlich gibt es unverbesserliche Rowdys wie Mr. Big. Für solche Bären habe ich das Spray und die Leuchtpistole dabei, und wenn gar nichts mehr hilft, schieße ich mit Hartgummigeschossen auf sie. Wenn wirklich ein Grizzly in der Stadt auf Menschen losginge, würde ich Sheriff Osborne rufen.«

Die Drugstore-Besitzerin packte einen Behälter Milch in ihren Einkaufswagen. »Ich will Ihnen was sagen, Miss. Sie kommen aus der Stadt und haben diese Umwelt- und Naturschutzflausen im Kopf. Hier sind wir in der Provinz, da überlässt man solche Probleme dem Sheriff und seinen Deputies. Wird höchste Zeit, dass wir einen neuen Bürgermeister wählen. Guten Tag!«

Paula blickte ihr kopfschüttelnd hinterher. Sie verstand Menschen wie Betty Fiedler nicht. Erkannten sie denn nicht, dass auch wirkungsvoller Tierschutz und Umweltschutz den Wert einer Gesellschaft ausmachten? Frustriert ging sie weiter. Die Kassiererin, die sie sofort erkannte, bedachte Paula mit freundlichen Worten. Doch es reichte nicht aus, um Paulas Stimmung zu verbessern. In ihrem Wagen blieb sie nachdenklich sitzen.

Als ihr Privathandy klingelte, schreckte sie hoch. Es wurde wirklich höchste Zeit, dass sie den Klingelton änderte. Sie erkannte Mary-Beth' Stimme und ihre Laune verbesserte sich augenblicklich.

»Mary-Beth!«, rief Paula erfreut. »Sorry, dass ich mich nur über WhatsApp gemeldet habe. Hier ist 'ne Menge los. Du glaubst nicht, wie viele Bären sich hier herumtreiben.«

»Hab ich gelesen. Sogar im *Chronicle* stand was über dich!«

»Aber die Bären sind nicht alles.«

Ein kurzer Augenblick der Stille, dann: »Sag bloß, du hast einen Freund! Klar hast du einen Freund! Du hast deinen Mr. Right gefunden, stimmt's?«

»Könnte sein.«

»Details, Paula! Details!«

»Er heißt Brian und ist Webdesigner und Journalist. Er hat mir den Job in Clearwater besorgt. Kein Macho, eher einer von der gefühlvollen Sorte. Manche würden ihn wahrscheinlich einen Frauenversteher nennen. Aber das sag ich alles nur, weil du es bist. Wir stehen noch ganz am Anfang, und wer weiß, wie es in vier Wochen aussieht. Du bist immer noch in Berkeley?«

Mary-Beth' Stimmung verdüsterte sich. »Und da werde ich wohl auch bleiben. Mit Scooter ist es endgültig aus. Und Texas kann mir gestohlen bleiben. Was will ich da, wenn Scooter eine andere hat? Ich brauche keinen Mann, um glücklich zu sein. Ich mach den Master und werde Intelligenzbestie. Gehe in die Forschung und gewinne den Nobelpreis. Wer weiß, vielleicht wandere ich auch nach Europa aus und hab nur noch geschniegelte Playboys um mich.«

»Geschniegelte Playboys?« Paula lachte. »Als Nobelpreis-Gewinnerin?«

»Als Karrierefrau hab ich keine Zeit für ernsthafte Beziehungen.«

»Das glaubst du doch selbst nicht.«

»Stimmt«, räumte Mary-Beth ein, »das glaube ich selbst nicht.«

»Und mit Scooter ist es definitiv aus?«

»Ich hab mit einer Freundin in Houston telefoniert«, sagte Mary-Beth, »die hat Scooter und die Tussi von der Nachbarranch vor einem Geschäft mit Brautkleidern gesehen. Mit Brautkleidern! Er will sie heiraten, so mit allem Drum und Dran. Wahrscheinlich hat er mich schon mit ihr betrogen, als ich noch mit ihm zusammen war.« Paula hatte den Eindruck, dass ihre Freundin weinte. »Nein, ich bin nicht nach Houston geflogen und hab ihm den Schädel eingeschlagen. Ich hab eine Nacht darüber geschlafen und ihn einen Tag später angerufen. Hab ihm gesagt, er könne sich endgültig zum Teufel scheren!«

»Und was hat er geantwortet?«

»Nichts. Er hat aufgelegt.«

»Dann hat er dich auch nicht verdient. Vergiss ihn möglichst schnell und mach das, was du dir vorgenommen hast. Wenn es einen Mr. Right für dich gibt, wird er dich finden. Irgendwann, wenn du es am wenigsten erwartest.«

»Du sprichst aus Erfahrung.«

»Wer weiß?«

»Kommst du zum Studium nach Berkeley zurück?«, fragte Mary-Beth vorsichtig. »Oder heiratest du diesen Brian und bleibst in den Bergen? Wir könnten uns sonst eine Wohnung teilen und uns gegenseitig vor den Prüfungen abfragen. So wie letztes Semester.«

Paula brauchte nicht lange zu überlegen. »Was denkst du denn? Sobald die Bären in den Winterschlaf gehen, komme ich zurück. Nur an den Wochenenden musst du auf mich verzichten, die werde ich wohl mit Brian verbringen.«

»Klingt gut«, sagte Mary-Beth. Sie weinte nicht mehr.

14

Es war abends gegen 19:00 Uhr und Paula wartete vor dem *Alpine Inn* auf Brian. Die Hotelbar war zu ihrem regelmäßigen Treffpunkt geworden, auch weil sie dort ihr erstes Date gehabt hatten und der Rotwein sogar besser als beim Italiener schmeckte. Sie waren stets mit zwei Wagen unterwegs, falls ein Notruf einging, und Paula zu einem Einsatz musste.

Sie war fünf Minuten zu früh, aber als er eine Viertelstunde später noch immer nicht eingetroffen war, wurde sie unruhig und griff zum Handy. Brian war bisher immer pünktlich, meist sogar vor ihr da gewesen. »Ich mag dein Lächeln, wenn du auf mich zukommst und mich siehst«, hatte er mal gesagt.

Sie war schon dabei, seine Nummer zu wählen, als eine WhatsApp-Nachricht von ihm einging. »Sorry, Paula. Ich kann heute leider nicht. Brian.« Kein lieber Gruß, keine Erklärung. Was war plötzlich mit ihm los? Warum war er nicht so höflich, rief sie an und erklärte ihr, warum er so kurzfristig absagte?

Sie wählte seine Nummer und bekam nicht einmal die Ansage seiner Voice Mail zu hören. Hatte er plötzlich kalte Füße bekommen? War das seine Art, mit ihr Schluss zu machen? Akku leer, tröstete sie sich. Der Akku seines Handys ist leer, und er hängt irgendwo fest. Eine Panne, ein Stau auf dem Highway, irgendwas in der Art. Es musste einen triftigen Grund geben, dass er sie auf diese Weise versetzte.

Um ihre Gedanken zu sortieren und sich zu beruhigen, beschloss sie, erst einmal allein in die Hotelbar zu gehen. Sie setzte sich an den Tresen und bestellte eine Diet Coke. Nervös griff sie nach ein paar Erdnüssen aus dem Schälchen vor ihr.

Die Minuten tickten viel zu schnell dahin. Zehn Minuten, zwanzig Minuten. Sie versuchte noch ein paarmal, Brian anzurufen, immer vergeblich. Als sich ein bestimmt zwanzig Jahre älterer Mann an sie heranpirschte und in ein Gespräch verwickeln wollte, hatte sie genug. Sie zahlte und verließ die Bar.

Mit versteinerter Miene stieg sie in ihren Wagen und fuhr aus der Stadt hinaus. Ohne Ziel und ohne zu wissen, was sie tat, fuhr sie in die Dämmerung hinein und war nach wenigen Minuten nur noch von Wald umgeben. Riesige Fichten ragten zu beiden Seiten des Highways empor, dunkel und unheilvoll, wenn man in einer Stimmung wie Paula war. An einer Kreuzung geriet sie auf eine schmale Seitenstraße, hatte nach ein paar Meilen genug und fuhr in eine Parkbucht. Der Beginn eines Wanderwegs mit einigen Picknicktischen.

Sie stieg aus und sog die frische Waldluft tief in ihre Lungen. Das leise Rauschen des Windes und die plötzliche Stille, nachdem sie den Motor ausgeschaltet hatte, beruhigten sie ein wenig. Der Duft von Fichtennadeln hing in der Luft. Es wurde schnell dunkel in den Sierras, und obwohl es noch früh am Abend war, geisterten bereits dunkle Schatten durch das Unterholz. Ein Nachtvogel stieg zwischen den Bäumen empor und flog krächzend davon.

Paula ging einige Schritte und hielt ihr Gesicht in den Wind. *Mach dich nicht verrückt*, ermahnte sie sich, *es gibt bestimmt eine logische Erklärung für sein stummes Handy, und wenn wir uns treffen, lachen wir bestimmt darüber. Alles halb so schlimm! Du bist doch nicht mehr auf der Highschool und kriegst einen Heulkrampf, nur weil irgendein Junge dich versetzt hat. Nie im Leben!*

Ein leises Geräusch riss sie aus ihren Gedanken. Sie drehte sich um und sah eine Bärin mit ihrem Jungen aus dem Wald treten, keine fünfzig Schritte von ihr entfernt. Dieselbe Bärin, die sie schon vor einigen Tagen gesehen hatte, nur wesentlich gefährlicher, weil sie sich so unvermittelt und ohne Vorwarnung begegneten. Noch dazu kam ihr Nachwuchs direkt auf Paula zu, etwas Schlimmeres konnte einem bei einer Begegnung mit Bären kaum passieren.

Paula war zu weit von ihrem Wagen entfernt, um schnell einzusteigen und die Türen zu verriegeln. Das Gewehr mit den Hartgummigeschossen und die Leuchtpistole waren unerreichbar. Sie hatte nur ihre Stimme und ihr Bärenspray, um sich gegebenenfalls gegen einen Angriff zu wehren. Zu wenig, wenn eine Bärin um ihr Junges fürchtete und alles daransetzen würde, um sie auszuschalten.

Paula versuchte, das Bärenjunge mit Zurufen und Klatschen zu vertreiben. Ein Männchen, ungefähr sechs Monate alt, immer noch klein und etwas ungelenk und putzig anzusehen. Einer dieser Teddybären, die Urlauber zu Ausrufen wie »Ach, ist der süß!« und »Ist der aber lieb!« verleiten und in tödliche Gefahr bringen können.

Paula hatte Glück. Ihr Klatschen und das warnende Brummen der Bärin brachten das Junge dazu, den Kopf zu wenden und umzukehren. Nur ein paar Schritte, dann blieb es wieder stehen. Erneut stieß die Bärenmutter einen Warnlaut aus. Das Junge lief langsam weiter, zu langsam für seine Mutter, die Paula als Feindin ausgemacht hatte und jeden Augenblick einen Angriff starten konnte.

Nur ihre inzwischen schon jahrelange Erfahrung mit Bären hielt Paula davon ab, die Nerven zu verlieren. Ihr Bärenspray lag in ihrer rechten Anoraktasche, sofort griffbereit, falls ihr die Bärin zu nahe kam, doch keine Überlebensgarantie, falls der Angriff zu wild und ungestüm ausfiel. Die Lage war so bedrohlich, dass Paula Schweiß auf die Stirn trat. Die Zeichen standen auf Angriff, das hätte wahrscheinlich auch ein Laie erkannt. Die Bärin gab seltsame Laute von sich und bewegte den Kopf hin und her. Ihre Ohren lagen flach am Kopf und waren nach vorn gerichtet. Speichel tropfte aus ihrem Maul.

Paula hob langsam ihre Hände, so würde die Bärin hoffentlich erkennen, dass sie einen Menschen vor sich hatte und ihr keine Gefahr drohte. Oder hatte die Sorge um ihr Junges sie schon verblendet? Ihre Augen blitzten vor Angriffslust.

»Kein Grund, sich aufzuregen«, sagte Paula mit ruhiger Stimme. »Ich will dir und deinem Jungen nichts Böses. Ich hab hier nur ein wenig Luft geschnappt. Reiner Zufall, dass ihr mir über den Weg gelaufen seid.« Sie trat langsam einen Schritt zurück. »Siehst du? Ich hab nicht mal eine Waffe dabei. Wie wär's, wenn ihr eurer Wege zieht und ich in meinen Wagen steige? Warum Stress, wenn es auch ohne geht? Ich will mich nicht streiten, und ihr habt sicher auch was Besseres zu tun. Seid vernünftig und lasst mich in Ruhe!«

Die Bärin machte keine Anstalten zu verschwinden, verhielt sich weiter feindselig, auch wenn ihr Junges sich inzwischen wieder auf sie zubewegte.

»Ich bin keine Mutter, aber ich kann mir denken, wie man sich fühlt, wenn der Nachwuchs in Gefahr ist. Da kann man schon mal durchdrehen. Meine Mutter ist noch empfindlicher als du, die wurde früher schon nervös, wenn ich nur zum Schwimmen an den Strand gefahren oder mit einer Freundin in den Bergen wandern gegangen bin. Sie hatte Angst, ein Hai würde nach mir schnappen oder ein böser Mann uns verfolgen und entführen. Ist ja gut, wenn du wachsam bist, aber ich mag euch und will euch nichts Böses, auch wenn es für dich anders aussieht.«

Sie redete und redete, wich dabei weiter nach hinten zurück, langsam und vorsichtig, damit die Bärin nicht misstrauisch wurde, bis sie ihren Wagen erreicht hatte. Ohne den Kopf zu wenden, öffnete Paula vorsichtig die Tür und stieg ein.

In dem Moment griff die Bärin an. Mit weiten Sätzen rannte sie auf den Wagen zu, nur um nach ein paar Sätzen den Angriff abzubrechen und sich schnaubend von ihr abzuwenden. Um sie endgültig zu vertreiben, schaltete Paula den Motor ein, ließ die Scheinwerfer aufflammen und hupte ein paarmal. Das Geräusch ließ die Bärin zusammenzucken und trieb sie in den Wald zurück. Ihr Junges scheuchte sie vor sich her, immer darauf bedacht, es zu schützen.

Paula lehnte sich erleichtert zurück. Minutenlang blieb sie sitzen und starrte in die hereinbrechende Dunkelheit hinaus. Das war knapp gewesen und hatte ihr noch einmal gezeigt, wie gefährlich die Begegnung mit einer Bärenmutter und ihrem Jungen war. Wenn sie ihr Junges in Gefahr glaubte, schreckte sie nicht einmal vor einem Angriff gegen einen überlegenen männlichen Bären zurück. Paula war nur froh, dass die Angreiferin kein Grizzly gewesen war.

Erst auf dem Heimweg rückte die Sorge um Brian wieder in ihr Bewusstsein. Sie rief noch einmal bei ihm an, bekam jedoch keine Antwort. Ihr Bauchgefühl sagte ihr, dass irgendetwas an der Sache nicht stimmte. Sein Verhalten passte nicht zu ihm. Warum verhielt er sich plötzlich so merkwürdig? Irgendetwas Schwerwiegendes, was vermutlich gar nicht mit ihr zusammenhing, musste dahinterstecken. Paula ignorierte ihren verletzten Stolz und beschloss, bei ihm vorbeizufahren. Ohne mit ihm gesprochen zu haben, würde sie in dieser Nacht sowieso keine Ruhe finden.

Brian wohnte nur ein paar Straßen von ihr entfernt in einem kleinen Blockhaus, das vor einigen Jahren noch ein Imbiss gewesen war. Die Fichten reichten bis dicht an das Haus heran und überschatteten eine breite Veranda. Neben dem Eingang hing ein zerbeultes Werbeschild von Coca-Cola. Gegenüber lag ein Mehrfamilienhaus neueren Datums, in dem mehrere Lichter brannten.

Paula parkte vor dem Blockhaus und näherte sich der Tür. Die Fenster waren dunkel, nicht mal die Lampe über der Tür war eingeschaltet. Sie klopfte mehrmals. Keine Antwort. Sie trat an eines der Fenster, sah einen Schrank und ein leeres Bett und klopfte gegen die Scheibe. Wieder keine Antwort.

»Brian!«, rief sie. »Brian! Bist du zu Hause?«

Alles blieb still. Nur das ferne Bellen eines Hundes war zu hören.

»Brian! Mach bitte auf! Ich muss mit dir reden!«

Sie versuchte erneut, ihn anzurufen, hörte kein Klingeln im Haus und wandte sich enttäuscht ab. Auch sein Wagen war nirgendwo zu sehen. Als hätte er sich in Luft aufgelöst. So wie man es in manchen Krimis sieht, wenn ein Mann oder eine Frau spurlos verschwindet, und die Polizei einem lange gehüteten Geheimnis auf die Spur kommt. Ein Mann, der vor dem Gesetz auf der Flucht ist und unter neuer Identität ein neues Leben beginnt. Eine Frau, die mit einem Liebhaber nach Mexiko durchbrennt. Der schaurige Moment, wenn die Vermissten einige Tage später als Leiche auftauchen.

Paula blieb hilflos vor ihrem Wagen stehen und sah, wie

in dem Mehrfamilienhaus gegenüber ein Fenster aufging. Eine übergewichtige Dame erschien und rief: »Suchen Sie nach dem jungen Mann? Der ist verreist.«

»Verreist?« Paula ging auf das Haus zu und blickte zu der Frau am Fenster hinauf. »Aber das kann nicht sein. Ich hab doch heute Mittag noch mit ihm gesprochen. Da war keine Rede davon, dass er irgendwo hinfahren will.«

»Ich hab's doch mit eigenen Augen gesehen, Miss. Muss gegen vier Uhr heute Nachmittag gewesen sein. Er kam mit einem kleinen Koffer aus dem Haus und fuhr davon. Brian Carmack, der junge Mann aus dem Blockhaus.«

Paula schluckte. »Wissen Sie, wo er hin ist?«

»Hat sich bei mir nicht abgemeldet.«

»Und Sie haben keine Ahnung?«

»Nicht die geringste, Miss. Ich schätze, irgendwohin, wo er Hilfe bekommt. Er stellt sich ziemlich an mit den Krücken, wissen Sie. Würde mich nicht wundern, wenn er die Nase voll hat und sich irgendwo bedienen lässt.«

»Bei seinen Eltern vielleicht?«

»Bei seinen Eltern, seiner Freundin, was weiß ich denn.« Sie stutzte. »Sagen Sie, sind Sie nicht diese Bärenflüsterin, von der die ganze Stadt spricht?«

»Paula Jackson«, stellte sie sich vor.

»Da drüben hat sich auch schon mal einer sehen lassen, ein Bär, meine ich.« Sie deutete auf das Blockhaus. »Sehen Sie den Schuppen neben der Hütte? Das war früher mal eine Vorratskammer. Gegen Bären gesichert, aber was heißt das schon? Vielleicht riecht's da drinnen noch nach Schinken oder Wurst oder so was. Bären haben feine Nasen, die riechen mehr als wir, aber da erzähle ich Ihnen ja nichts Neues. In der Blockhütte war früher ein Imbiss, wissen Sie? Ich hab da öfter gegessen, die Double Cheeseburger waren lecker.«

»Und Sie wissen wirklich nicht, wo Brian sein könnte?«

»Keine Ahnung. Sind Sie mit ihm befreundet?«

»Brian und ich … Ich hab mir schon Sorgen gemacht, dass ihm was passiert ist.«

»Wegen der Krücken? Ach was!« Die Frau lachte. »Und falls er sich heimlich aus dem Staub gemacht hat, dann hat das auch nichts zu sagen. Männer sind manchmal so. Sagen, sie wollen sich Zigaretten holen, und hauen in Wirklichkeit ab. Kommen dann zehn Jahre später zurück und tun so, als wäre nichts gewesen. Hab ich selbst erlebt. Als mein Johnny zu Geld kam, er hatte was von seiner Tante geerbt, verschwand er auf Nimmerwiedersehen und vergnügte sich mit den jungen Dingern in San Diego. Zehn Jahre später, als sein Geld alle war, kam er zurück und kroch bei mir wieder unter. So ist das mit den Männern, Miss, man kann ihnen nicht von hier bis zur Tür trauen. Die verlassen sich darauf, dass wir ihnen alles durchgehen lassen und so was locker wegstecken.«

»Vielen Dank, Ma'am«, sagte Paula nur und ging zu ihrem Wagen.

Mit den Worten der plappernden Frau im Kopf fuhr Paula nach Hause. Es war bereits dunkel und heute würde sie nicht mehr erfahren. Sie durfte sich nicht verrückt machen lassen, schon gar nicht von den Worten der Frau, mit der sie gerade gesprochen hatte. Immerhin hatte Paula herausbekommen, dass Brian sein Haus verlassen hatte. Mit Rucksack und Koffer. Dafür musste es irgendeine Erklärung geben. Wahrscheinlich war er zu seinen Eltern gezogen, aus welchem Grund auch immer. Er war nicht der Typ, der bei Nacht und Nebel davonschlich und auf Nimmerwiedersehen in der Ferne verschwand. Sie nahm sich vor, morgen mal bei seinen Eltern anrufen – vielleicht würde sie von ihnen mehr erfahren.

Zu Hause verwöhnte sie sich mit einem heißen Tee. Wie meist, wenn sie sich ablenken wollte, setzte sie sich auf die Couch und schaltete den Fernseher ein. Was dort gezeigt wurde, war ihr egal. Hauptsache, sie vergaß für eine Weile ihre Probleme. Diesmal hatte sie eine Late Show erwischt, eine Schauspielerin aus einer drittklassigen Fernsehserie, die sie nur dem Namen nach kannte, und die vor allem über ihre neue Kosmetiklinie sprach.

Doch Brians geheimnisvolles Verschwinden wog zu stark und trieb sie an ihren Laptop. Sie öffnete ihre neue Website, die seit ein paar Tagen online war, als könnte sie dort einen Hinweis finden, wo er untergetaucht war. Die Seite war von Brian ausgesprochen ansprechend gestaltet worden, und Paula war sogar mit ihrem neuen Foto zufrieden. Auf dem Stadtplan, den Brian kopiert hatte, zeigten rote Bärenköpfe ihre bereits zahlreichen Einsätze an.

Sie war schon auf dem Weg ins Bad, als ihr geschäftliches Handy klingelte. Ein Notruf wurde durchgestellt, dann hörte sie die Stimme von Betty Fiedler, der uneinsichtigen Besitzerin der Drugstore-Filiale.

»Paula Jackson, sind Sie dran? Betty Fiedler vom CVS-Drugstore. Der Bär von neulich macht sich wieder an unseren Containern zu schaffen. Ich wollte Ihnen nur sagen, dass ich mich diesmal selbst um ihn kümmern werde. Der wird uns nicht mehr belästigen, das ist mal sicher.«

»Das bringt doch nichts, Mrs. Fiedler! Lassen Sie mich …«

Noch bevor sie den Satz zu Ende gesprochen hatte, legte die Drugstore-Besitzerin auf. Paula schlüpfte in ihre Jacke und lief zum Wagen. Ihr war klar, dass Betty Fiedler auf den Bären schießen würde. »Die hat sie doch nicht mehr alle!«, schimpfte sie, als sie den Motor startete und vom Parkplatz fuhr.

Unterwegs rief sie das Sheriff's Office an. Deputy Garrett hob nach dem ersten Klingeln ab. »Paula Jackson«, sagte sie, noch während er sich mit Namen und Dienstrang meldete. Sie berichtete ihm von dem Anruf. »Die will auf den Bären schießen! Wissen Sie, was sie damit anrichten kann? Und in welche Gefahr sie sich selbst damit bringt? Fahren Sie gleich los, ich bin schon unterwegs. Wenn wir die Frau nicht aufhalten, gibt es ein Unglück!«

»Okay. Ich brauche keine zehn Minuten.«

Paula erreichte den Drugstore und fuhr auf den Parkplatz. Schon von Weitem sah sie Betty Fiedler mit einem Jagdgewehr aus ihrem Laden kommen. Sie trug einen Trainingsanzug und wirkte sehr entschlossen. Ihre grauen Haare flatterten im Wind. Hinter ihr erschien ihr Mann, ebenfalls im Trainingsanzug und wesentlich älter. Er gestikulierte wild mit den Armen und redete auf seine Frau ein. Als Paula ausstieg, hörte sie ihn rufen: »Komm zurück, Betty! Das ist doch viel zu gefährlich! Überlass das dieser Bärenflüsterin … bitte!«

Paula entsicherte ihr Gewehr mit den Gummigeschossen. »Hören Sie auf Ihren Mann, Mrs. Fiedler!«, rief sie der aufgebrachten Frau zu. »Er hat recht, das ist zu gefährlich! Wenn Sie den Bären verfehlen, greift er an! Wollen Sie unbedingt sterben? Gehen Sie zurück und warten Sie, bis ich ihn vertrieben habe!«

Der Bär wühlte wieder in den Abfalltonnen, stand auf den Hinterbeinen und stocherte mit der Schnauze in den Abfällen herum. Derselbe Bär, der schon einmal hier gewesen war. Paula erkannte ihn auf Anhieb. Ein selbstbewusster Bursche, der sich nicht so leicht vertreiben ließ und sicher extrem gereizt reagieren würde, wenn die Drugstore-Besitzerin auf ihn schoss. Paula hatte keine Ahnung, ob Betty Fiedler eine gute Schützin war, aber selbst wenn es so war, hatte das noch nichts zu bedeuten. Nur geübte Jäger wussten, wo sie einen Bären treffen mussten.

Der Bär witterte die Gefahr und ließ sich auf alle viere fallen. Seine Körpersprache verhieß nichts Gutes, auch weil Betty Fiedler zielstrebig auf ihn zulief, das Gewehr im Anschlag, und wohl nahe genug bei ihm sein wollte, um ihn sicher treffen zu können. Mut hatte sie, das musste man ihr lassen, oder war sie nur leichtsinnig und sogar lebensmüde? Überschätzte sie sich?

Paula ahnte, dass ihr nur wenig Zeit blieb. Sie musste den Bären mit Gummigeschossen vertreiben, bevor die

Ladenbesitzerin feuern konnte. Doch sie war noch zu weit entfernt, und als sie endlich in Reichweite kam, legte Betty Fiedler auf den Bären an und schoss. Die Kugel riss dem Bären ein Ohr weg, war ihn nur noch mehr in Wut versetzte. Noch bevor die Drugstore-Besitzerin ein zweites Mal schießen konnte, war der Bär heran und erwischte sie mit einem Prankenhieb an der linken Schulter. Sie sank schreiend zu Boden.

Paula riss ihr Gewehr hoch, doch auch Deputy Garrett war inzwischen eingetroffen und tötete den Bären mit einem gezielten Schuss. Nicht umsonst hatte er schon mehrere Preise bei Schießwettbewerben gewonnen. Er nickte zufrieden, als der Bär fiel, zeigte weder Genugtuung noch Mitleid und sagte: »Das war knapp!«

Während er den Krankenwagen rief, rannte Paula bereits zu der Verletzten und sah, dass sie stark blutete. »Der Arzt muss gleich hier sein«, sagte Paula.

»Verdammte Bestie!«, fluchte Betty Fiedler.

15

Der Zwischenfall vor dem Drugstore brachte Paula erneut in die Schlagzeilen. In den Medien, vor allem im Internet, wurde ausführlich über ihren Einsatz berichtet. Die Fotos zeigten Deputy Garrett neben dem toten Bären und Porträts von Paula und Betty Fiedler. Einige lobten Paulas Vorgehen, andere auch den Mut von Betty Fiedler, die sich der »blutgierigen Bestie« entschlossen entgegengestellt hätte. Mehr Leute, als Paula befürchtet hatte, kritisierten ihr »zaghaftes Vorgehen« gegen die Bären, die zu einer bedrohlichen Plage geworden seien und nur noch mit Gewalt vertrieben werden könnten.

Betty Fiedler war einigermaßen glimpflich davongekommen. Die Pranke des Bären hatte eine blutige Schramme in ihre Schulter gerissen und einen Muskel verletzt, aber die Verletzung war nicht lebensbedrohlich, und sie würde das Krankenhaus schon am nächsten Morgen wieder verlassen können.

»Wir brauchen keine Bärenflüsterin«, sagte Betty Fiedler der Reporterin des *Clarion*, »sollen sie doch lieber einen weiteren Deputy einstellen, der hätte diese Bestie schon früher ausgeschaltet. Raubtiere reagieren nur auf heißes Blei. Mit den Mätzchen dieser Bärenflüsterin bringt man sie doch nur noch mehr in Rage!«

Paula war gerade dabei, die wichtigsten Berichte und

Kommentare zu lesen, als die Reporterin und ein Fotograf vom *Clearwater Clarion* auch bei ihr klingelten und sie um ein Interview baten. Sie war froh, ihre Meinung zu dem Vorfall äußern zu können, und sagte: »Normalerweise bemühe ich mich, die Bären ohne den Einsatz von Gewalt zu vertreiben. Durch meine Körpersprache, meine Stimme und bestimmte Gesten kann ich sie meist zur Umkehr bewegen. Wenn es sich um besonders widerspenstige Bären handelt, setze ich auch Hartgummigeschosse ein, die aber keinen größeren Schaden anrichten können. Diesmal war das leider unmöglich. Ich musste das Sheriff's Office anrufen. Zum Glück habe ich das schon während der Fahrt getan. Ohne den Einsatz des Deputy wäre es zu einer Katastrophe gekommen. Natürlich sollte man nur in Ausnahmefällen zu solch drastischen Mitteln greifen.«

»Sie meinen, der Bär hätte Betty Fiedler getötet?«

»Ganz bestimmt«, antwortete Paula. »Sie hat sich leider sehr unvernünftig verhalten. In ihrer Wut wollte sie mit einem Gewehr auf den Bären losgehen. Für einen Amateur ist das von vorneherein zum Scheitern verurteilt, selbst wenn man ein guter Schütze ist. Nur geübte Jäger und Menschen, die jahrelange Erfahrung mit Bären haben, wissen, wo man einen Bären treffen muss. Zudem braucht man ein Gewehr mit ausreichendem Kaliber. Aber unser Ziel ist es nicht, die Bären zu töten. Sie sind liebenswerte Geschöpfe, die uns eigentlich gar nichts Böses wollen. Wenn wir uns richtig verhalten. Deshalb noch mal meine Bitte: Gehen Sie nicht selbstständig auf Bärenjagd! Lassen Sie keine Essensreste herumliegen und verschließen Sie Ihre Abfalltonnen! Rufen Sie 911, wenn sich ein Bär in Ihrer Nachbarschaft herumtreibt! Ich bin in wenigen Minuten bei Ihnen.«

Trotz des erneuten Medienrummels, der ihr nach dem Einsatz vor dem Drugstore zu schaffen machte, bekam sie Brian nicht aus dem Kopf. Gleich nach dem Aufwachen hatte sie ihn angerufen, und später an diesem Morgen versuchte sie es noch einmal, beide Male ohne Erfolg.

Gegen Mittag beschloss sie, sich erneut auf die Suche nach ihm zu machen. Sie würde seinen Eltern einen Besuch abstatten und so hoffentlich ihre Antworten bekommen. Sie erinnerte sich daran, dass seine Eltern im Westen der Stadt wohnten, checkte die genaue Adresse im Telefonverzeichnis und machte sich auf den Weg. Sie kannte seine Eltern nur aus Erzählungen und wusste, dass sie als Lektoren zu Hause arbeiteten.

Ihr Haus lag im Westen der Stadt. Ein Fertighaus mit vier Zimmern wie alle anderen Häuser der Siedlung, jedes mit einer Terrasse und gepflegten Rasenflächen vor dem Eingang.

»Entschuldigen Sie bitte die Störung«, sagte Paula, als Brians Mutter öffnete, eine schlanke Frau mit lebhaften Augen und hochgesteckten Haaren. Sie trug Jeans, T-Shirt und Strickjacke. »Ich bin Paula Jackson und würde gern mit Ihnen sprechen. Es dauert auch nicht lange.«

»Paula Jackson?« Ihr neugieriger Blick verwandelte sich in ein Lächeln. »Brians Freundin, nicht wahr? Die Bärenflüsterin. Kommen Sie doch rein!«

Im Wohnzimmer, in dem vor allem ein großes Regal

mit Büchern auffiel, traf sie Brians Vater. Er sah Paulas Mathelehrer aus der Highschool ähnlich, mittelgroß und etwas schmächtig, schmales Gesicht, die wachsamen Augen hinter einer randlosen Brille. Auch er trug Jeans und Strickjacke. »Wir haben schon eine Menge über Sie gehört, Paula«, sagte er, nachdem sie sich vorgestellt hatte, »natürlich nur Gutes.«

Sie gingen zu der Sitzgruppe vor dem Bücherregal und setzten sich. »Brian ist anscheinend sehr in Sie verliebt«, sagte sein Vater. Er nahm seine Brille ab und putzte sie umständlich. »Was können wir für Sie tun?«

»Brian ist verschwunden.« Paula wusste nicht, wie sie es sonst sagen sollte.

»Verschwunden?«, wunderte er sich.

»Wir waren gestern Abend im *Alpine Inn* verabredet. Wir wollten ein Glas Rotwein trinken, wie bei unserem ersten Date, und was essen gehen. Erst ist er nicht aufgetaucht, dann hat er knapp und ohne eine Erklärung per WhatsApp abgesagt. Was sehr untypisch für ihn ist«, fügte sie hinzu. »Ich hab natürlich bei ihm angerufen, aber sein Akku war leer oder sein Handy ausgeschaltet. Ich hab's noch ein paarmal versucht, auch heute Morgen, aber er ist nicht erreichbar.«

»Haben Sie bei ihm zu Hause nachgesehen?«, fragte die Mutter.

Paula nickte. »Da war alles dunkel. Eine Frau aus dem Haus gegenüber hat ihn mit Koffer und Rucksack davonfahren sehen, sagt sie. Keine Ahnung, was das zu bedeuten hat. Ich dachte, er wäre vielleicht zu Ihnen gefahren.«

»Hier war er nicht.« Seine Mutter klang jetzt besorgt.

»Und er hat Sie auch nicht angerufen?«

Mrs. Carmack blickte ihren Mann an. »Nein … das letzte Mal vor zwei Tagen.«

»Und da klang er wie immer?«

»Er war bester Laune«, erwiderte seine Mutter. »Er hat vor allem von Ihnen erzählt, wie gut Sie ihm gefielen, wie hübsch Sie wären, und wie gut Sie sich mit Bären auskennen würden. Und dass er eine tolle Website für Sie entworfen hätte und einen langen Artikel für den *Clarion* schreiben würde.«

Paula errötete. »Das hat er gesagt?«

»Brian war nie ein Draufgänger, schon gar nicht bei Frauen. Eher ein wenig schüchtern. Sicher, er ist längst erwachsen, aber wenn es um die Liebe geht, benimmt er sich immer noch wie ein Junge. Wie ein großer Junge. Mit einer Frau möchte er sich nur dann ein zweites Mal verabreden, wenn er das Gefühl hat, es könnte etwas Ernsthaftes daraus werden, hat er mal gesagt. So fortschrittlich und modern er sich sonst gibt, wenn es um die Liebe geht, ist er konservativ. Nicht, dass ich das kritisiere, im Gegenteil, ich finde das toll.«

»Ich denke genauso«, sagte Paula. »In Liebesdingen bin ich gerne altmodisch. Vielleicht passen Brian und ich deshalb so gut zusammen.« Ihr Lächeln wich ernster Sorge. »Haben Sie eine Idee, warum er weggefahren ist? Meinen Sie, er hat kalte Füße bekommen? Angst, dass ich ihn zu sehr vereinnahmen könnte?«

»Vielleicht hat sich die Nachbarin geirrt.«

Paula schüttelte den Kopf. »Glaube ich nicht, die gehört zu den Frauen, die den ganzen Tag am Fenster sitzen und ihre Nachbarn beobachten, damit sie mit ihren Freundinnen über sie lästern können. Brian ist weggefahren. Mit Koffer und Rucksack, als würde er für ein paar Wochen in den Urlaub fahren.«

»Dann hätte er uns doch Bescheid gesagt«, erwiderte die Mutter.

»Hatten Sie Streit?«, fragte der Vater.

»Streit?« Paula schüttelte energisch den Kopf. »Wir hatten noch nie Streit. Nicht mal mit meiner besten Freundin habe ich mich so gut verstanden wie mit Brian.« Sie überlegte eine Weile. »Hatte er Probleme? Gab es irgendwas, das ihn störte? Ich nehme an, Sie würden merken, wenn er Probleme hätte.«

Die Mutter war sogar überzeugt davon. »Ganz sicher. Nein, es gab nichts, was ihn ernsthaft belastet hätte. Sogar die Krücken scheint er inzwischen akzeptiert zu haben. Wie gesagt, er hat die ganze Zeit nur von Ihnen geschwärmt. Und dass er an diesem Artikel über Sie arbeiten würde und gestern zum Arzt müsste.«

»Wegen seiner Beinverletzung?«

»Dr. Cheng schien sehr optimistisch. Brian war überzeugt, in spätestens zwei Wochen auf die Krücken verzichten zu können. Der Doc sagt, er hätte riesiges Glück gehabt, dass der Bär ihn nicht schlimmer verletzt hatte.« Sie lächelte flüchtig. »Wenn Brian Sie damals schon gekannt hätte, wäre das sicher nicht passiert. Er und seine Freunde müssen ziemlich leichtsinnig gewesen sein.«

»So ähnlich hab ich ihm das auch schon gesagt.« Paula erwiderte ihr Lächeln. »War er denn beim Arzt? Vielleicht hat er einen Rückzieher gemacht.«

»Warum denn? Er hatte doch nichts zu befürchten.«

»Und dieser Dr. Cheng praktiziert hier in Clearwater?«

»Ja, Dr. Michael Cheng in der Maple Street.«

»Vielleicht weiß er, was mit Brian los ist.«

»Ich würde mir keine großen Sorgen machen«, sagte der Vater. »Brian ist ein sensibler Bursche, der dazu neigt, sich manches zu sehr zu Herzen zu nehmen. Ich bin sicher, er wollte nur mal ein, zwei Tage allein sein und über alles nachdenken. Er wird bester Laune zurückkehren, da bin ich mir sicher.«

»Hoffen wir's.« Paula stand auf und bedankte sich bei den Eltern. »Sie haben recht, wahrscheinlich mache ich mir vollkommen unnötig Sorgen. Ich melde mich, sobald ich von ihm höre. Und noch mal Entschuldigung für die Störung.«

»Sie sind jederzeit bei uns willkommen, Paula.«

In ihrem Wagen starrte Paula eine ganze Weile vor sich hin, bevor sie weiterfuhr. Sie kam sich ein wenig albern vor – welche halbwegs erwachsene Frau spionierte wie eine Detektivin hinter ihrem Freund her, nur weil er eine Verabredung nicht einhielt und plötzlich von der Bildfläche verschwunden war? Sie hatte keinerlei Anrechte auf Brian, war weder mit ihm verlobt noch verheiratet. War sie nicht selbst schon mal auf Tauchstation gegangen, wenn ihr irgendetwas gegen den Strich gegangen war? Nach einem Tanzabend im College hatte sie zwei Tage lang ihr Handy abgeschaltet, nur damit dieser furchtbare Typ, mit dem sie ausgegangen war, sie nicht erreichen konnte. Und als es geklingelt hatte, war sie erst zur Tür gegangen, als Mary-Beth ihren Namen gerufen hatte. Brian konnte viele Gründe für sein Verschwinden haben: Geldprobleme, Ärger im Job, eine Ex-Freundin, die ihm auf die Nerven ging. Nichts, was mit ihr zu tun hatte.

Dennoch konnte Paula es nicht bei Brians Verschwinden belassen. Sie wollte Antworten, erst dann würde sie Ruhe geben. Ihr Bauchgefühl, dass mehr dahintersteckte, war zu stark, um es ignorieren zu können. Mit ihrem Geschäftshandy am Gürtel, um auf keinen Fall einen Notruf zu verpassen, suchte Paula Brians Arzt auf. Dr. Michael Cheng hatte wenig Zeit, und es lag wohl an Paulas freundlichem Lächeln, dass er sich überhaupt bereit erklärte, sie zu empfangen. Er stammte aus Vietnam, war aber in den USA aufgewachsen, wie einige Fotos in seiner Praxis bewiesen.

»Was kann ich für Sie tun, Miss Jackson? Sind Sie nicht die berühmte Bärenflüsterin?«

Die Frage musste Paula fast überall beantworten. »Ja, aber deswegen bin ich nicht hier. Mein Freund ist spurlos verschwunden, Brian Carmack, und ich dachte, sie wüssten vielleicht, warum. Er war doch gestern bei Ihnen?«

»Ja, schon, aber …«

»Hat er sich irgendwie seltsam benommen? Gab es irgendetwas, das ihn dazu verleitet haben könnte, Hals über Kopf aus der Stadt zu verschwinden?«

»Wie kommen Sie darauf, Miss?«

»Hat es mit seiner Verletzung zu tun?«

Dr. Cheng ging in die Defensive. »Dazu darf ich Ihnen leider keine Auskunft geben. Patientengeheimnis, Sie verstehen? Ich käme in Teufels Küche, wenn ich Patientendaten weitergäbe, darauf steht sogar Gefängnis. Sorry.«

»Musste er wegen seines Beins erneut ins Krankenhaus?«

»Wie gesagt, Miss Jackson …«

»Welches Krankenhaus käme denn bei seiner Verletzung infrage?«

»So viele Kliniken gibt es nicht in dieser Gegend.«

Paula wollte weiterbohren, wurde jedoch durch das Klingeln ihres Geschäftshandys unterbrochen. Sie bedankte sich bei Dr. Cheng und verließ die Praxis. Noch im Flur nahm sie den Anruf entgegen. »Ein Notruf für Sie, Paula.«

»Paula?«, meldete sich eine vertraute Stimme. »Paula Jackson?«

»Ellen?«, rief Paula erstaunt. Sie hatte die Stimme der jungen Frau, mit der sie während der Bärensafari in Alaska so gut ausgekommen war, sofort erkannt.

»Sie erinnern sich an mich?«

»Sind Sie in Gefahr, Ellen? Sie haben die 911 angerufen.«

»Tut mir leid, Paula. Ich wusste nicht, wie ich Sie sonst erreichen sollte. Hier sind keine Bären, aber mein Mann … es könnte sein, dass David … Können Sie kommen, Paula? Ungefähr zwei Meilen nördlich von Clearwater am Highway 89. Ich parke am Straßenrand. Ein weißer SUV mit Orangen-Logo.«

»Okay, Ellen. Ich komme, aber …«

»David könnte in Gefahr sein, Paula! Bitte!«

»Okay. Bleiben Sie im Wagen!«

Ellen Morgan, ging es Paula unterwegs durch den Kopf. Und ihr Mann David, den sie vor dem wütenden Braunbären gerettet hatte. Das Video von Paulas Rettungsaktion war einer der Auslöser dafür gewesen, dass sie sich überhaupt einen Namen als Bärenflüsterin gemacht hatte.

Ellens Großeltern wohnten in Clearwater, erinnerte sich Paula. Der Großvater, dem die Obstplantage bei San Bernardino gehörte. Schon eigenartig, dass das Schicksal Paula ausgerechnet hierhergeführt hatte. War David wieder in Schwierigkeiten? Hatten er und seine Frau sich erneut gestritten?

Paula hatte keine Lust, in einen Ehekrach verwickelt zu werden. Es reichte doch, wenn sie Probleme mit ihrer eigenen Beziehung hatte. Aber Ellen war eine nette Frau, und sie hatte am Telefon nicht so geklungen, als ginge es nur um privaten Zoff. »Es könnte sein, dass David …« Was war mit ihm los?

Sie parkte hinter dem weißen SUV, blickte sich aufmerksam um und stieg bei Ellen ein. Die Obstzüchterin hatte sich nicht verändert, nur ihre Sommersprossen stachen im sonnigen Wetter von Kalifornien noch deutlicher hervor.

»Paula!«, rief sie erleichtert. Sie fiel Paula um den Hals und drückte ihr Gesicht gegen ihre Schulter. In ihren Augen standen Tränen. »Danke, dass du so schnell gekommen bist. Und sorry noch mal, dass ich den Notruf angerufen habe.«

Paula löste sich von ihr. »Was ist los?«

»David und ich sind auf dem Weg zu meinen Großeltern«, sagte Ellen. Ihre Stimme klang heiser. »Grandpa hatte seinen zweiten Schlaganfall und liegt in einem Krankenhaus in Truckee. Wir sind hier, um Grandma abzuholen.«

»Das tut mir leid, Ellen.«

»Aber du hast wahrscheinlich ganz andere Sachen im Kopf, und deswegen habe ich dich auch nicht angerufen. Uns ist eine Bärin mit ihrem Jungen begegnet. Vor ungefähr einer Stunde und keine Viertelmeile von hier. Ich konnte gerade noch rechtzeitig bremsen. Die Bärin wurde ziemlich aggressiv, und es sah schon so aus, als wollte sie auf uns losgehen, aber dann besann sie sich anders und verschwand im Wald.« Sie deutete aus dem Fenster und verzog das Gesicht, als wäre ihr der Anblick der vielen dunklen Bäume unangenehm.

»Eine Bärin mit einem Jungen?«

»Ein zweites hab ich nicht gesehen. Haben die nicht immer zwei?«

»Nicht alle. Wo ist David?«

»Er ist durchgedreht, als die Bärin bis an unseren Wagen herankam und die Zähne fletschte. Hat mich angebrüllt, warum wir kein Gewehr oder wenigstens einen Revolver dabeihätten. Was wir überhaupt in dieser verdammten Gegend wollten, wo die Bären ungestraft auf dem Highway rumlaufen.«

»Solange er im Auto bleibt, kann doch nichts passieren.«

»Hab ich ihm auch gesagt, aber darum ging es gar nicht.«

»Sondern?«

»Er ist sauer, weil mein Großvater schon vor seinem zweiten Schlaganfall bestimmt hat, dass ich die Leitung unserer Plantage allein übernehmen soll. Ich hab David tausendmal gesagt, dass es mir egal ist, was in dem Testament steht, dass ich die Leitung auf jeden Fall mit ihm zusammen übernehmen würde, aber er ist trotzdem sauer. Es ginge ums Prinzip. Und außerdem …«

»Er ist weggelaufen?«

Ellen bemühte sich nicht, ihre Tränen zurückzuhalten. »Nicht nur deswegen. Zwischen uns stimmt es schon seit Alaska nicht mehr. Er ist noch immer nicht darüber weg, dass ihm eine junge Frau das Leben gerettet hat. Dass die meisten seiner Freunde und Verwandten das Video gesehen haben, machte es nur noch schlimmer. Ausgerechnet er, der *Macho Man*, und dann die Sache mit dem Erbe, das war einfach zu viel für ihn. Er ist nur mit hierhergefahren, weil er sonst endgültig unten durch gewesen wäre, auch bei zahlreichen unserer Kunden.«

»Und die Bärin hat ihm den Rest gegeben?«

Ellen nickte. »Er sagte, ich solle meinen Scheiß doch allein machen, so einen Versager wie ihn könne sowieso niemand brauchen. Dann hat er mich gezwungen, an den Straßenrand zu fahren, hat die Tür aufgerissen und ist in den Wald gerannt.«

»Männer!«, sagte Paula. Sie dachte an Brian.

16

Paulas Ausspruch konnte Ellen nicht aufmuntern. Sie weinte leise und klammerte sich an Paula. Als keine Tränen mehr kamen, griff sie nach einem Taschentuch, schnäuzte sich und entschuldigte sich mit einem schüchternen Lächeln. »Ich habe Angst um David«, sagte sie. »Wir müssen ihn suchen, Paula! Nicht auszudenken, was passiert, wenn er sich verirrt oder auf die Bärin und ihr Junges trifft.«

»Die Bären sind sicher längst über alle Berge, und so weit, dass David sich verirren könnte, ist er bestimmt nicht gegangen«, erwiderte Paula. Wieder dachte sie an Brian. »In spätestens zehn Minuten ist er zurück und bittet dich um Verzeihung. Du wirst sehen, es löst sich alles in Wohlgefallen auf.«

»Und wenn nicht?«

Paula gab sich einen Ruck. »Okay, wir suchen ihn. Und ich nehme mein Gewehr mit den Hartgummigeschossen und mein Funkgerät mit, falls die Bärin noch in der Nähe ist.« Sie holte beides und wartete, bis Ellen ausgestiegen war. Sie wirkte ängstlich, als würde sie mit dem Schlimmsten rechnen.

»Denk an Alaska!«, sagte Paula. »Und wie mutig du dort warst.«

Zusammen drangen sie ins Unterholz vor. Sie folgten

einem kaum sichtbaren Pfad in die Richtung, die David eingeschlagen hatte. Schon nach wenigen Augenblicken waren sie von dunklem Wald umgeben. Die Fichten waren hier größer und standen wesentlich dichter als in Alaska, ein düsteres Reich, das einen Menschen, der sich wenig in der freien Natur aufhielt, sicher erschreckte und ihm klarmachte, wie klein und unbedeutend man selbst war.

Paula mochte die Einsamkeit des Waldes, die dunklen Schatten und das geheimnisvolle Licht, das durch die Äste und Zweige gefiltert wurde und in fantasievollen Mustern auf den Boden fiel. Sie liebte den würzigen Duft der Fichten, der sie wie unsichtbarer Nebel umgab und das Atmen erleichterte. Und sie war sich der vielen Gefahren bewusst, die in der düsteren Umgebung lauerten und die Magie des Waldes zerstören konnten.

Sie glaubte nicht, dass die Bärin und ihr Junges noch in der Nähe waren, doch als sie frische Bärenspuren an einer feuchten Stelle fand, war sie nicht mehr so zuversichtlich.

»David!«, rief sie. »David! Sind Sie hier irgendwo? Kommen Sie zurück! Die Bärin und ihr Junges sind noch in der Nähe. Hören Sie mich, David? Ihre Frau ist bei mir! Wir wollen, dass Sie zurückkommen, bevor ein Unglück geschieht.«

»Waren … waren das … Bärenspuren eben?«, stammelte Ellen.

»Keine Bange, das will noch nichts heißen.«

»Aber … ich habe Angst, Paula!«

»Rufen Sie Ihren Mann! So laut wie möglich! Damit verjagen Sie die Bärin und zeigen David, dass Sie hier sind. Sagen Sie ihm, er soll kommen!«

»David!« Ihr erster Versuch klang viel zu schüchtern.

»Lauter, Ellen! Viel lauter!«

»David! David!« Sie wurde mutiger. »Komm zurück! Paula ist bei mir. Sie hat Bärenspuren gefunden. Komm zum Wagen, bevor sie auf dich losgehen!«

»Ellen?«, kam es aus dem Wald.

»David! Komm zurück! Ich will nicht mehr mit dir streiten. Ich liebe dich und weiß, was für ein mutiger Mann du bist. Bären sind nicht dein Ding, aber du rast mit dem Four-Wheeler durch die Wüste und bist mit dem Jet-Ski über den Lake Powell gerast. Sogar die Zipline in den Rockies hast du gemeistert. Ist das nicht genug? Also komm endlich aus dem verdammten Wald raus!«

»Ich komm hier nicht weg! Ich …«

Weiter kam er nicht. Wütendes Brummen und Fauchen ließen ihn verstummen, und gleich darauf hallten seine Hilferufe durch den Wald. Verzweifelte Hilferufe, die Paula und Ellen zeigten, dass die Bärin ihn gefunden hatte.

»Hilfe … der Bär … ich komm hier nicht raus … ich …«

»David!«, schrie Ellen.

Sie wollte loslaufen, mit bloßen Händen auf die Bärin losgehen, aber Paula hielt sie zurück. Sie packte Ellen an beiden Oberarmen und schüttelte die Panik aus ihr heraus. »Überlassen Sie das mir! Bleiben Sie dicht hinter mir!«

Paula schlich geduckt weiter, dicht gefolgt von Ellen

und begleitet vom bestialischen Fauchen und Knurren der Bärin, das immer lauter durch den Wald zu hallen schien. Im Laufen entsicherte Paula ihr Gewehr. Es blieb ihr nur noch diese Chance, die Bärin zu vertreiben. Um den Sheriff zu rufen, war es zu spät. Es ging jetzt um Sekunden, so wie vor ein paar Wochen in Alaska.

Wenige Augenblicke später sah sie die Bärin. Sie stand vor drei entwurzelten Baumstämmen, die kreuzweise übereinanderlagen. David hatte Schutz zwischen den Stämmen gesucht und war nur an seinem Haarschopf zu erkennen, so klein machte er sich in seinem Versteck. Die Bärin stieß mit der Schnauze zwischen die Stämme, riss einen Ast mit ihren Zähnen ab und wurde immer wütender, als es ihr nicht gelang, zu dem Zweibeiner durchzudringen. Für ihr Junges stellte David in ihren Augen eine ernsthafte Bedrohung dar. Jedes Lebewesen, das ihrem Jungen zu nahe kam, war eine Bedrohung.

»Hey!«, rief Paula laut. »Weg da! Haub ab, aber schnell!«

Die Bärin ließ sich nicht stören, stocherte weiter zwischen den Stämmen herum und stieß wütende Grunzlaute aus. David schrie nicht mehr, weinte nur noch und klammerte sich an die Hoffnung, dass ihn die Bärin nicht erreichte.

»Zurück! Niemand will deinem Jungen was Böses!«

Paula hatte schon vorher geahnt, dass der aufgebrachten Bärin mit gutem Zureden nicht mehr beizukommen war, wollte es aber wenigstens versucht haben. Sie warf einen raschen Blick auf Ellen, die sich weinend an einen Baum klammerte, und hob ihr Gewehr. Sie wunderte sich selbst darüber, wie ruhig und gefasst sie im Augenblick einer tödlichen Gefahr reagieren konnte.

»Tut mir leid«, flüsterte sie, obwohl die Bärin sie nicht hören konnte, »aber du willst es ja nicht anders!« Sie stand ungefähr hundert Schritte von der Bärin entfernt, nahe genug, um genau zielen zu können. Doch sie zog erst den Abzug durch, als ihr Atem ruhig war und sie sicher sein konnte, genau zu treffen.

Das Hartgummigeschoss prallte auf den Hals der Bärin. Dort liefen zahlreiche Nervenstränge zusammen, und der Aufschlag der Gummikugel schmerzte so stark, dass sie zurückzuckte und den Kopf herumwarf. In ihrem Schmerz hatte sie keine Idee, von wem und aus welcher Richtung die Kugel gekommen war. Ihren Angriff brach sie aber erst ab, als Paula ein zweites Mal zielte und mit dem Geschoss die Schnauze des Tieres erwischte. Dort war die Bärin noch empfindlicher. Mit einem Laut, der Paula durch Mark und Bein ging, wich sie zurück, trieb das erschrockene Junge vor sich her und verschwand im Wald.

»David!«, rief Ellen wieder, diesmal voller Dankbarkeit. Sie rannte zu ihrem Mann, half ihm aus seinem Versteck und umarmte ihn stürmisch. Was sie sonst noch sagte, ging in ihrem erleichterten Schluchzen unter. Ihr Mann reagierte eher verärgert, fluchte leise und wurde wütend, als er Paula entdeckte.

Seine Augen blitzten, als er sich von Ellen löste. »Sie schon wieder! Können Sie uns nicht mal in Ruhe lassen? Ich wollte nur ein bisschen frische Luft schnappen, und schon kommen Sie daher und locken diese Bestie an! Reicht es nicht, dass Sie mich mit dem Video überall unmöglich gemacht haben?«

»Das Video hat Mary Campbell gepostet, damit habe ich nichts zu tun«, antwortete Paula ruhig. »Sie hat es auch aufgenommen. Glauben Sie mir, wenn es nach mir gegangen wäre, hätte es niemals veröffentlicht werden dürfen. Ich bin keine Heldin. Ich kenne mich mit Bären aus und versuche Leuten zu helfen, die wenig Erfahrung mit ihnen haben, mehr nicht. Wer Angst vor einem Bären hat, ist doch kein Weichei. Ich hab schon Marines getroffen, die sich vor Bären fürchten. Ich hab Angst vor Mäusen und Spinnen.« Das stimmte zwar nicht, doch sie hoffte, David mit dieser Notlüge aus seiner Macho-Klemme zu helfen.

Aber sein Ego war stärker angeschlagen, als sie vermutet hatte. »Und warum rücken Sie mir dann ständig auf die Pelle? Ich wäre schon fertiggeworden mit der verdammten Bestie. Ich hatte nur Pech, weil ich zwischen den Baumstämmen eingeklemmt war. Ich hätte meine Knarre mitnehmen sollen, dann hätte ich der blutgierigen Bestie ein für alle Mal das Licht ausgeblasen!«

»Ich habe Paula gerufen«, mischte Ellen sich ein. »Ich hatte Angst um dich, David! Du weißt doch, wie gefährlich Bärenmütter sind, wenn sie ihre Jungen dabeihaben. Niemand braucht sich zu schämen, wenn er in eine Notlage gerät.« Sie griff nach seiner Hand. »Komm, wir fahren weiter. Grandma wartet sicher schon auf uns. Und im Krankenhaus sage ich Grandpa, dass wir die Firma gleichberechtigt führen werden. Ich kümmere mich um die Buchhaltung, mehr will ich doch nicht.«

David riss sich von ihr los und ging allein weiter. »Ach, lasst mich doch in Ruhe! Ich hab keine Lust, mich ständig von Frauen gängeln zu lassen. Die Bären stehen mir bis hier, und deinem Großvater würde ich am liebsten sagen, dass er sich seine Obstplantage sonst wohin schieben kann. Ich hab's nicht nötig, vor irgendjemandem zu kuschen. Und jetzt lass uns fahren, bevor ich's mir anders überlege!« Er marschierte los, gefolgt von seiner Frau, die vergeblich versuchte, ihn einzuholen.

»David! Warte doch! Lass uns reden!«

Paula und Ellen erreichten den Parkplatz, als David gerade dabei war, einzusteigen und die Tür hinter sich zu schließen.

»Das wird schon wieder«, sagte Paula, weil ihr nichts Besseres einfiel. »Am besten lässt du ihn eine Weile grummeln, dann beruhigt er sich sicher von allein. Ich wünsch dir was, okay?«

Ellen umarmte sie kurz. »Vielen Dank … es wird schon schiefgehen.«

Paula wartete, bis die beiden weggefahren waren, und nahm einen Schluck aus ihrer Wasserflasche. Männer wie David waren weit verbreitet und Paula schon immer ein Dorn im Auge gewesen. Solange sie bestimmen konnten und bewundert wurden, waren sie die glücklichsten Menschen der Welt. Aber lief mal etwas nicht so, wie sie sich das vorstellten, oder gerieten sie in die Defensive, reagierten sie meist aggressiv und ungerecht. Dann suchten sie die Schuld bei anderen, nur nicht bei sich selbst, und ließen ihren Ärger an ihren Freundinnen oder Frauen aus. Paula würde sich niemals mit einem solchen Mann einlassen.

Auch ihre Zuversicht, was eine Zukunft mit Brian anging, bröckelte immer mehr. Wieder bekam sie keine Antwort, als sie seine Nummer wählte – auch nicht nachdem sie sich mit einem Cheeseburger in einem Coffee Shop getröstet hatte und erneut unterwegs war. Am Himmel waren dunkle Wolken aufgezogen, und es regnete heftig. Kein Wetter für Bären, die sich an diesem Nachmittag erstaunlich ruhig verhielten. Paula kannte inzwischen die am meisten gefährdeten Stellen in Clearwater und sah regelmäßig dort vorbei, auch beim Drugstore von Betty Fiedler machte sie ihre Runde.

Paula war bereits auf dem Rückweg zu ihrer Wohnung, als sich eine Angestellte des Sheriff's Department über Funk meldete. »Sheriff Osborne würde Sie gerne sehen, Paula«, sagte sie. »Am besten kommen Sie gleich vorbei.«

»In Ordnung, bin schon unterwegs.«

Sheriff Osborne erwartete Paula in seinem Büro. Er deutete auf den Besucherstuhl und trank einen Schluck von seinem Kaffee. Obwohl es draußen regnete, schwitzte er.

»Sie halten sich besser, als ich befürchtet hatte«, sagte er zu Paula. »Immerhin haben Sie Deputy Garrett gerufen, als es brenzlig wurde.«

»So, wie wir es vereinbart hatten.«

»Und Sie verstehen, mit einem Gewehr umzugehen, auch wenn es nur mit Hartgummigeschossen geladen ist.

Deputy Garrett war sehr angetan von Ihnen.« Er grinste ungeniert. »Wobei er von jeder hübschen Frau angetan ist.«

»Ist er nicht verheiratet?«

»Nicht, dass ich wüsste. Interesse?«

»Ich interessiere mich nur für Frauen.«

»Wie bitte?«

Sie erfreute sich eine Weile an seinem entsetzten Gesicht, dann lachte sie. »Nur ein kleiner Scherz, Sheriff. Und selbst wenn es so wäre, würde es wohl keine Auswirkungen auf meine Arbeit haben.« Sie wartete, bis Osborne sich beruhigt hatte, und fragte: »Haben Sie was Bestimmtes auf dem Herzen?«

»Betty Fiedler hat sich beschwert.«

»Hab ich mir schon gedacht.«

»Sie behauptet, Sie würden nur darauf warten, dass ein Bär in ihrer Nachbarschaft auftaucht, um sie beschimpfen zu können. Sie wären schuld daran, dass so viele Bären in Clearwater herumstreunen, weil Sie nicht entschlossen genug gegen sie vorgehen würden. Sie würden nur als Superheldin dastehen wollen.«

»Das stimmt nicht, und das wissen Sie auch, Sheriff.«

Er zupfte an seinem Schnauzbart. »Ich weiß. Ich wollte es Ihnen nur gesagt haben. Betty Fiedler ist eine einflussreiche Frau. Einer ihrer beiden Brüder ist Mitglied im City Council, und der andere ist beim Jagdverein und setzt sich für die ganzjährige Jagd auf Bären ein. Auch mit halbautomatischen Waffen.«

»Jetzt wundert mich gar nichts mehr. Und ihr Mann?«

»Hat nichts zu sagen.«

»Dachte ich mir.«

»Hören Sie, Paula, ich mache Ihnen keinen Vorwurf. Mir geht Betty Fiedler genauso auf den Geist wie Ihnen. Aber ich warne Sie, sich mit der Dame anzulegen. Könnte leicht sein, dass Sie auf Dauer den Kürzeren ziehen.«

»Keine Angst, ich weiß mich zu wehren.«

»Und halten Sie sich auch in Zukunft an die Spielregeln. Nichts gegen Ihre Website und ein wenig Publicity, aber bei Interviews mit den Medien sollten Sie sich in Zukunft etwas mehr zurückzuhalten. Sie unterstehen dem Sheriff's Department, und es gehört zu meinen Pflichten, mich mit den Medien herumzuschlagen. Dafür gibt es offizielle Pressekonferenzen. Also nehmen Sie sich bitte etwas zurück. Kommen Sie zuerst zu mir, wenn Sie etwas zu sagen haben.«

»Ich brauche kein Scheinwerferlicht.«

»Ich sehe, wir verstehen uns.«

Paula hatte eine Idee. »Wo wir gerade so gemütlich zusammensitzen, Sheriff. Wie wäre es, wenn wir Aufkleber drucken lassen. BITTE KEINE BÄREN FÜTTERN oder so ähnlich. Das würde sicher einiges bringen.«

»Klingt gut. Ich geb's an das City Council weiter.«

»Und noch eine Bitte. Ich hab doch morgen meinen freien Tag.«

»Weiß ich.«

»Könnte ich jetzt schon gehen? Ich hab einen Termin in Truckee.«

»Ein Date?« Das Gesicht des Sheriffs war stärker gerötet als sonst.

»Eine Verabredung«, verbesserte Paula.

»Meinetwegen. Hier …« Er nahm ein graues Regencape aus einer Schublade seines Schreibtischs und warf es ihr zu. »Damit Sie nicht nass werden.«

Paula bedankte sich, schlüpfte in das Regencape mit der Aufschrift »Sheriff's Department, Clearwater, CA« und ging zu ihrem Wagen. Sie hatte sich den zusätzlichen halben Tag weder für ein Date noch für irgendein anderes Vergnügen freigenommen. Eher aus Angst vor weiterer Ungewissheit. Zudem wurde ihr Verdacht immer stärker, dass Brians Verschwinden in irgendeiner Weise mit seinem Termin bei Dr. Cheng zusammenhing. Und so wollte sie so schnell wie möglich im Krankenhaus von Truckee nach Brian fragen. Ein Anruf hätte nichts gebracht, sie musste persönlich hingehen, um herauszubekommen, ob er dort gewesen war. Das *Tahoe Forest Hospital* in Truckee war das größte Krankenhaus im County und vermutlich die erste Anlaufstelle bei Verletzungen der Art, wie Brian sie hatte.

Sie fuhr bei sich zu Hause vorbei, packte ein paar Sachen zusammen, falls sie unterwegs übernachten musste, und machte sich auf den Weg. Das Regencape hatte sie gegen ihre eigene Regenjacke ausgetauscht. Sie war unglaublich nervös, als wäre sie bereits auf einer heißen Spur. Dabei war es ziemlich unwahrscheinlich, dass Brian sich in dem Krankenhaus aufhielt. Selbst wenn er dort gewesen war, hatte er sich inzwischen sicher längst wieder verabschiedet.

Unterwegs suchten sie neue Zweifel heim. Was sollte ihr Versuch dort bringen? Wenn er wegen seines Beins dort gewesen war, hätte er sich doch gemeldet. Es musste einen anderen Grund für sein Verschwinden geben. Nur wer wirklich ein ernsthaftes Problem hatte, auf der Flucht vor dem Gesetz war oder sonst etwas angestellt hatte, schaltete sein Handy ab und machte sich so klang- und sanglos aus dem Staub, ohne seine Freundin oder seine Eltern zu benachrichtigen. Das wurde auch Paula klar, doch sie kehrte nicht um. Es war der einzige Anhaltspunkt, den sie hatte.

Sie war schon auf dem Highway 89 nach Norden, als ihr privates Handy klingelte. Jenes durchdringende Klingeln, das sie längst gegen einen originellen Klingelton hatte austauschen wollen. »Mandy« stand auf dem Display.

»Mandy! Was gibt's?«, meldete sich Paula.

Ihre Freundin beim *Bear Center* klang niedergeschlagen. »Schlechte Nachrichten, Paula. Grumpy liegt im Sterben. Kannst du kommen? Jetzt gleich?«

»Jetzt gleich?«, erschrak Paula.

»Er war dein Lieblingsbär«, sagte Mandy, »und wir wollen dich bei der Beerdigung dabeihaben. Wir wollen ihn mit einer indianischen Zeremonie begraben und seine Seele ermutigen, den langen Weg über die Milchstraße anzutreten. Ein Naturbegräbnis, John hat schon alles vorbereitet. Es ist nicht mehr viel Zeit.«

»Ich komme«, antwortete Paula.

17

Es nieselte nur noch, als Paula das *Bear Center* erreichte. Schon im Eingangsbereich begegnete sie Owen Kingsley, diesmal in einem warmen Sweatshirt, das es auch im Souvenirladen des Centers zu kaufen gab. Er begrüßte sie herzlich und sagte: »Paula! Haben Sie schon genug von Ihrem neuen Job? Sie könnten sofort wieder bei uns anfangen, das wissen Sie hoffentlich. Arbeit gibt es bei uns genug.«

Paula war versucht, das Angebot sofort anzunehmen, beschränkte sich aber auf ein Lächeln. »Den Job in Clearwater werde ich nicht ewig machen, Owen. Wer weiß, vielleicht bin ich in den nächsten Semesterferien wieder hier.« Sie blickte sich um. »Mandy hat mich angerufen. Wegen Grumpy.«

»Er liegt im Sterben«, bestätigte er traurig. »Ich glaube nicht, dass er heute Abend noch am Leben sein wird. Ein Jammer, wir haben ihn alle sehr gern, und beim Publikum war er sowieso der Star, allein wegen seiner Größe.« Sie gingen ein paar Schritte. »Mandy und ihr Mann wollen ihn ehrenvoll begraben.«

»Ich weiß. Grumpy hat eine besondere Zeremonie verdient.«

Paula war ein wenig nervös, als sie das Gehege betrat. Sie hatte während der letzten Tage einige unangenehme Begegnungen mit Bären gehabt und musste sich erst wieder daran gewöhnen, einem Bären ohne Gewehr und Leuchtpistole gegenüberzutreten. Ihre rechte Hand umklammerte das Pfefferspray in ihrer Anoraktasche, als sie sich Mandy näherte, die gerade dabei war, die Futtertröge am Wasserfall zu füllen. Mandy drehte sich zu ihr um und umarmte sie.

»Hey«, freute sich Mandy. »Schön, dass du kommen konntest.«

»Ehrensache«, erwiderte Paula. Gemeinsam schauten sie Holly zu, die im Pool plantschte und nur kurz den Kopf hob, als sie Paula entdeckte. »Eine so eitle Bärin wie Holly hab ich lange nicht gesehen. Langsam müsste sie doch sauber genug sein.« Holly tauchte unter, als hätte sie Paula verstanden, und kam prustend wieder hoch.

»Wo ist unser Sorgenkind?«, fragte Paula.

»An seinem neuen Lieblingsplatz auf der Lichtung«, antwortete Mandy. »Heute Morgen sah er schlimm aus. Am besten gehen wir gleich zu ihm.«

»Ist er schwer krank?«

»Er hat so ziemlich alle Krankheiten, die man sich vorstellen kann. Der Doc war gestern hier und hat nur mit dem Kopf geschüttelt. Ein paar Stunden meint er, länger würde er nicht mehr durchhalten. Es tut uns allen in der Seele weh.«

»Grumpy hatte es nicht leicht, bevor er zu uns kam.«

»Das hab ich dem Doc auch gesagt«, erwiderte Mandy. »Als ihn die Spaziergänger damals im Wald fanden, war er so abgemagert, dass der Tierarzt schon damals den Kopf schüttelte. Ein Zoo wollte ihn auch nicht nehmen.«

»Immerhin hatte er im Center ein gutes Leben.«

Mandy drückte einen Fichtenast zur Seite und hielt ihn fest, bis Paula die Stelle ebenfalls passiert hatte. »Nur ein wenig grimmig war er immer. Weil er angeblich nicht genug zu fressen bekam, er zu wenig Platz im Pool hatte, und was weiß ich noch alles. Aber gerade das mochten die Besucher so an ihm. Dass er wütend in die Runde fauchte und knurrte, andere Bären von der Futterstelle oder aus dem Pool vertrieb und sich keine fünf Minuten später sanft wie ein Lämmchen gab und für Fotos hinter der Scheibe posierte.«

Grumpy lag am Rand der Lichtung unter einer weit ausladenden Fichte und bot einen bemitleidenswerten Anblick. Er war sichtlich abgemagert, atmete schwach und hatte die Augen geschlossen. Sein Fell, so kam es Paula vor, hatte viel von seinem Glanz verloren. Der Nieselregen und der neblige Dunst, der sich in den Fichten verfangen hatte, passten zur Trauerstimmung.

John Stands-Tall saß neben dem Bären auf einem Felsbrocken. Als er Mandy und Paula kommen sah, stand er auf und begrüßte beide mit einem *fist bump,* einem Faustgruß.

»Es kann nicht mehr lange dauern«, sagte er, »ich glaube, er hat nur noch auf dich gewartet.« Er blickte Paula an. »Er wusste, dass du kommst.«

Sie zweifelte nicht an seinen Worten. John Stands-Tall stand mit beiden Beinen im Leben, war aber auch mit der Kultur und Gedankenwelt seiner Vorfahren vertraut, die im Einklang mit der Natur gelebt hatten, die Sprache der

Tiere und Pflanzen beherrschten und ihre Zeichen zu lesen verstanden. Vieles vom Geisterglauben der Indianer wurde von angeblich zivilisierten Menschen als Aberglaube abgetan, doch Ähnliches konnte man auch vom Christentum oder anderen Religionen halten, das Andersgläubige oft mit seinen Ritualen verstörte.

Paula kniete neben dem sterbenden Bären nieder und strich mit der flachen Hand über sein dichtes Fell. Sie spürte seinen Herzschlag kaum. »Grumpy!«, sagte sie leise. »Ich bin's … Paula. Tut mir sehr leid, dass es dir so schlecht geht.«

Grumpy öffnete die Augen, schloss sie aber gleich wieder.

»Ich hoffe, du musst nicht allzu sehr leiden. Meine Großeltern behaupten immer, das Älterwerden sei gar nicht so schlimm, aber das sagen sie nur, um mich zu beruhigen. Wenn ich sehe, wie oft sie zum Arzt müssen, und über wie viele Wehwehchen sie klagen, würde ich lieber jung bleiben, erst recht, wenn man was Ernstes bekommt wie mein Großvater, der seit einem Jahr gegen seinen Darmkrebs ankämpft und schon zweimal operiert wurde. Du würdest dich sicher auch über etliche Krankheiten beschweren, wenn du sprechen könntest, aber du bist stark, das spüre ich. Du lässt dich nicht unterkriegen.«

Grumpy öffnete erneut die Augen. Sie waren blutunterlaufen und spiegelten den Schmerz, der ihn am Boden hielt. Selbst zum Fauchen und Knurren war er zu schwach. Er warf seinen Kopf hin und her, erschlaffte wieder und seufzte. Der Laut kam tief aus seinem Inneren, ein verzweifeltes Flehen, ihn von seinen Leiden zu erlösen. Vielleicht hätte ihn der Tierarzt spritzen sollen.

»Weißt du, dass ich einen neuen Job habe, Grumpy?« Paula schlug den gleichen Tonfall wie in Clearwater an, wenn sie einen Bären von den Müllcontainern vertrieb. Egal, was sie sagte, ihre ruhige Stimme würde ihn zumindest etwas beruhigen. »Ich arbeite jetzt in Clearwater, nur ein paar Meilen von hier. Ich passe auf, dass sich deine Artgenossen nicht an den Abfällen vergreifen und die Zweibeiner der Stadt nicht in Schwierigkeiten bringen. ›Bärenflüsterin‹ nennen mich die Leute. Bärenflüsterin, klingt das nicht lustig?«

Grumpy reagierte nicht. Er war am Ende seines Weges angekommen, so schien es, und es war keine Kraft mehr in ihm. Er zitterte jetzt heftiger, und aus seinem Maul tropfte Speichel. Ein dumpfer Laut kam aus seinem Magen.

»Sei nicht traurig«, fuhr Paula fort, »denk an die guten Zeiten, die du im *Bear Center* erlebt hast. Immer was zu fressen, eine sichere Umgebung, ein Tierarzt, der dich alle paar Wochen untersucht hat. Denk an die vielen Besucher, die ihre Freude mit dir hatten, die dir zugesehen haben, wie du Lazy Joe aus dem Pool vertrieben hast und wie du im Wasser herumgetollt bist. All die Leute, die dich so sehr mochten, dass sie dich fotografiert und die Fotos überall herumgezeigt haben. Was meinst du, an wie vielen Wänden dein Foto hängt? An unzähligen, kann ich dir sagen, du bist berühmter als ein Filmstar. Eigentlich hätte man dir jeden Morgen einen roten Teppich ausrollen müssen. Den hättest du verdient gehabt. Und einen

Oscar! Der *Academy Award* für außerordentliche Verdienste in der Bärenwelt geht an ... unseren Grumpy!«

Der Atem des Bären wurde schwächer, kam nur noch stoßweise. Paula spürte, wie sein Körper unter ihrer flachen Hand zuckte und sich plötzlich entspannte. In seinen Augen zerbrach etwas.

»Grumpy!«, erschrak sie. »Grumpy! Bist du noch bei uns?« Der Bär rührte sich nicht mehr. »Oh verdammt! Grumpy ... Grumpy?« Sie blickte zu den anderen auf. »Er ist tot!«

Mandy berührte ihn ebenfalls. »Mach's gut, Grumpy!«

John sagte etwas in der Sprache seines Volkes.

»Ein Jammer, dass er schon gehen musste.«

»Wir begraben ihn heute Abend«, kündigte John an. »Auf einer Lichtung, ungefähr eine Meile nördlich von unserem Haus. Dort soll ein Stamm meiner Vorfahren sein Winterlager gehabt haben. Ein guter Platz. Owen hat einen Abschleppwagen organisiert, mit dem wir ihn auf meinen Pick-up laden können. Einige meiner Freunde haben bereits ein Grab ausgehoben.« Er lächelte kaum merklich. »Ich weiß, wie verrückt das alles klingen muss, aber Grumpy ist ein Krafttier, und wir ehren mit unserer Zeremonie nicht nur ihn, sondern zeigen auch, dass uns nicht nur menschliches Leben wichtig ist. Auch Tiere und Pflanzen haben eine Seele.«

Mandy half Paula vom Boden hoch. »Und während ihr den Bären auf die Lichtung bringt, bereiten wir den Imbiss für heute Abend vor. Deine Freunde sind alle herzlich eingeladen, auch Owen und einige andere Mitarbeiter werden kommen.« Sie blickte Paula an. »Du wirst natürlich bei uns schlafen.«

Sie verabschiedeten sich von John und kehrten zum Hauptgebäude zurück. Owen sah sie kommen und passte sie am Eingang ab. »Er ist tot, nicht wahr?«

»Seit ein paar Minuten. Sie kommen doch heute Abend?«

»Sicher. Sobald es dunkel wird, auf der Lichtung.«

»Danke, dass Sie die Kosten für unseren Imbiss übernehmen.«

»Das Mindeste, was ich tun kann. Wie geht es Lazy Joe?«

»Ihm geht es wieder besser«, sagte Mandy. »Wäre ja noch schöner, wenn der auch schlappmachen würde. Wird höchste Zeit, dass wir eine neue Bärin bekommen, sonst wird ihm noch langweilig. Holly will nichts von ihm wissen oder hält ihn zum Narren, wer weiß das schon. Sie kann sehr zickig sein.«

Owen lachte. »Versteh einer die Frauen!«

Paula und Mandy verließen das *Bear Center* am späten Nachmittag und fuhren im Konvoi zum Blockhaus. Mandy hatte schon am frühen Morgen eingekauft. Hamburger-Patties, Toastbrot, Käse, Wurst und alles, was man sonst noch für leckere Sandwiches brauchte. Nudeln, Schinken und Eier für Mandys Spezialsalat und Thunfisch, Tomaten und Zwiebeln für den Thunfischsalat, den John so gern aß. Genügend Bier und Cola lagen im Kühlschrank.

»Was macht die Liebe?«, fragte Mandy, während die Nudeln kochten. Sie ahnte nicht, damit einen wunden

Punkt getroffen zu haben. »Hey, was machst du denn für ein Gesicht? Hab ich was Falsches gesagt? Du und Brian, ihr …«

»Wir haben gerade Funkstille.« Paula berichtete von seinem plötzlichen Verschwinden und ihrem Verdacht, es könnte etwas mit seiner Verletzung zu tun haben. »Ich war gerade auf dem Weg zum Krankenhaus, als du anriefst.«

»Er ist im Krankenhaus?«

»Sein Arzt darf mir keine Auskunft geben. Patientengeheimnis. Aber es ist der einzige Anhaltspunkt, den ich noch habe. Und weil das Krankenhaus nichts sagen wird, wenn ich dort anrufe, wollte ich hinfahren. Vielleicht erfahre ich dann, warum er weggelaufen ist.«

»Was sollte denn seine Verletzung damit zu tun haben?«

»Vielleicht ist sie schlimmer, als er dachte.«

»Dann hätte er doch was gesagt. Warst du bei seinen Eltern?«

»Die haben auch keine Ahnung, wo er ist.«

»Eine andere Frau?«, überlegte Mandy.

»Glaube ich nicht.«

»Aber du bist nicht sicher.«

Paula musste ihr rechtgeben. »Nein, ich bin nicht sicher.«

»Scheißsituation.«

»Da sagst du was. Was passiert mit den Nudeln?«

»Die lassen wir abkühlen. Bist du sauer?

»Nur traurig«, sagte Paula.

»Weil du ihn liebst.«

»Ich weiß nicht.«

»Klar liebst du ihn«, erwiderte Mandy, »so wie ich dich kenne, würdest du sonst niemals nach ihm suchen. Wie eine Detektivin in einem Krimi, da muss man schon sehr verliebt sein. Wäre ziemlich schäbig von ihm, wenn er dich auf diese Weise loswerden wollte. Und zu kompliziert, wenn du mich fragst.«

»Vielleicht hat er Ärger mit dem Gesetz.«

»Oder er hat einfach nur Angst, dir zu sagen, dass Schluss ist.«

»Er ist kein Feigling«, sagte Paula. »Warum hat er mir in den letzten Tagen jeden Wunsch von den Augen abgelesen, wenn er es nicht ernst meint? Er ist kein Frauenheld, er hat nicht mal versucht, mich nach dem ersten Date rumzukriegen. Du weißt, wie die meisten Männer sind. Er ist anders, Mandy.«

»Wenn ich's recht überlege, machst du dir vollkommen unnötig Sorgen. Er taucht sicher irgendwann in den nächsten Tagen auf und wartet mit einer Erklärung auf, die alle deine Zweifel beseitigen wird. Würde mich sehr wundern, wenn es anders wäre. Und wenn doch, komme ich vorbei und vermöbele ihn nach allen Regeln der Kunst. Ich hab bei einem Kampfsportkurs mitgemacht.«

Paula konnte schon wieder lachen. »Das klingt gefährlich. Soll ich schon mal den Schinken klein schneiden? Ich hab noch nie Nudelsalat gemacht.«

»Ist doch einfach. Schinken, Eier, Gewürzgurken, Erbsen, Mais, Mayo, Salz, Pfeffer und Gewürze. Es gibt nichts Besseres, wenn du Hunger hast.«

»Ich war noch nie eine gute Köchin.«

»Besser und vor allem billiger, als dauernd auswärts zu essen.«

»Sandwiches kann ich gut.«

»Immerhin ein Anfang.«

Sie stellten die fertigen Salate in den Kühlschrank und deckten das Tablett mit den Sandwiches mit Plastikfolie ab. Sie teilten sich eines der Sandwiches, um nicht zu hungrig in den Wald fahren zu müssen, und brachen mit Einbruch der Dunkelheit auf. Es hatte aufgehört zu nieseln, nur von den Fichten tropfte es noch, und in den Zweigen hing nebliger Dunst wie Rauch von einem Feuer. Mit dem Abend war kühler Wind aus den Bergen gekommen.

Zu der Lichtung führte eine Forststraße durch dichten Fichtenwald. Die Scheinwerfer von Paulas Wagen streiften über die Bäume zu beiden Seiten der Straße und ließen die tiefen Reifenspuren von Johns Pick-up wie hässliche Narben aussehen. Der Motor schien lauter zu brummen als auf dem Highway.

Auf der Lichtung brannten zahlreiche Fackeln und tauchten die Umgebung in ein gespenstisches Licht. Die zuckenden Flammen ließen helle Flecken über das knietiefe Gras tanzen. Die Bäume am Rand der Lichtung bildeten eine dunkle Wand, scheinbar undurchdringlich und nur von den fernen Berggipfeln überragt.

Johns Pick-up und die Wagen der anderen Besucher parkten am Waldrand. Owen Kingsley und einige Angestellte des *Bear Center* waren da, ein Besucher-Ehepaar, das von der Zeremonie erfahren hatte, und Johns Freunde.

Grumpy lag bereits in seinem Grab, neben der Grube steckten mehrere Schaufeln in der ausgehobenen Erde. An einem Holzpflock hing ein kahler Bisonschädel, bei zahlreichen Urvölkern ein vieldeutiges Symbol für die Kräfte der Natur, gleichbedeutend mit dem Kreuz des Christentums.

Andächtige Stille herrschte, als sich der Himmel verdunkelte, und der Mond und die Sterne zum Vorschein kamen. Wie durch ein Wunder waren die meisten Regenwolken verschwunden, und es herrschte klare Sicht. Sogar die Milchstraße mit ihren Milliarden von Sternen war am Himmel sichtbar.

John Stands-Tall reckte beide Arme zum Himmel, das Gesicht nach Osten gewandt. Mit dem Rauch eines glühenden Salbeizweiges reinigte er sich, bevor er ein Lied in der Sprache seines Volkes sang, dessen Worte niemand verstand und doch alle seinen Sinn erfassten. Ein Trauerlied, das seine Vorfahren nach dem Ableben eines tapferen Kriegers gesungen hatten.

»Großer Geist«, sagte John, »wir sind hier, um uns von einem vierbeinigen Freund zu verabschieden und seine Wiedergeburt zu feiern. Wie alle Lebewesen wird auch er über die Milchstraße in das geheimnisvolle Tal ziehen, das allen Verstorbenen eine neue Heimat bietet. Wir bitten dich, an seiner Seite zu sein, wenn er seine letzte Reise antritt, und ihn würdevoll zu empfangen, denn er war unser aller Freund und hat ein glückliches Leben jenseits der Milchstraße verdient. Er repräsentierte die Kraft, die von unserer Mutter Erde ausgeht und auch uns Zweibeiner am Leben erhält. Er blieb stark, als er allein und schwerverletzt in einem Wald lag und kaum noch atmen konnte, und in seinen Augen spiegelten sich Glück und Dankbarkeit, als ihn meine Freunde im *Bear Center* aufnahmen und ihm ein neues Zuhause gaben. Es mag ungewöhnlich für einen Weißen sein, ein Tier auf diese Weise zu ehren. Für mein Volk war es selbstverständlich, denn für uns waren alle lebendig: die Menschen, die Tiere, die Pflanzen, sogar die Steine am Wegesrand. Leb wohl!«

Wieder sang John Stands-Tall ein Lied seines Volkes, dann drehte er sich zu Paula um und sagte: »Der Bär ist dein Krafttier, Paula. Der Schutzgeist, der dich durch dein Leben führt. Willst du ein paar Worte zu Grumpy sagen?«

Paula war überrascht, von John das Wort erteilt zu bekommen, und trat zögernd nach vorn. Ihre Worte kamen jedoch wie von selbst über ihre Lippen. »Grumpy! Du warst ein guter Freund. Du hast mein Herz berührt, wenn du dich zur Freude der Besucher in den Pool fallen ließest oder dich gierig über Trockenfrüchte und Nüsse hermachtest, bevor ein anderer Bär den Futtertrog entdeckte. Du warst nicht immer bester Laune, und manchmal konnte man richtig Angst vor dir bekommen, aber ich habe dich geliebt und hoffe, dass du in deiner neuen Heimat alles finden wirst, was du dir hier schon erträumt hast. Leb wohl, mein Freund! Wir werden dich nicht vergessen. Niemals!«

Während John und seine Freunde den Bären begruben, fuhren Paula und Mandy mit den anderen Besuchern nach Hause. Mit dem Essen warteten sie, bis John nachgekommen war.

»Wer will einen Hamburger?«, fragte Mandy.

Paula hatte sich schon lange nicht mehr so wohlgefühlt.

18

Am nächsten Morgen fuhr Paula nach dem Frühstück nach Truckee. Die Kleinstadt lag am Interstate, umgeben von den Bergen der Sierra Nevada und nur wenige Meilen vom Donner Lake und dem Lake Tahoe entfernt. Im Sommer zog es Besucher wegen der Boutiquen und Galerien in die romantische Innenstadt, im Winter war Truckee wegen berühmter Wintersportzentren wie Squaw Valley begehrt.

Paula war nicht als Touristin nach Truckee gekommen. Sie fuhr auf geradem Weg zum *Tahoe Forest Hospital*, einem winkelförmigen Gebäude abseits des Interstate. Die Sonne hatte sich den Himmel zurückerobert und leuchtete über der Stadt, ein optimistisches Zeichen, hoffte Paula, als sie den Wagen abstellte und über den Parkplatz lief. Vor dem Eingang traf sie Ellen und David Morgan.

»Hey«, begrüßte sie die beiden, »wie geht es dem Großvater?«

»Nicht gut«, antwortete Ellen. David war wortlos weitergegangen und stieg in den Wagen. »Ich fürchte, er wird nicht mehr lange durchhalten. Wir haben uns in einem Motel in der Nähe eingemietet und warten ab.«

»Ich hoffe, es geht ihm bald besser.«

Ellen blickte sie fragend an. »Und du? Was tust du hier?«

»Ich besuche einen Bekannten.«

»Hoffentlich nichts Schlimmes.«

Paula wandte den Kopf und sah, dass David die Fahrertür geöffnet hatte und anscheinend ungeduldig auf seine Frau wartete. »Mit David alles okay?«

»Er gibt sich große Mühe. Ich denke, wir kommen klar.«

»Viel Glück dabei, Ellen! Ich drücke die Daumen.«

Paula blieb stehen, bis Ellen zu ihrem Mann in den Wagen gestiegen war, und David mit quietschenden Reifen vom Parkplatz fuhr. Er würde wohl nie überwinden, dass sie ihn gleich zweimal vor einem wütenden Bären gerettet hatte. Am besten wäre er wohl zu einem Therapeuten gegangen, aber das taten Machos wie er nicht. Sie suchten die Ursache für ihr Leid niemals bei sich selbst. Ellen konnte von Glück sagen, wenn sie ihn einigermaßen wieder in die Spur brachte. Paula wünschte es der sympathischen Frau – auch wenn ihr hin und wieder der Gedanke kam, dass sie zu leicht vor ihrem Mann in die Knie ging.

Aber wer war sie, eine Frau wie Ellen dafür zu kritisieren. Wo war ihr Selbstbewusstsein, wenn sie einem Mann nachfuhr, der es offensichtlich nicht für nötig gehalten hatte, sie anzurufen und ihr eine schlüssige Erklärung für sein seltsames Verhalten zu liefern? Wo war ihr Stolz? Warum fuhr sie ihm wie ein liebeskrankes Schulmädchen nach, das von ihrem Freund verlassen worden war und die Trennung nicht ertragen konnte? Hatte sie das nötig?

Sie verdrängte die Gedanken und betrat die Eingangshalle des Krankenhauses. An der Rezeption saß eine hübsche Mexikanerin und betrachtete ihre türkisfarben lackierten Fingernägel. »Ja, bitte?«, fragte sie etwas gelangweilt.

»Können Sie mir sagen, in welchem Zimmer Brian Carmack liegt?«

Die Rezeptionistin tippte den Namen in ihren Computer ein. Weil ihre Fingernägel zu lang waren, benutzte sie einen Bleistift. »Brian Carmack?«

Paula buchstabierte den Nachnamen.

»Brian Carmack? Den hab ich nicht im Computer.«

Paula bedankte sich und wollte schon gehen, als eine Krankenschwester, die in der Nähe stand und den Namen mitbekommen hatte, an die Rezeption trat und sagte: »Brian Carmack? Der war gestern bei uns in der Ambulanz.«

»Wegen seiner Bisswunde?«, fragte Paula. »Wie geht es ihm denn?«

»Sind Sie mit ihm verwandt?«

»Ich bin seine Freundin.«

»Dann darf ich Ihnen leider keine Auskunft geben.«

»Aber …«

Die Schwester hatte anscheinend Mitleid mit ihr, blickte sich aber prüfend um, bevor sie sagte: »Also wenn ich Sie wäre, würde ich mal im *Carson-Tahoe Regional Medical Center* nachfragen. Niemand kann Sie daran hindern, einen Patienten zu besuchen, es sei denn, der Patient hätte etwas dagegen.«

Nach Carson City im Nachbarstaat Nevada waren es keine fünfzig Meilen. Die Straße führte am Nordufer des Lake Tahoe vorbei und bot herrliche Ausblicke, doch Paula war zu sehr mit ihren Gedanken beschäftigt, um es wirklich zu genießen. Sie fragte sich, ob es wirklich sinnvoll war, Brian über die Berge zu folgen.

Hatte sie sich in etwas verrannt, das sie schon bald bereuen würde? Bedrängte sie einen Mann, der irgendwelche Probleme hatte und nur in Ruhe gelassen werden wollte? Der sein Handy nur deshalb abgeschaltet hatte? Der so krank war, dass man ihn ins *Medical Center* in Carson City überwiesen hatte, eine der angesehensten Kliniken des Westens? Trotz all ihrer Bedenken sagte ihr eine innere Stimme, dass sie das Richtige tat und Brian ihr verzeihen würde. Ihn und sie trennte nur ein Missverständnis.

Das *Medical Center* bestand aus mehreren modernen Bauten abseits der Stadt und glänzte im Sonnenlicht. Der strahlend weiße Verputz und die getönten Fenster hielten die heiße Nevada-Sonne ab. Die erste freie Parkbucht, die Paula fand, lag so weit vom Haupteingang entfernt, dass sie bereits schwitzte, als sie die Tür erreichte. Mit gemischten Gefühlen betrat sie die Eingangshalle.

Diesmal beging sie nicht den Fehler, an der Rezeption nach Brian zu fragen. Sie wartete, bis die hübsche Dame hinter dem Tresen mit einem Patienten beschäftigt war, suchte an der Übersichtstafel nach der Chirurgie und betrat den Aufzug, bevor die Rezeptionistin auf sie aufmerksam werden konnte.

Die Zimmer der Chirurgie waren auf mehrere Gänge verteilt. Paula betrat den linken und las die Namensschilder neben den Zimmertüren, bis sie von einer jungen Schwester aufgehalten wurde. »Kann ich Ihnen helfen?«

»Können Sie mir sagen, wo Brian Carmack liegt?«

»Brian Carmack? Den haben wir heute Morgen entlassen.«

»Geht es seinem Bein besser?«, fragte Paula.

Die Schwester merkte wohl, dass sie schon zu viel gesagt hatte, und ging in die Defensive. »Dazu kann ich Ihnen nichts sagen. Fragen Sie Frau Dr. Sheldon. Ich glaube, sie kommt gerade von einem Patienten.« Sie richtete den Blick auf die junge Ärztin, die aus einem der Krankenzimmer trat. »Frau Dr. Sheldon!«, rief sie. »Die Dame möchte wissen, wie es Brian Carmack geht.«

Die Ärztin kam näher. »Brian Carmack?«

»Der junge Mann, der bis heute Morgen bei uns war.«

»Ich weiß, wer Brian Carmack ist«, antwortete die Ärztin streng. Anscheinend war sie nicht damit einverstanden, wie offen die Schwester über Patienten sprach. Sie blickte Paula an. »Sind Sie mit Mr. Carmack verwandt?«

»Ich bin mit ihm befreundet.«

»Und er hat sich noch nicht bei Ihnen gemeldet?« Die Ärztin wurde immer misstrauischer. »Wenn Sie mit ihm befreundet sind, rufen Sie ihn doch direkt an. Ich darf Ihnen leider keine Auskunft über Patienten geben.« Sie wandte sich zum Gehen. »Wenn Sie mich jetzt bitte entschuldigen wollen. Schwester Jennifer, kommen Sie bitte mit, wir haben zu tun.«

Die Ärztin schien sicherstellen zu wollen, dass sich die Schwester nicht zu einer weiteren Antwort hinreißen ließ, und redete bereits in einiger Entfernung auf sie ein. Paula gab auf und verließ das Krankenhaus. Als sie den Parkplatz überquerte, entdeckte sie einen knallroten SUV mit kalifornischem Kennzeichen, der sie an Brians Wagen erinnerte. Sie blieb stehen.

»Brian?«, flüsterte sie ungläubig. Und dann lauter: »Bist du das, Brian?«

Als der rote SUV aus der Parklücke ausscherte, rannte Paula los. Obwohl in der hellen Sonne nicht zu erkennen war, wer am Steuer saß, rief sie: »Brian! Warte doch! Bleib stehen!« Sie rannte hinter dem Wagen her, bis ihr die Puste ausging. »Brian! Das war Brian!«, versuchte sie, sich selbst zu überzeugen. Sie sah, wie der SUV auf den Interstate abbog und nach Westen fuhr. Wenig später war er hinter einigen Häusern verschwunden.

Paula kehrte enttäuscht zu ihrem Wagen zurück. Sie drehte die Klimaanlage auf und wartete, bis der Schweiß auf ihrer Haut einigermaßen getrocknet war. Enttäuscht darüber, den Fahrer des roten SUV nicht mehr aufgehalten zu haben, fuhr sie zögernd los. Über den Interstate nach Westen, wie Brian, wenn er es wirklich gewesen war. Aber so viele knallrote SUVs gab es nicht.

Sie kam sich schäbig vor. Wie eine Stalkerin, die einem Mann nachstellte und ihn in seiner Privatsphäre störte. Sie würde damit aufhören, jetzt sofort, beschloss sie. Sie würde sich selbst nicht mehr in die Augen sehen können, wenn sie noch länger so weitermachte. Sie trank aus ihrer Wasserflasche, als könnte sie auf diese Weise den Pakt mit sich selbst besiegeln. Das bist du dir schuldig, Paula.

Wenn Brian sie wirklich liebte, musste er sich schon selbst bei ihr melden.

Doch als sie sich einer Tankstelle näherte und sie den roten SUV an einer Zapfsäule stehen sah, fuhr sie vom Highway ab und hielt hinter dem Wagen. Es gab nur wenige SUVs in dieser leuchtend roten Farbe, und sie war beinahe sicher, dass es sich um denselben Wagen wie vor dem Krankenhaus handelte.

Es saß niemand hinter dem Steuer. An den Zapfsäulen konnte man mit Kreditkarte bezahlen, also war der Fahrer entweder auf der Toilette oder kaufte etwas im Shop. Paula tankte selbst und wartete geduldig. Als eine vornehm gekleidete Dame mit blonder Haarmähne aus dem Shop trat, eine Flasche Wasser in der Hand, dachte sich Paula noch nichts dabei. Erst als sie in den roten SUV stieg, wurde ihr klar, dass sie einem Irrtum aufgesessen war.

Die Pleite brachte sie endgültig zur Vernunft. Sie würde das Detektivspiel aufgeben und sich wieder auf ihre Arbeit konzentrieren. Noch hatte sie die Situation mit den Bären in Clearwater nicht unter Kontrolle. Mr. Big, der riesige und manchmal sehr aggressive Schwarzbär trieb immer noch sein Unwesen, und auch die Bärenmutter mit ihrem Jungen bereitete ihr Sorgen. Dass sich die Bärin schon mehrmals den Abfalltonnen genähert hatte, schien darauf hinzudeuten, dass sie nicht fähig war, ihren Nachwuchs und sich selbst in der Wildnis in ausreichender Weise zu ernähren. Bis zum Wintereinbruch mussten sie reichlich Fett ansetzen, sonst war ihr Leben in Gefahr, auch wenn das Junge dann schon ausgewachsen war.

Dass Paula noch während ihrer Rückfahrt mit der Bärenmutter und ihrem Jungen zu tun bekommen würde, konnte sie jedoch nicht voraussehen. Ungefähr zwei Meilen vor Clearwater peitschten plötzlich Schüsse durch die Luft, gefährlich nahe und so laut, dass sie erschrocken auf die Bremse trat. Sie fuhr an den Straßenrand und blickte in die Richtung, aus der sie gekommen waren.

Der Campingplatz! Der Clearwater Campground lag wenige Meilen östlich vom Highway an einem schmalen Fluss, der in den Truckee River mündete, umgeben von dichtem Fichtenwald, und über eine Brücke und eine Schotterstraße erreichbar war. Paula war auf einer ihrer Inspektionstouren dort gewesen und wusste, dass er während der Hochsaison voll belegt war.

Ohne weiter zu überlegen, bog sie nach Osten ab und hielt auf den Campingplatz zu. Die Wahrscheinlichkeit, dass die Schüsse einem hungrigen Bären gegolten hatten, war groß. In weiser Voraussicht und weil ihr Chevy langsam in die Jahre kam, hatte sie ihren Dienstwagen genommen, und ihr Gewehr mit den Hartgummigeschossen und die Leuchtpistole lagen griffbereit. Ihr Bärenspray steckte in der Tasche. Ihre Vorahnung sagte ihr, dass sie es vielleicht brauchen würde.

Schon als sie sich dem Campingplatz näherte, erkannte sie, dass die meisten Urlauber aus ihren Wohnmobilen, Campern und Zelten gekommen waren und aufgeregt miteinander sprachen und gestikulierten. Einige der Männer und auch Frauen hielten Gewehre oder Revolver in den Händen. Paula hielt direkt vor ihnen und stieg aus.

»Ich bin Paula Jackson«, stellte sie sich vor, »ich arbeite als *Wildlife Specialist* in Clearwater. Haben Sie auf einen Bären geschossen?«

»Auf einen?«, erwiderte ein muskulöser junger Mann in kurzer Hose und T-Shirt, »das waren mindestens drei oder vier. Einer machte sich an den Vorräten in einem der Zelte zu schaffen. Zum Glück war gerade niemand drin.«

»Unsinn!«, erwiderte ein älterer Mann. Er schien weniger aufgeregt als die anderen, hatte wohl schon einiges in seinem Leben erlebt. Er trug keine Waffe. »Es waren zwei Bären. Eine Bärin und ihr Junges. Aber diese Wahnsinnigen müssen ja gleich durchdrehen. Ich lege mich doch nicht mit Bären an.«

»Sie lassen sich lieber fressen, schon klar!«, rief ein anderer.

»Jeder von uns hat ein Merkblatt bekommen, als er eingecheckt hat«, sagte eine Frau, »aber anscheinend hat es kaum jemand gelesen. Darin steht, dass man sich auf keinen Fall mit Bären anlegen und stattdessen in Sicherheit bringen soll, wenn es noch geht. Auf keinen Fall sollte man die Nerven verlieren.«

»Und so herumschreien wie du vorhin«, sagte der Mann neben ihr.

»Ich hab die 911 gewählt, so wie es auf dem Merkblatt steht«, erwiderte die Frau. »Der Deputy wollte gleich losfahren und hat gesagt, dass wir auf keinen Fall hier sinnlos in der Gegend rumballern sollen. Das bringt doch nichts.«

»Wo sind die Bären jetzt?«, fragte Paula.

»Die sind in den Wald gerannt. Durch den Fluss nach Osten.«

Der muskulöse Mann mit dem Gewehr grinste verächtlich. »Die kommen nicht weit. Ich hab beide erwischt, die Bärin gleich zweimal, und ihre Brut am Rücken. Die Alte stirbt auf jeden Fall, und das verdammte Junge kommt auch nicht weit ohne seine Mutter. *Mission accomplished.* Wir haben sie ausgeschaltet, wie es sich gehört. Wir brauchen keinen Sheriff. Jetzt nicht mehr.«

»Sind Sie sicher, dass Sie getroffen haben?«

»Und ob!«, triumphierte er. »Was meinen Sie, wie die gerannt sind, als sie die Kugeln abgekriegt haben. Schneller als der Berglöwe, den ich mal in Montana erwischt habe. Ich bin ein guter Jäger, Miss, ich treffe fast immer.«

»Es ist illegal, auf eine Schwarzbärin und ihr Junges zu schießen«, klärte Paula den Mann auf. »Das müssten Sie als erfahrener Jäger doch wissen.«

»Das war Notwehr, das kann jeder hier bestätigen.«

»Stimmt«, rief einer seiner Freunde, der ebenfalls mit einem Gewehr bewaffnet war. »Wenn er nicht geschossen hätte, wäre hier die Hölle los gewesen. Sie hätten die Bestien sehen sollen. Die hatten es auf uns abgesehen.«

Paula hielt sich nur mühsam zurück. »Ich denke, die haben nur was Fressbares gesucht. Sie hätten sich langsam in Ihre Wohnmobile und Camper zurückziehen und die 911 wählen sollen. Kein Grund, hier einen Krieg anzufangen.«

»Wir haben zu viele Cowboys und Machos hier«, schimpfte die Frau, »die wollten alle zeigen, was für tolle Kerle sie sind. Zum Glück haben die meisten vorbeigeschossen. Ich bin keine Tierschützerin, aber das war unnötig.«

Ein Streifenwagen näherte sich dem Campingplatz, ohne Sirene, aber mit flackernden Warnlichtern. Deputy Garrett stieg aus und wunderte sich, dass Paula ebenfalls vor Ort war. »Ich denke, Sie haben heute Ihren freien Tag?«

»Ich war auf dem Rückweg und hab die Schüsse gehört.«

Der Deputy hörte sich an, was die Urlauber zu sagen hatten, und wandte sich an Paula. »Dann sind die verletzten Bären noch in unmittelbarer Nähe?«

»Dort drüben im Wald«, antwortete Paula. »Wenn die Bärin an einer besonders verwundbaren Stelle getroffen wurde, ist sie sicher schon tot. Und ihr Junges hält sich sicher in der Nähe auf. Wir müssen auf alles gefasst sein.«

Der Deputy nickte und wandte sich an die Urlauber. »Okay, ich möchte, dass Sie sich in Ihre Wohnmobile, Camper und Trailer verziehen. Wer mit einem Zelt unterwegs ist, steigt bei einem Nachbarn ein. Wer seine Deckung verlässt und schießt, macht sich strafbar. Paula und ich suchen nach den Bären.«

»Legen Sie den kleinen Teddy auch um!«, rief jemand.

Paula überhörte den Einwand und holte ihr Gewehr aus dem Wagen. Zusammen mit ihrem Kollegen lief sie auf den Waldrand zu. Sie war froh, dass Deputy Garrett und nicht der Sheriff selbst gekommen war. Garrett brachte mehr Verständnis für ihre Arbeit auf und würde beim Anblick der Bären nicht gleich schießen.

Über einen Wanderweg drangen sie in den Wald ein. Schon nach wenigen Schritten waren sie mit der Natur allein, als wäre der Campingplatz viele Meilen entfernt. Das Sonnenlicht blitzte zwischen den Baumkronen hervor und bildete seltsame Muster auf dem Waldboden. Der Wind sang ein leises Lied.

Sie brauchten nicht lange zu suchen. Die Bärin lag über einem entwurzelten Baumstamm, das Blut auf ihrem Fell war teilweise bereits verkrustet. Es war kein Leben mehr in ihr. Das Maul war leicht geöffnet, als hätte sie kurz vor ihrem Tod verzweifelt nach Atem gerungen. Insekten summten über ihr.

Paula legte eine Hand auf ihren leblosen Körper. »Tut mir leid!«

Sie suchten die nähere Umgebung ab und sahen den jungen Bären benommen im Unterholz sitzen. Er blutete aus einer eher harmlosen Rückenwunde, ein Streifschuss, wie es schien, und schien zu ahnen, dass er zu einem Waisenkind geworden war. Die hellen Laute, die er von sich gab, berührten Paula.

Deputy Garrett hob sein Gewehr.

»Nicht!«, warnte Paula und verstellte ihm die Sicht.

»Aber er kann ohne seine Mutter nicht überleben!«

»Muss er auch nicht«, erwiderte Paula. »Ich denke, ich habe ein sicheres Plätzchen für ihn. Sie wissen, dass ich für ein *Bear Center* gearbeitet habe?«

»Hab davon gehört, ja.«

»Dort erklärt man sich bestimmt bereit, ihn aufzunehmen. Warten Sie …« Sie zog ihr Handy heraus und rief das *Bear Center* an. Owen Kingsley war persönlich am Apparat. »Paula? Was gibt's? Hast du Sehnsucht nach uns?«

»Ich habe einen jungen Bären für das Center.« Sie berichtete ihm in wenigen Sätzen, was passiert war. »Wäre schön, wenn Sie ihn gleich abholen könnten.« Er war sofort Feuer und Flamme. Sie beschrieb ihm die Lage des Campingplatzes. »Bringen Sie den Tierarzt mit, der Kleine ist leicht verletzt.«

Kingsley lachte. »Sie sind doch immer für eine Überraschung gut.«

Paula verabschiedete sich von ihm und blickte den Deputy an. »Er fährt gleich los. Ich halte hier die Stellung. Sie kümmern sich am besten um die Urlauber auf dem Campingplatz. Besonders um unseren Meisterschützen.«

»Aye«, erwiderte Garrett grinsend.

19

Paula brauchte dringend Ruhe. Sie verbrachte den Abend vor dem Fernseher, sah sich irgendeine dieser albernen Talentshows an, in denen sich meist talentlose Jugendliche vor laufender Kamera blamierten, und schlief beim Auftritt einer jungen Frau ein, die alberne Kunststücke mit einem pinkfarbenen Pudel aufführte.

Gegen Mitternacht wurde sie durch laute Revolverschüsse aus dem Schlaf gerissen. Im Fernsehen lief inzwischen ein Western. Sie schaltete den Apparat aus und rieb sich die Augen, machte sich einen Kaffee und aß einen Fruchtjoghurt, um einen anderen Geschmack in den Mund zu bekommen.

Doch weder der Kaffee noch der Fruchtjoghurt konnten die Gedanken an Brian vertreiben. Paula wusste nicht, ob sie ihn zu sehr liebte oder nur wütend auf ihn war, weil er sie an der Nase herumführte. Auch wenn sie beschlossen hatte, nicht mehr Detektivin zu spielen und ihm hinterherzuspionieren, schmerzte es sie, den Grund für sein plötzliches Verschwinden nicht zu kennen. Hatte sie sich tatsächlich so sehr in ihm getäuscht? War sie zu verblendet gewesen, um ihn richtig einzuschätzen, oder gab es einen plausiblen Grund für sein seltsames Untertauchen? Hatte es vielleicht doch mit seiner Verletzung zu tun?

Sie stand auf und ging zum Fenster, blickte auf die schlafende Stadt hinab. Nur in wenigen Häusern brannte noch Licht. Über den Wäldern leuchteten der Mond und die Sterne, und in der Ferne ragten die Berge dunkel und bedrohlich in den Himmel hinein. Im Haus gegenüber flackerte ein Fernseher.

Als sie auf die Straße hinabblickte, entdeckte sie einen roten SUV vor ihrer Haustür. Der Lichtschein einer einsamen Laterne spiegelte sich auf dem glänzenden Metall. Neben dem Wagen stand Brian, auf Krücken gestützt, und blickte zu ihr empor. Selbst im schwachen Licht war er deutlich zu erkennen.

Paula wich erschrocken zurück. »Brian!«, flüsterte sie überrascht.

Nach einer länger dauernden Schrecksekunde lief sie nach unten, doch als sie die Haustür aufriss und auf die Straße rannte, saß Brian schon in seinem Wagen und fuhr davon. Sie blickte ihm entgeistert nach, glaubte an einen bösen Traum und wusste doch, dass sie sich nichts eingebildet hatte. Brian war mitten in der Nacht aus seinem Versteck zurückgekehrt, anscheinend, um sie zu besuchen, und hatte im letzten Augenblick kalte Füße bekommen. Wovor hatte er solche Angst? Warum rief er nicht einfach an oder klopfte an ihre Tür?

Sie kehrte in ihre Wohnung zurück – jedoch nur, um ihre Jacke und den Anorak anzuziehen. Sie nahm ihre Waffen und das Funkgerät mit, wie sie es immer Tat, wenn sie ihren Dienstwagen benutzte. Ihr Bärenspray verstaute sie in der Anoraktasche, um es jederzeit griffbereit zu haben. Handgriffe, die ihr inzwischen zur Routine geworden waren. Entgegen ihres Schwurs, nicht mehr Detektivin zu spielen, fuhr sie los, fest entschlossen, Brian zu finden und zur Rede zu stellen.

Sie musste die Wahrheit herausfinden. Völlig egal, ob er zu ihr gekommen war, um sich zu entschuldigen und alles zu erklären oder um mit ihr Schluss zu machen. Sie dachte gar nicht mehr darüber nach, ob sie verliebt oder wütend oder beides war, ob sie sich erniedrigt fühlen sollte, weil sie einem Mann hinterherlief, oder sie sich lächerlich machte. Sie ließ sich nicht länger zum Narren halten, nicht mehr.

Ohne große Hoffnung, ihn dort anzutreffen, sah sie bei ihm zu Hause nach. Sein Wagen war nirgendwo zu sehen, auch die Fenster waren dunkel. Sie ging um das Haus herum, um sicherzugehen, kehrte enttäuscht zu ihrem Wagen zurück und fuhr zum Haus seiner Eltern weiter. Auch dort parkte sein Wagen nicht. Die Eltern zu dieser späten Stunde zu wecken, wagte sie nicht.

Sie suchte den Mountain Square nach seinem SUV ab, fuhr auch durch die Seitenstraßen und gab enttäuscht auf, als sie nicht mehr wusste, wo sie noch suchen sollte. Ziellos steuerte sie ihren Wagen aus der Innenstadt hinaus.

Als ihr privates Handy klingelte und sie Mary-Beth' Namen auf dem Display las, fuhr sie an den Straßenrand. »Mary-Beth! So spät noch unterwegs?«

»Spät? Es ist halb zwölf. Außerdem konnte ich nicht länger warten.«

»Gute Nachrichten?«

»Und ob«, antwortete sie fröhlich. »Ich hatte gerade ein Date.«

»Ein Date? Ich fasse es nicht.«

»Ich auch nicht, ehrlich gesagt«, erwiderte Mary-Beth. »Gestern noch hab ich Trübsal geblasen und darüber nachgedacht, ob ich von der Golden Gate springen oder mich erhängen soll, und dann so was. Du glaubst es nicht!«

»Spann mich nicht auf die Folter!«

»Er heißt Homer, stell dir vor, wie Homer Simpson, aber er ist nicht gelb, und seine Frisur ist auch besser. Ein Traum von einem Mann, obwohl er nicht aus Texas, sondern aus Montana stammt und noch nie auf einem Pferd gesessen hat. Rodeos kann er auch nicht leiden, aber das bringe ich ihm noch bei, und er hat so viele andere Qualitäten, dass die Schwäche sowieso nicht ins Gewicht fällt. Kaum zu glauben, dass ich Scooter so schnell vergessen kann.«

»Und wo hast du diesen Traum von einem Mann kennengelernt?«

»Im Zoo.«

»Im Zoo?«

»Ich stand am Löwengehege und dachte mir gerade, was ich tun würde, wenn ich auf freier Wildbahn einem Löwen gegenüberstände, als Homer erschien und in dem Gehege herumspazierte, als hätte er nichts zu befürchten.«

»Homer ist Löwenwärter?«

»So sieht's aus, und das ist ein wesentlich aufregenderer Job als Rancher oder Wildpferdreiter beim Rodeo. Er versteht sich so gut mit den Löwen, dass er sie sogar streicheln kann. Einen mutigeren Mann kannte ich noch nie.«

»Und du? Willst du auch mal Löwen streicheln?«

»Ich darf nicht ins Gehege. Ist streng verboten.«

»Sonst würdest du es tun?«

»Du gehst doch auch auf Tuchfühlung mit deinen Bären«, sagte Mary-Beth. »Löwen sind nicht gefährlicher, wenn man sich mit ihnen auskennt. Ein bisschen nervöser vielleicht, sagt Homer. Wenn sie schlechte Laune hätten, was öfter mal vorkommt, sollte man sich möglichst von ihnen fernhalten.«

»Warum kannst du keinen Sternekoch daten? Wäre ungefährlicher.«

»Wusstest du, dass Löwen jeden Tag nur ihre Lieblingsspeise fressen? Antilopenfleisch, überhaupt Fleisch, was anderes kommt nicht infrage. Die brauchen sich nicht mit Spinat oder Blumenkohl oder so was rumzuplagen.«

»Und werden nicht mal fett dabei. Das ist ungerecht.«

»Hab ich auch gedacht.« Sie kicherte. »Homer will das College nachholen und Biologie studieren, so wie wir, damit er noch mehr über Löwen erfährt und vielleicht in Afrika in einem Nationalpark arbeiten kann. Eine gute Idee, finde ich. Wir könnten uns zusammentun und beide nach Afrika gehen.«

»Und das alles nach nur einem Date?

»Er ist der Richtige, Paula, das spüre ich. Was macht Brian?«

»Keine Ahnung. Er ist verschollen.«

»Das ist nicht dein Ernst.«

»Leider doch.« Paula berichtete ihr, was passiert war, und räumte sogar ein, sich wie ein naives Schulmädchen benommen zu haben. Mit Mary-Beth konnte sie offen reden, ohne Gefahr zu laufen, von ihr ausgelacht zu werden. Als sie ihr gestand, dass Brian vor wenigen Minuten vor ihrem Haus aufgetaucht war und sie seitdem nach ihm suchte, wollte Mary-Beth es gar nicht glauben. »Wenn ich's dir doch sage. Er hat wohl Schiss bekommen.«

»Du meinst, du hast danebengegriffen?«

»Vielleicht ... vielleicht auch nicht.«

»Dass Liebe immer so kompliziert sein muss. Und jetzt?«

»Keine Ahnung«, erwiderte Paula. »Entweder er kommt mit einer plausiblen Erklärung daher, oder ich mache das Gleiche durch wie du und muss langsam akzeptieren, dass ich auf den falschen Mann gesetzt habe.«

»Und lernst stattdessen einen reichen Maharadscha kennen.«

Paula musste lachen. »Ganz bestimmt.«

»Ich glaube, es gibt noch Hoffnung für dich. Sagt mir mein Bauchgefühl. Nach dem, was ich von dir über Brian gehört habe, ist er nicht der Typ, der dich sang- und klanglos und ohne eine Erklärung im Stich lässt. Das passt nicht zu ihm. Du wirst sehen, in ein paar Tagen telefonieren wir wieder, und Brian und du, ihr seid ein Herz und eine Seele. Wie in einem Kitschfilm.«

»Da müsste schon ein Wunder geschehen.«

»Ich habe gerade eins erlebt, Paula. Gib die Hoffnung nicht auf!«

Paula blieb ruhig sitzen, nachdem sie aufgelegt hatte, und blickte in die Dunkelheit. Niemals hätte sie gedacht, sich von einer Beziehung so verunsichern zu lassen. Ihr Leben war, von einigen Ausnahmen abgesehen, immer geradlinig verlaufen, und sie war es nicht gewohnt, gegen verwirrende Gefühle anzukämpfen. Sie wusste nur, dass ihr die Ungewissheit, die über dem geheimnisvollen Verschwinden lag, einen Stich ins Herz gegeben hatte. Warum bracht Brian nicht den Mut auf, ihr die Wahrheit zu sagen? Warum nicht?

Weil sie noch immer viel zu aufgewühlt war, um schlafen zu gehen, beschloss sie, noch eine Inspektionsrunde zu fahren, auch wenn ihr Dienst erst am nächsten Morgen begann. Die Unruhe in ihrem Gefühlsleben beförderte die Angst, ihrer Aufmerksamkeit könnte etwas entgehen. Oder hoffte sie, den roten SUV doch noch irgendwo zu entdecken? Sie informierte die Notrufzentrale und fuhr weiter.

Entgegen ihrer Befürchtung, dass in dieser Nacht noch etwas passieren könnte, blieb es ruhig. Weit und breit waren keine Bären zu sehen, nur ein älterer Mann, der seinen Hund ausführte, und ein junges Liebespaar, das sich sofort in einen Hauseingang verzog, als es ins Scheinwerferlicht ihres Wagens geriet. Autos waren kaum auf der Straße, ein Lieferwagen, einige Personenwagen mit Urlaubern. Nirgendwo ein roter SUV.

Erst als sie sich dem Geschäftshaus mit dem Drugstore von Betty Fiedler näherte, wurde Paula erneut nervös. Vor dem Laden, der bis Mitternacht geöffnet hatte, stand die

Besitzerin, ihr Jagdgewehr in beiden Händen, und wartete augenscheinlich auf jemanden. Sie trug Trainingshosen, Anorak und Wanderstiefel, als wäre sie auf einem Jagdausflug unterwegs, und litt anscheinend nicht mehr unter der Verletzung, die ihr der Bär beigebracht hatte. Im *Clarion* hatte Paula gelesen, dass es eine Fleischwunde war, und sie nur eine Nacht im Krankenhaus verbracht hatte. Dennoch war Paula überrascht, die Frau so kurz nach einer Verletzung nachts hier draußen anzutreffen.

Paula fuhr an den Straßenrand und beobachtete Betty Fiedler aus einiger Entfernung. Die Ladenbesitzerin rief etwas, das Paula nicht verstand, und war sichtlich wütend, als ihr Mann nur widerwillig aus dem Laden kam. Er war ähnlich wie seine Frau gekleidet, hatte ebenfalls ein Jagdgewehr dabei, wirkte aber verärgert und schien wenig Lust zu haben, seiner Frau zu folgen. Beide sprachen eine Weile miteinander, schienen nicht unbedingt gleicher Meinung zu sein, zogen aber zusammen los und liefen auf den Wald zu, der jenseits der Straße begann. Betty Fiedler entschlossen, ihr Mann eher zögernd.

Was hatten die beiden vor? Um Eichhörnchen oder Kaninchen zu jagen, hatten ihre Gewehre zu viel Durchschlagskraft. Paula hatte genug über Waffen gelernt, um zu erkennen, dass ihre Gewehre stark genug waren, um einen Bären zu töten. Betty Fiedler hatte eine Remington 700 dabei, ihr Mann eine ebenso starke Winchester – beides Gewehre, die große Kaliber verschossen und viel Unheil anrichten konnten. Auch das lernte man, wenn man sich mit Bären beschäftigte.

Paula verabscheute die Jagd, selbst wenn sie für Raubtiere freigegeben war, um den Bestand der Rentierherden zu vergrößern. Trophäenjagden sollten ihrer Ansicht nach gesetzlich verboten werden, denn nichts fand sie widerlicher als die Fotos von betuchten Freizeitjägern, die auf Facebook, Twitter oder Instagram mit ihren erlegten Bären oder gar Löwen und Elefanten prahlten, die ihnen Veranstalter in Afrika vor die Flinte getrieben hatten. Betty Fiedler gehörte zu keiner dieser Gruppen. Sie mochte keine Bären, verachtete sie als blutgierige Bestien, die in ihren Abfall herumwühlten und ihr das Leben schwer machten.

Eine Fanatikerin, die trotz einer Schulterverletzung, die noch nicht verheilt sein konnte, auf die Jagd ging, nur weil sie sich an irgendeinem Bären dafür rächen wollte. Ihr Mann, wesentlich älter und bedächtiger, musste mit – sicher auch, weil er sich in ihren Augen sonst lächerlich gemacht hätte. Manch einer würde über diesen Anblick vielleicht sogar schmunzeln: ein älteres Ehepaar, das allein in die Wälder zog, um den »blutigen Bestien« zu zeigen, wer Herr oder Herrin im Haus war.

Paula drückte aufs Gas, bog schräg gegenüber vom Drugstore auf einen Feldweg und näherte sich den Fiedlers auf Rufweite. Sie ließ das Fahrerfenster herunter und rief: »Betty! Mrs. Fiedler! Wo wollen Sie denn hin?«

Die beiden blieben stehen.

»Ich wüsste nicht, dass Sie das was angeht,«, rief Betty.

»Wenn Sie Bären jagen wollen ... das wäre ziemlich leichtsinnig.«

»Das lassen Sie mal unsere Sorge sein. Wir sind beide Mitglieder in einem Waffen-Club und wissen, was wir tun. Unsere Gewehre sind stark genug, um einen Büffel umzulegen, die werden doch wohl für einen lächerlichen Schwarzbären ausreichen. Die 300er-Magnum-Patronen reißen tiefe Löcher.« Sie lachte.

»Sie tun ja gerade so, als wären wir im Krieg, und es bliebe Ihnen gar nichts anderes übrig, als mit Ihren Gewehren in die Schlacht zu ziehen.« Paula verstand die Ladenbesitzerin nicht. »Sie sind verletzt, Mrs. Fiedler, schon vergessen? Was meinen Sie, was der Rückschlag mit Ihnen macht?«

»Der Rückschlag?« Betty Fiedler lachte wieder. »Muskelkater, was sonst?«

»Oder er reißt Ihre Wunde wieder auf.«

»Das hab ich ihr auch gesagt«, meldete sich Bettys Mann zum ersten Mal zu Wort.

Betty beachtete ihn kaum. »Und wenn schon. Hauptsache, wir zeigen diesen verdammten Bestien, dass es sich nicht lohnt, sich mit uns anzulegen.«

»Kehren Sie um, Betty! Machen Sie sich nicht unglücklich!«

»Behalten Sie Ihre Ratschläge für sich!«, blaffte sie zurück. »Sie haben nicht das Recht, uns Ratschläge zu erteilen. Sie haben schon genug Unheil mit Ihrem Bärengeflüster angerichtet! Machen Sie, dass Sie wegkommen!«

Paula stieg aus und wollte ihnen folgen.

»Zurück!«, fuhr Betty sie an. Sie richtete ihr Gewehr auf sie. »Oder soll ich Ihnen auch eine Kugel auf den Pelz brennen? Steigen Sie ein und verschwinden Sie! Dies ist ein freies Land, und ich habe das Recht, mich zu verteidigen.«

»Auch gegen Menschen?«

»Wenn sie mich bedrohen?«

Paula merkte, dass sie gegen die seltsamen Argumente der Drugstore-Besitzerin nicht ankam, und gehorchte. In ihrem Wagen griff sie nach dem Funkgerät und erreichte Deputy Garrett am anderen Ende. »Ich brauche Ihre Hilfe, Deputy. Können Sie kommen? Ich warte vor Betty Fiedlers Drugstore.«

»Wo sonst? Ein Schwarzbär bei den Containern?«

»Schlimmer. Betty Fiedler und ihr Mann gehen auf Bärenjagd. Im Wald gegenüber. Sie haben passende Gewehre dabei. Egal, was für gute Schützen sie sind, die Chance, dass sie vorbeischießen, ist dennoch groß. Dann gibt's ein Unglück. Betty ist verletzt, und ihr Mann zu alt für so einen Jagdausflug.«

»Ich hab nichts gegen die beiden in der Hand, Paula.«

»Betty hat mich bedroht! Sie hat ihr Gewehr auf mich gerichtet.«

»Okay, ich komme vorbei. Bleiben Sie beim Wagen!«

Doch als nur wenige Sekunden später das Krachen eines Schusses über die Lichtung hallte und gleich darauf ein Schrei ertönte, zögerte Paula nicht länger. Sie griff nach dem Gewehr mit den Hartgummipatronen und rannte los.

Noch während sie die Lichtung überquerte, hörte sie, wie Deputy Garrett mit Sirene und Warnlicht am Straßenrand hielt. Anscheinend hatte auch er den Schuss gehört. »Ein Schuss! Im Wald!«, rief sie ihm zu, ohne ihre Schritte zu verlangsamen. »Jemand hat geschrien! Es muss etwas passiert sein!«

Sie sah, wie er ihr mit seinem Gewehr folgte, wagte aber nicht, auf ihn zu warten. Wenn sich die Fiedlers mit einem Bären eingelassen hatten, war höchste Eile geboten. Sie erreichte den Waldrand, das Gewehr in einer Hand, und blieb zwischen den Bäumen stehen. In dem schwachen Mondlicht, das mühsam durch die Baumkronen drang, versuchte sie sich zu orientieren. Der kühle Nachtwind wehte ihr ins Gesicht und spielte mit ihren langen Haaren.

»Betty! Wo sind Sie? Was ist passiert?«

Verzweifeltes Stöhnen antwortete ihr. Sie folgte dem Laut und sah Betty auf dem Boden liegen. Paula blickte sich aufmerksam um, ihr Gewehr schussbereit in den Händen, aber ein Bär war nirgendwo zu sehen. Immer noch in Alarmstimmung, sicherte sie ihre Waffe und kniete neben Betty nieder.

Betty hatte keine neue Verletzung abbekommen, aber ihre Schulterwunde war anscheinend aufgebrochen und blutete wieder. Schmerzhaft, aber nicht lebensgefährlich. Sie schaffte es sogar, den Kopf zu heben und Paula einen giftigen Blick zuzuwerfen. »Sie schon wieder! Ich hätte ihn beinahe erwischt. Die Knarre war nicht eingeschossen, das war es, sonst wäre die Bestie tot!«

»Ein Bär?«

Betty stemmte sich mit einer Hand vom Boden hoch.

»Was denn sonst? Die vermehren sich doch wie die Karnickel, seit wir auf Schmusekurs gegangen sind. Ich hab ihn verfehlt. Doch er wusste genau, dass ich ihn mit der zweiten Kugel treffen würde, und ist davongerannt. Feige sind diese Bestien auch noch!«

»Und Sie haben nur danebengestanden?«, fragte Paula den Mann.

»Ich … ich konnte … konnte nicht«, stammelte er.

Inzwischen war Deputy Garrett herangekommen, und Paula erstattete Bericht. »Wir brauchen einen Krankenwagen, auch für ihren Mann. Er steht unter Schock.«

»Ich kümmere mich darum. Sie mögen es gern aufregend, was?«

»Nicht unbedingt.«

»Sieht aber so aus. Nichts für ungut.«

20

Mr. Big tauchte so plötzlich vor Paula auf, dass ihr keine Zeit mehr zur Gegenwehr blieb. Aus seinem geöffneten Maul tropfte Speichel, als er auf sie zulief, und sein Fauchen klang so bedrohlich, dass sie glaubte, dem Tod in die Augen zu blicken. Sein stinkender Atem blies ihr ins Gesicht. Sie riss beide Arme hoch, als sie seine rechte Pranke kommen sah, kniff die Augen zu, um ihr eigenes Ende nicht sehen zu müssen, und wurde durch ein Klingeln geweckt.

Ein Traum, dachte Paula erleichtert und griff nach ihrem Privathandy. »Mandy«, begrüßte sie die Freundin aus dem *Bear Center*. »So früh schon auf?«

»Es gibt viel zu tun. Hast du heute Mittag Zeit?«

»Ich bin im Dienst, Mandy.«

»Dann sieh zu, dass du dir zwei, drei Stunden freinehmen kannst. Du arbeitest doch sowieso rund um die Uhr, da werden sie nicht so streng sein. Ich möchte dich um zwölf Uhr unbedingt zur Taufe hierhaben. Als Taufpatin.«

»Als Taufpatin? Hab ich irgendwas übersehen?«

Mandy lachte. »Es geht um den kleinen Bären, den Owen gestern Nacht mitgebracht hat. Ich hab schon gehört, dass du es mit ein paar schießwütigen Campern aufgenommen und dem Bärennachwuchs das Leben gerettet hast. Heute Mittag soll der Kleine offiziell einen Namen bekommen, die Presse und das Fernsehen werden die Zeremonie begleiten, und du sollst als Taufpatin dabei sein.«

»Habt ihr denn schon einen Namen?«

»Paul.«

»Paul? Weil …«

»Weil er ein Männchen ist, sonst hätten wir ihn Paula genannt.«

»Wow! Deine Idee?«

»Unsere Idee. Du wirst doch kommen?«

»Natürlich«, versprach Paula. »Wie macht er sich denn?«

Mandy brauchte nicht lange zu überlegen. »Paul geht's gut. Die Wunde am Rücken war nicht der Rede wert, ein Streifschuss, der weniger Schaden als ein Hartgummigeschoss angerichtet hat. Der Doc hat ihm sicherheitshalber Antibiotika verabreicht. Vielleicht hätten wir ihm noch etwas Eingewöhnungszeit bis zur Taufe geben sollen, aber du kennst ja die Medien.«

»Und wie steckt er den Verlust seiner Mutter weg?«

Mandy schien sich nicht sicher zu sein. »Ich kann keine Gedanken lesen, aber er hat schon wieder Freude am Leben, und ich denke, er kommt bald darüber hinweg. Wir tun jedenfalls alles, um ihm die Eingewöhnung so leicht wie möglich zu machen. Etwas ängstlich ist er noch, wegen der Schüsse, nehme ich an, aber das legt sich mit der Zeit. Das Publikum wird ihn lieben.«

Paula duschte und zog sich an. Nach dem Frühstück rief sie das Sheriff's Office an und informierte den Deputy, dass sie über Mittag zu einem dringenden Termin müsste. Kein Problem, da es mittags ohnehin kaum Probleme mit Bären gab. Vorher sollte Paula jedoch vorbeikommen und über den Zwischenfall mit Betty Fiedler aussagen. Es würde vielleicht zu einer Geldstrafe für die Drugstore-Besitzer kommen, mehr hatten die Fiedlers nicht zu befürchten.

Paula schenkte sich Kaffee nach und blickte ihr Privathandy lange an, bevor sie Brians Nummer wählte. Diesmal klingelte es auf der anderen Seite, aber gleich darauf meldete sich seine Mailbox, und sie hörte zum ersten Mal seit einigen Tagen wieder seine Stimme: »Sorry, ich bin gerade nicht erreichbar. Wenn Sie eine Nachricht hinterlassen wollen, sprechen Sie nach dem Piep.«

Paula war viel zu überrascht, um etwas zu sagen, und legte erschrocken wieder auf. Brian hatte sein Handy wieder eingeschaltet, zögerte aber immer noch, sich bei ihr zu melden, aus welchem Grund auch immer, und ließ sie im Ungewissen. Langsam neigte sich Paulas Geduld dem Ende zu. Wenn sie etwas nicht brauchen konnte, dann war es Beziehungsstress. Während der letzten Tage hatte sie schon genug darunter gelitten.

Sie nutzte den Vormittag, um einige Fragen auf ihrer Website zu beantworten und freute sich über die Zeichnung eines Schwarzbären, die ein sechsjähriges Mädchen ihr gemailt hatte. Es gab viel Lob, aber auch Stimmen, die ihre defensive Haltung gegenüber Bären kritisierten und sie aufriefen, besonders lästige Bären erschießen zu lassen. Aggressive Tierschützer beschimpften die Urheber solcher Nachrichten als potenzielle Mörder und protestierten sogar gegen den Einsatz von Hartgummigeschossen und Pfefferspray. Wenn es nach ihnen ginge, sollten sich die Bären in der Stadt frei bewegen können.

Gegen elf Uhr meldete sich Paula beim Sheriff's Office ab und machte sich auf den Weg zum *Bear Center*. Die Gedanken an Brian versuchte sie, so gut es ging, zu verdrängen. Inzwischen wusste sie selbst nicht mehr, ob sie immer noch auf eine plausible Erklärung hoffte, weil sie ihn liebte, oder ob ihre Suche und ihre ständigen Versuche, ihn anzurufen, nur ihrer Sturheit zu verdanken waren.

Owen Kingsley und Mandy warteten bereits auf sie. Die Vorbereitungen für die kleine Zeremonie waren im vollen Gange. Ein Kameramann filmte die Bären von der Veranda aus, einige Pressevertreter unterhielten sich mit Mitarbeitern des *Bear Center*, und das Publikum kam in Scharen, um den kleinen Paul zu bestaunen. Gleich nach der Ankunft des neuen Bären hatte Kingsley eine bebilderte Meldung in den sozialen Medien verbreitet und auf der Homepage des *Bear Center* hochgeladen und die bevorstehende Taufe angekündigt.

Der Teil des Geheges, den man von der Veranda und durch die Glasscheiben einsehen konnte, war leer, als Paula und Kingsley es betraten. Mandy hatte die Bären vertrieben und dafür gesorgt, dass sich nur der Neuling in Sichtweite befand. Er wirkte von den zahlreichen Zuschauern etwas verstört und unwirsch, als Mandy ihn zu einer der Futterstellen lockte. Paula stand neben Owen Kingsley, der ein Mikrofon in der Hand hielt und sagte: »Willkommen, liebe Zuschauer, liebe Medienvertreter, liebe Bärenfans. Gestern haben wir Nachwuchs bekommen. Der kleine Bär hat seine Mutter verloren und bei uns ein neues Zuhause gefunden. Vor den Gewehren einiger schießwütiger Tierquäler hat ihn die Frau neben mir gerettet: Paula Jackson. Sie gehörte lange zu unseren Mitarbeitern und arbeitet inzwischen als Bärenflüsterin in Clearwater, nur wenige Meilen von uns entfernt. Manche von Ihnen kennen Sie sicher bereits aus den Medien, weil sie einem Mann in Alaska durch ihr mutiges Einschreiten vor einem Grizzly rettete. Ihr zu Ehren wollen wir dem kleinen Tollpatsch, der hoffentlich gleich zu uns kommen wird, seinen Namen geben.«

Mandy schaffte es tatsächlich, den Jungbären zu Paula und Kingsley zu treiben. Auf der Veranda klickten die Kameras der Presseleute und die Handys der Besucher: Kingsley, Paula, Mandy und der kleine Paul – ein Foto, wie es die Presseleute liebten.

Kingsley reichte Paula das Mikrofon.

»Danke für die freundlichen Worte«, sagte Paula. »Es ist mir eine große Ehre, hier zu sein, und dem kleinen Bären einen Namen zu geben.« Sie hob ihre Stimme. »Von heute an sollst du Paul heißen. Ich wünsche dir alles Gute, mein lieber Paul!«

Paul zeigte sich unbeeindruckt. Er machte sich gleich wieder aus dem Staub und stieg in den Pool. Ob er verstand, dass der tosende Beifall der Zuschauer ihm galt, konnte niemand sagen. Er schwamm ein paar Runden, kletterte aus dem Becken und schüttelte das Wasser aus seinem Fell. Obwohl er seine Mutter verloren hatte, freute er sich sichtlich darüber, niemanden mehr fürchten zu müssen. Wie seine Artgenossen im *Bear Center* hatte er keine Feinde mehr.

Nach der kleinen Zeremonie beantwortete Paula noch etliche Fragen der Medien und aß ein paar Schnittchen vom Büffet, bevor sie sich verabschiedete. Mandy begleitete sie zu ihrem Wagen. »Mit Brian wieder alles okay?«

Paula erzählte ihr, was geschehen war.

»John sagt, du hättest einen starken Schutzgeist.«

»Ob er wirklich stark genug ist?«

Auf dem Rückweg glaubte Paula tatsächlich, einen Bären am Waldrand zu sehen. Nichts Besonderes in dieser Gegend, oder war es ihr Schutzgeist, der sie nach Hause begleitete? Ein Krafttier mit besonderen Fähigkeiten?

»Wenn du mir wirklich helfen willst, wird es langsam Zeit«, rief sie ihm zu. »Ich will endlich wissen, was mit Brian ist! Liebt er mich? Führt er mich an der Nase herum? Sag ihm, dass er sich endlich melden soll!«

Paula musste über ihre eigenen Worte lachen und war immer noch in Gedanken bei dieser Szene im Wald, als sie am Stadtrand von Clearwater ein Anruf über ihr Privathandy erreichte. Ohne auf ihr Display zu blicken, nahm sie ihn entgegen. Zuerst war nur heftiges Atmen zu hören, dann ein gefährliches Fauchen und die gepresste Stimme von Brian: »Paula! Komm schnell! Mr. Big … der große Bär! Ich bin im Schuppen … neben meinem Haus … ich komm mit den Krücken nicht weg!«

Paula reagierte professionell. »Hast du die Tür verriegelt?«

»Komm nicht ran ... der Bär ... er ... er will rein!«

»Ich bin in ein paar Minuten bei dir, Brian! Halte durch!«

Paula drückte das Gaspedal durch und fuhr in die Stadt hinein. Sie ließ ihr Handy an und hatte ständig das aggressive Brummen und Fauchen von Mr. Big in den Ohren. Dazwischen das dumpfe Pochen, wenn er mit seinem Körper gegen die Hüttenwand stieß. Das Geräusch machte ihr Angst. Viel Zeit blieb Brian nicht mehr. Sie musste sich beeilen. Jede Sekunde zählte jetzt.

Mit einer Hand griff sie nach dem Funkgerät und bekam Deputy Garrett dran. »Zum Haus von Brian Carmack!«, rief sie. »Mr. Big! Beeilen Sie sich!«

Der Name des Bären reichte, um den Deputy in Alarmbereitschaft zu versetzen. »Bin schon unterwegs! Sehen Sie sich vor, Mr. Big ist gefährlich!«

»Schon klar.«

Paula erreichte das Blockhaus und hielt mit quietschenden Reifen. Mit ihrem schussbereiten Gewehr sprang sie aus dem Wagen. Auf der Straße standen einige Neugierige und hielten ihre Smartphones hoch, richteten sie auf den wütenden Bären vor der Schuppentür.

»Weg da!«, rief Paula den Passanten zu.

Die Lage war brandgefährlich. Mr. Big führte sich auf, als hätte man ihn mit Drogen gespritzt. Irgendein Erlebnis hatte ihm die Sinne vernebelt. Er warf den Kopf hin und her und krachte immer wieder gegen die Schuppenwand, als versuchte er, sie mit seinem Köpergewicht zu durchbrechen. Paula wusste aus Erfahrung, dass Bären, die häufig in Siedlungen gewildert hatten, sogar Türen und Vorratsschränke öffnen konnten, und war alarmiert. Aus dem Schuppen drangen Brians verzweifelte Hilferufe.

»Ich bin hier, Brian!«, rief Paula. »Hab keine Angst!«

Mr. Big wurde auf sie aufmerksam und drehte sich zu ihr um. Hinter ihr atmeten die Schaulustigen vor Angst geräuschvoll ein. Einige rannten in ihrer Panik davon.

Paula ahnte, dass Mr. Big mit Worten nicht beizukommen war. Er war außer Kontrolle, hatte vermutlich giftige Essensreste erwischt oder unliebsame Bekanntschaft mit zweibeinigen Jägern gemacht, die eine Hetzjagd auf ihn veranstaltet hatten. Er wurde von seinen Aggressionen beherrscht und würde angreifen. Sie hob ihr Gewehr und zielte auf den Bären. Sie würde schießen müssen, bevor er losrannte, sonst war die Gefahr, ihn zu verfehlen, viel zu groß. Sie würde mehrere Hartgummigeschosse brauchen, und alle mussten treffen.

Schon ihre erste Kugel ging daneben. Mit der zweiten streifte Paula seinen Hals, ohne ihn ernsthaft zu verletzen. Sie hatte ständig Brian vor Augen, wie er hilflos in dem Schuppen lag, und war zu nervös, um gezielt zu schießen.

Sie wollte gerade die dritte Kugel abfeuern, als Deputy Garrett neben ihr auftauchte, drei schnelle Schüsse auf den Bären abgab und ihn mitten im Angriff erwischte. Mit einem lauten Schmerzenslaut fiel der Koloss zu Boden.

Paula ließ ihr Gewehr sinken und atmete erleichtert auf. Das war Rettung in letzter Sekunde. Nur wenige Augenblicke später, und sie wäre von Mr. Big überrannt worden. Auf ihrer Stirn stand kalter Schweiß.

»Der Bär ist tot«, sagte Garrett, nachdem er ihn untersucht hatte.

Paula starrte auf den toten Mr. Big und wusste nicht, ob sie ihn bedauern oder froh darüber sein sollte, dass Garrett ein so vortrefflicher Schütze war. Wahrscheinlich beides. Mr. Big hätte Paula bestimmt nicht bemitleidet, sein Instinkt ließ keine Gefühle zu. Er hätte sie in seiner Wut gnadenlos zerfleischt.

»Sie haben Brian und mir das Leben gerettet ... danke«, sagte sie.«

Garrett nickte nur. »Gehen Sie nur, ich kümmere mich um alles.«

Paula bedankte sich noch einmal und betrat den Schuppen. Das Licht, das durch die geöffnete Tür in den Raum drang, fiel auf Brian, der hilflos auf dem Rücken lag, eine Krücke in den Händen, die einzige Waffe, die ihm geblieben war, um sich gegen Mr. Big zu verteidigen. »Er ist tot«, beruhigte sie ihn.

»Ich hatte eine Scheißangst!«

»Dafür brauchst du dich nicht zu schämen«, sagte Paula. Sie half ihm vom Boden hoch, und sie setzten sich auf eine Kiste. »Alles okay. Es ist vorbei.«

Sie schwiegen minutenlang. Er atmete schwer.

»Ich hab Scheiße gebaut«, sagte er dann.

»Dafür kannst du nichts. Mr. Big war unberechenbar.«

Er blickte auf seine Schuhe. »Das meine ich nicht. Ich hab mich feige davongestohlen und dich im Ungewissen gelassen. Es ... es tut mir leid, Paula.«

Paula wartete geduldig.